旷野之地

毕 魏/著

山东画报出版社

济 南

图书在版编目（CIP）数据

旷野之地 / 毕魏著. -- 济南：山东画报出版社，
2025. 6. -- ISBN 978-7-5474-5255-4

Ⅰ. I247.5

中国国家版本馆CIP数据核字第2025C94M11号

KUANGYE ZHI DI

旷野之地

毕　魏　著

责任编辑　张　倩
装帧设计　王　芳　张智颖

出 版 人　张晓东
主管单位　山东出版传媒股份有限公司
出版发行　山东画报出版社
　　　　　社　　址　济南市市中区舜耕路517号　邮编 250003
　　　　　电　　话　总编室（0531）82098472
　　　　　　　　　　市场部（0531）82098479
　　　　　网　　址　http://www.hbcbs.com.cn
　　　　　电子信箱　hbcb@sdpress.com.cn
印　　刷　山东新华印务有限公司
规　　格　148毫米×210毫米　32开
　　　　　7.75印张　190千字
版　　次　2025年6月第1版
印　　次　2025年6月第1次印刷
书　　号　ISBN 978-7-5474-5255-4
定　　价　52.00元

如有印装质量问题，请与出版社总编室联系更换。

毕魏的小说《旷野之地》出　之际，想请我写一篇序言。我虽说是她的硕士生导师，指导过她　写有关庄子哲学的毕业论文，但对一个看似熟悉却又陌生的对象　看法，总是感觉力不从心，杂七杂八地说几句，也算不上序言。

小说粗略读了一遍，毕魏也和　　述过创作这篇小说的构想。我的感受是，《旷野之地》的主人公爱　作为串起看似松散而又一体的整篇小说十二章的关键人物，好似一　透视镜，她将周遭的人与事，经过过滤、虚化、渗透，让我们能够聚焦于人物的精神世界。每一个故事似乎都是一个正在上演的独幕剧，或者是某个灵魂的独白，虽然看起来孤悬于喧嚣的尘世之外，看似脱离了人间，犹如雨天中人站在透明的落地窗边向外张望，而窗外撑着雨伞的人从雨中瞥见的玻璃屋内若隐若现的身影。既有点不真实的朦胧，又是真实心灵的诉说。爱米游走在世间，她引导每一个人物的出现，让每一个与她相遇的人物都能看到他们身上的血肉，都能走在各自的道路上。整个故事既冷静又充满暖意，而这温暖的底色就像是人间的烟火。正如小说的名称《旷野之地》所显示的，旷野既在远方，也存在于心中的原野处。每个人都可以在远离尘嚣的同时，又不失这份静谧的烟火气息。

小说中所出现的人物活在不同的人生轨道上，不抱怨、不逃避问题，与身边相遇的人有着诚挚的情感连接。哪怕是暂时的离开，却仍透出生命中的温度。正如书中所写的："在人生的旷野处，不在于去了陌生的远方还是长期生活的地方，而在于内心深处的旷达还有对生命信念的笃定感。当走入尘世的烟火处，旷野亦在心中。当行走在原野上，这份尘世的烟火未曾远离。"这些人物处在生命的旷野之地，独立而又有各自的边界感，却又在真实地生活着。看似活得清醒，看淡了生活，却未曾离开过人间的烟火。他们不是逃离，而是最终回到了各自的生活中，回到他们该要去的地方。

透过这部小说，毕魏诉说着自己对人生与社会的思考。旷野之地，更多的是心的归属之地，可以在此处也可以在彼处，不在于在哪里，更多的是以适合自己的方式生活，毕竟不同的人心里有自我不同的旷野。在滚滚红尘中，能够不迷离双眼，尝试参透人间，我猜想这大概也是这部小说所想要实现的一个目的。

看到毕魏创作的这部小说即将付梓，我衷心地向她表示祝贺。这是她的一个初步尝试，虽然不能说完美，但迈出第一步总是最难的。希望她以后更进一步，不断创作出好的作品。

邱高兴

2025 年 2 月 22 日于钱塘江畔

目　录

将
别
离

　　一个快到中年的女人既没有结婚，也没有爱情，没有一处固定的住所让她为之长久停留，在世间一直过着漂泊不定的生活。大学毕业之后，她已经换过几个城市，离开时却没有一个城市值得她留恋。每次离开，就像自然而然的事情，没有太多的犹豫、纠结，甚至带着一丝侥幸和向往。尽管到新的地方生活，仍旧重复以前的枯燥日子，但是每次离开都孤注一掷，只要离开就不再想回去。

　　唯一在梦中反复出现的地方就是北方海边的小城市，那是一个让世人很少记住的地方。可对于成长的她来说，那里充满了辛辣和苦涩，而梦中的场景却带着一点甜丝丝的味道。她知道这是人与海的连接，从灵魂深处勾出来的深层能量互动。不带任何的主观臆想，却又满是感情。这里面夹杂着她对大海无限的真挚与浓情，就像迷途中的孩子渴望回归爱的栖息地。但是，她并没有故乡的概念。故乡是一个抽象的词，一个距离她很遥远的符号。多年的漂泊不定，让她习惯了这种动荡不安的生活。身边的朋友一个接一个远离，仿佛自动切断了曾经的联系，悄无声息却又在意料之中。哪怕再紧密的关系，在特定的时刻都一别两宽，各自天涯。她想，没有提前告知算是避免了彼此的尴尬。结婚、生子、工作、养家，这是身边人的生活常态。无形中断了这种不一样生活方式的连接之后，一切似乎显得顺理成章。

在适应这样的生活方式之后，她每次换住址、电话号码，从来不对别人说起，除了对母亲。这是她在世间最亲密而又割舍不掉的血缘连接，不论走到哪里，都要带着这种血缘关系。可是她从来不会对父亲主动说起，因为在她的记忆中，父亲是生命成长的旁观者。如果告诉了母亲一切，其余的事情，父亲便一目了然。无需她再跟他提起。

这次，她坐在出租屋里将大部分的物品打包后邮寄到她要去的W城市。前几天她刚从W城回来，提前找到合适的房子。她在W城住了一段时间，找到她满意的房子，交完定金签完合同，她便立马回到墨岛。

爱米看着房间里剩下为数不多的东西。需要邮寄的物品，多数是她多年来买的书籍。她舍不得扔掉，但是每过一段时间她都需要购入一部分新书。她唯一且忠实的朋友就是她珍视的书籍了吧，尤其对于那些充满哲思的典籍来说，任何一本她都不想丢掉或者送人。它们就像是她多年的好友。年轻时，她喜欢读杂书，各种各样的书她都读，小说、散文、历史、艺术、诗歌，包括人物传记，还喜欢看欧美电影。可是随着年龄的增加，或许是心境的变化，她逐渐放弃了以前所读的书目类别，主要保留了关于人文领域和宗教学的书，尤其是涉及佛教哲学义理的书。她喜欢先秦的老庄思想。这些古老的文字记载，仿佛唤醒了沉睡在她灵魂深处的某种渴望，让她走在这条路上一发不可收拾。这些优美而充满哲理的文字，仿佛沙漠中的源泉，在滋养她灵魂深处的渴望。

她在不工作时，很多时间待在公寓里做她喜欢的事情，沉浸在她的书本中。无人分享，也无人诉说。这种心念的流动，仿佛发生在看不见的时空中，产生了某种无形的信息交互。虽然书中的人物已经不在人间，但是他们的思想留给了读到他们的人。枯萎的心田似乎被甘霖所滋养。她觉得这是在生命的恰当时刻出现的一种指引，心念中随时做好迎接它到来的准备。以前所读、所思、所看的正是铺垫，没有白白读过的东西。正是有了以前大量的无形累积，才让她在遇见所要真正解读的文字时，才会义无反顾地沉进去。后来她再回想，这是生命中连贯的符号，像是一篇乐章，很巧妙地自然过渡。

她手头上还有她喜欢的书籍，即使内容古老，但只要随时把它们放在身边，她就觉得内心踏实。像是无形的疗愈，在心中注入光芒。她喜欢这种安定、踏实的感觉，这是她动荡、漂泊生活中的陪伴和安慰。

桌子上放着曾经恋人的信件，这是十几年前两人在大学时期的通信。她一直保留着，每到一个新的地方她都要将它带在身边。在她的脑海里，曾经的恋人还是年轻时的模样，尽管后来也曾见过面，可是投入脑海的总是以前的样子。有几次她想将这曾经的信件烧掉，可是犹豫再三，她会觉得可惜。每次到了新的住所，她都将信件放在公寓的抽屉里，一压就是几年。每次离开再将其带走，像是一个可有而又可无的物品。可是这次，她重新整理了过往的情绪。在以往的状态中，她会带着一丝隐蔽的情执和留恋，可是这次她将藏在内心深处的那丝执念揪了出来，将其放在心性的台面上。她不想再背负以往的无形枷锁前行，下定决心在离开前将它烧掉。

从云中挤出的一点阳光透过玻璃照进室内，似乎从阴霾中做着最后的挣扎。她坐在阳台上看着被雾霾笼罩的城市透出一股老旧的铁锈气息。这是一座北方的城市，她想借着这次机会去南方的W城市。W城的面积算不上大，可是整体透着一股灵动的秀气。之前她从南方搬回北方，这次她再次从北方回到南方。她整个人都在漂泊不定的路上，但这次她决定不再回到北方。她想彻底换个环境生活。对于她来说，她更喜欢下雨的天气。这次，她没有做无所谓的挣扎，似乎一切的发生就该是这个样子，顺理成章地帮她完成了选择。

在年轻时，她曾经彷徨无助过，站在很多人生选择的十字路口。每一次的选择都在挣扎中度过。那些无助的暗夜隐藏了她痛苦的无奈，似乎黑夜一旦降临，所有的不堪都融入黑暗。放在现在看来，她仍旧不知道未来该如何过。只是现在的她，内心多了份笃定和坚韧。内心的那股看不见的力量在悄然升腾。看着过去的自己，她很多次禁不住想要拥抱过去的自己，像是一个有力量的母亲想去抱住一个小婴儿。如果人生再来一次以前的生命轨迹，她很多时候一次又一次地问自己，是否有勇气再次走过去的人生道路。心中得到无数坚决的否定回答：不想再去经历一遍。一次已经足够！这无数的伤疤、裂缝，让她不想再去走第二次。痛苦深了，是说不出口的。它只会以沉默的形式宣判过往的痕迹，像是海浪翻腾过后，只留下沙滩上的波纹。经过的人其实看不到曾经的那股海浪，只有经历过的人才知道它曾经的存在。再经历一次，生命中燃起的光芒会渐渐熄灭的。

很多次错误的选择，像是一次又一次失败的投资。对于别人来说，收益总是很多。可是到她身上，那像是一个无形的镣铐，将她捆绑，然后强行拉扯到她从没想过的轨道上。尽管如此，她未曾生起对别人的任何羡慕。这是她自己的生命道路，在心里无数次对自己这样说。她要从这坑坑洼洼的生命轨迹中找到属于她的东西，哪怕得到某种启发，她也不想白白浪费掉这走过的弯路。看似是错误的选择，其实都是在兜兜转转告诉她一些东西。她还不是特别清楚到底是什么，但是她知道这样走的意义并不是为了栽跟头，也不是为了白白吃苦头，而是在无形中给予她别的东西，尽管不是直接以物质的形式明码标价。后来，她才懂得其中的缘由。没有白白走过的路，即使这是一条人迹罕至的小径。在路途中，自有它存在的因缘。

初春的天气，仍旧寒冷。她已经辞掉工作，又要重新开始。尽管每次她到一个城市换一份工作，收入会增加一些，但她对这次的选择有些茫然。她不知道是不是还要按部就班地工作、生活。这样的日子让她一眼望不到尽头，似乎在重复着每一天的轨迹，让身体在某种程度上处于亚健康状态。随着年龄的增长，有些身体的问题会逐渐暴露出来。肩膀酸痛，眼睛疲惫。面对着资料和电脑，很多的事情等着处理。

世界上没有什么不可替代的，一个人离开了，还有很多可以选择的人能替补上。每一天都有一些人离开这个世界，可是没有人在乎。除了围绕身边的几个人，即使同一个街道的人都不会知道一个生命的出生或离去。她看淡生命的生和死，明白这是人生必须正视的问题，似乎遥远，但是真实发生。游历在世间，尤其走在繁华的街道上，她觉得身体只剩下一具躯壳。这种心不在焉的情形，让她与外在的世界似乎隔着巨大的玻璃罩，看似无间，却怎么也走不出心中的壁垒。十几年前，如果有这样的想法，她会不自觉地自我怀疑，可是经历了来来去去的人后，她已经习惯了独自相处。离去，变成了一种常态。留下的，只剩下安慰她的几本书籍。

　　她将十年前恋人的书信放在一个铁盆里烧掉。书信的旁边放着一个精美的礼盒，里面有一个纯银的手镯。长久不戴它了，有些氧化。如果用牙膏清洗一下，又恢复它明亮的质地。她将盒子打开，拿起镯子。镯子上刻着她的名字"爱米"。自从和曾经的恋人分手之后，她就从手上摘下来不再戴过。有几次，她想把它扔到一个隐蔽的角落里，让它自生自灭。可是她想，即使扔掉往昔的物品，曾经的记忆仍旧抹不掉，不如把书信留在身边。书信里的文字，每次搬家都会被放在抽屉里封存。可是这次，她不想再带在身边，直接用打火机点燃。一团火迅速燃烧，几分钟后彻底熄灭，剩下一堆灰烬留在眼前。那股情绪的波澜又在心中泛起涟漪，或许是对这十几年保存又毁灭的惋惜。她将手镯洗干净，重新放到盒子里。

　　连续几日她都没睡好，昏昏沉沉的她在阳台上睡意蒙眬。她穿着睡衣躺在床上，似睡非睡。她仿佛看到了以前的恋人，仍旧是以前的模样。年少的美好，留下一丝惊喜。或许这是年少留下的美好记忆的延续。干净的脸庞，短而利索的头发，深邃的五官，清澈的眼神。继而那张脸，慢慢变成模糊的影子，仿佛换了样子，冰冷、无情而又陌生。她忽然全身哆嗦了一下，猛然醒来。看了看时间，睡了不到十五分钟，可是醒来再也睡不着。在曾经的恋人之后，她每到一个新的地方都有一段新的感情，可是唯独曾经年轻时的他时不时出现在梦里。

或许人对最初投入心识的印记最难以忘却。长大后却变得复杂，失去了心里最本初时的心念和纯粹。或许有的人一开始就不曾抱持那份单纯和纯粹。她有时候淡淡地笑起来，认为一切都是她看得太天真。周围的很多人在慢慢变得越来越世故，而她仍旧一意孤行。爱米听到了太多人对她的劝慰，让她趁着年轻早点嫁人，不然将来身体老去，不会再有男人肯为她老去的身体买账。每次她都淡然笑之，甚至听不到耳朵里。如果为了生活一味地妥协，往后人生的所有选择都会一再为婚姻这个外壳妥协，这不是她想要的人生。人活在这个世间，并不是为了任何一个人。如果失去为自己活的信念，那么生命将变得荒芜且一地鸡毛。即使和一个男人结婚，也只不过是两个身体在互相取暖。如果没有她心甘情愿的爱，对于她来说，似乎灵魂中那份灵动的能量将会立马熄灭，人也会变成行尸走肉，这跟灵魂的死去没有什么区别。这是她的倔强。

很多次她幻想这种没有爱的场景，胸口中似乎憋了一口气。人间的真实形态，往往只是为了某种责任而凑合生活下去。如果有深爱的连接，为何夫妻因一点私利打得不可开交，由一开始的亲密恋人而变成仇人。即使因为牵绊不能分开，在婚内争吵、背叛的事情在人间并不缺少。男女相爱，需要心性的柔和、关爱，要愿意为彼此付出，不计较回报。这需要男女双方同时具备，任何一方欠缺，都不会有爱。可索取的人总是那么多，只想从对方身上获取想要的金钱、名利。如果不是这样的话，怎会有那么多情感建议、整容、穿搭在帮助女孩子获取有价值男人的欢心。很多的社会话题似乎在围绕怎么让一个有价值的男人倾注在一个女人身上，让她获得"成功"的捷径。她对不关心的方面，会保持距离。这种让人心念混乱的信息，一旦被不容易分辨是非的人接收到，只会产生无形的焦虑和自我怀疑。

人的心像一个容器，如果没有用大量有益于内心的能量装满，很容易被外在硬塞的信息干扰。一旦内心没有被有营养的能量所滋养，心这个容器中的垃圾信息就很难被清理掉。这相当于在心田里撒下花的种子但还是让其任意荒芜。以前她想到关于心这个容器的话题时，会对世间沉迷于游戏或其他虚度光阴的行为感到遗憾。现在她并不再抱有这样的想法。每一个人终其一生所做出的选择毕竟不一样，这是每个人的因缘，也是每个人在世间的使命，并不需要替别人做出选择，也不需要热切关注别人的生活。

对于她来说，重要的是走自己的路，去经历所要经历的，把一切因缘的发生都当成一次次的闯关游戏。如果闯关不成功，还需要面对同样的课题，直到走出自身困局的迷宫，这样类似的经历才算结束。她有时候提醒自己，不要介入别人太多的因果中，不要去评判也无需去说教。如果一个人的内心足够有勇气面对自身的困局，会想着从里面跳出来。这时候的言语看似有帮助，其实这是人自身具有的能量。别人所要提示的言语如同散发出的无形能量波动，自身亦能感通到，这时交流才能毫无障碍。否则，说太多会引起不必要的误解。爱米想，诚意，很珍贵。

初春的天气阴晴不定，太阳很快被雾霾掩盖。尽管这是一座北方沿海城市，但是禁不住冬天煤炭的大量燃烧，在没有雪、没有风的日子里，即使有太阳，似乎总觉得被一层布满尘垢的玻璃笼罩着，发不出自身应该有的透亮光明。她从床上起来，将燃烧的灰烬收起来，发现还有一点没有燃烧尽。她拿起来看了一眼，只剩下写信的日期。这是和他正式结束后的第七年重新收到的他的信，日期亦是停留在两年前的春夏交替的日子。这是一沓信中最新的一封；其余的是陈年往事，陈旧得都泛黄有了霉味。最新的这一封她仍旧记得信的内容，即使信件已经被她烧成灰烬。信的内容又在她的脑海里放电影似的浮现出来。

　　爱米，上次分离已是多年前。其实在我心里你从未离开过。如果让我重新选择，我会坚持留在你身边。可是时间不能再倒流，这是我一生的遗憾。年轻时的莽撞和无知，总以为事业要放在第一位。那时候生命中充满茫然和无助，充满担心又有期待。你生命的韧性就像一颗种子已经深深地埋在我心里，悄无声息地破土发芽、成长、开花、结果，在无形中扎深了根。那细细密密的根须触角遍及内心的每一寸。要想铲除，只能将整个心挖走。我曾经尝试让心里长满杂草，掩盖对你的思念，可是心田的土壤已分不清你和我。你有时看上去像没写度数的酒，一旦触碰，当时并不觉出什么，但产生的后劲让我在以后的日子里陷落。

　　我极力保持某种清醒，想不再伤害你。妻子看似一开始对我有帮助，可是她的控制欲强烈，让我陷入某种疲倦和被动。也许曾经从她身上看到你的影子，让我产生某种错觉。她毕竟不是你，后来我才发现，任何人都不能替代你。或许是和你分别的日子太久让我产生对你思念的幻觉，她在我前面走路时我竟把她误认为是你。从此，我开始对她有好感。可是在和她结婚后的日子，我才觉得那不过是我的某种幻觉。她和你并不一样。她任性，无理取闹，物质欲望强烈。即使我能满足她的过分要求，她的物质欲望仍然愈发强烈。我并不是负担不起她的开销，而是我仍旧觉得和她产生不了深层的连接。

　　年轻时的自私决定，留下你一个人在原地。多次将身边的人想成是你，这份隐忍的克制在内心深处像燃烧的烈火。尤其在我不忙的时候，这份思念将我灼伤。你在梦里浮现，又突然离去。多次从梦中惊醒后以为你还在身边，可是醒来后一丝悲凉涌上心头。从不抽烟的我开始学会抽烟，也许只有这样才能排解心中的苦闷。在阳台上独自坐着，烟抽掉一支又一支，一天有时抽上两包。除了仍旧保持咱们一直坚持的习惯——看书，就是抽烟。只有这样才能呼出烟气，像是将压抑已久的苦闷借助烟呼出。这两年，因为忙碌的工作，眼角多了些细纹。看着镜子中的皱纹，心想这是一件值得庆幸的事。暗自欣喜，人幸亏有生老病死，不然一直年轻、一直活着会是一件多么枯燥、无聊的事情。虽然工作上很成功，可是我面对的毕竟不是曾经的恋人。这是一件让人感到遗憾而又可悲的事情。有时候在内心深处会期盼自己快点老去，期待老去的样子，甚至也不会觉得死亡是一件可怕的事。等了解了生命中的实相后，就不再觉得心生怖畏。

在我将你弄丢的三年之后，虽然我看似有幸福的家庭，可是心里的隐痛只有自己清楚。那份心中的不安时常搅动我的心，让我感到窒息，就像酒精彻底发挥功效后，我才意识到你在我生命中已经扎了根。那份心田的滋养，有了你的存在，才会感到温润。我有时候借工作忙的名义，去接触心理咨询师，后来觉得他们并不能解决我真正的问题，也不会劝服我。那种心理的安慰或者理论只是浮现在生命的表面，不能解决内心深处的渴求。生命不是一个又一个的理论，而是有内心的诉求和需要。有时候觉得心理学只是解决头脑层面的问题，对于生命层面的需要有一定的局限性。我需要的不是心理按摩，也不是心理的安慰剂。我需要解决萦绕在内心深处的挣扎和彷徨。

我现在更多地体会为什么人有了物质之后会对精神产生更进一步的需求，尤其在觉察到心的挣扎时。这需要一个摸索的过程，需要经历很长时间的盲目阶段。哪怕只有一点光芒，也要紧紧抓住。这是我后来才觉知的。我想你一直坚持走自己的路，即使你没有充足的物质做保障，但是你一直跟随你心中的那束光芒前行，从不曾为谁停留或者犹豫。你有一颗古老的灵魂，即使在这盲目追求物质的年代，仍旧坚持自己的信念和道路。你的灵魂充盈，一直在探索，一直不屈服于现实。很多人对你不理解，包括曾经的我也不理解你，觉得你生活在一个不切实际的世界中。

一

将别离

那里没有物质，没有世间所有接触到的一切。我想那时候你肯定是孤独的，但是你孤独又沉静，丝毫不理会外面世界的变化。似乎在你的心中有层坚硬的壁垒，防止外面不好的信息干扰你的内心。

只是那时候我并没有真正走进你的内心世界，觉得你敏感而又脆弱，仿佛一阵风就能将你伤害。可是我没有看到你内心的力量和温暖。你一直在做着自我的引领，有一颗慧心。即使无人指引，你也会自我觉醒而找到适合自己的道路。你一直像是汩汩流淌的泉眼，滋养着我，包容着我。你的能量一直在向下兼容我，可是以前我总觉得我有聪明的大脑，对于虚幻而又不切实际的思想觉得不可理喻。其实那是我的浮躁和短视遮蔽了我的双眼，这种体会随着生命的流逝和对它的了解而逐渐加深。

人生的苦和乐、生老病死，虽然像是梦幻泡影，可是生命毕竟有它存在的意义。每个人带着各自的因缘生活在这个世间，尝试各自的道。这一世的遗憾萦绕在心间。我不再想用刀剑斩断对你的思念。把你放在心底，我会觉得你一直在。这份感觉，让我觉得踏实。

元意

那些文字在她脑海间不自觉浮现。在刚收到他的信时，她读了一遍又一遍。连续一个月的时间，每天晚上睡觉前都要拿出来看一遍。之后再也没有打开过。读到这封信，似乎曾经的恋人又在身边，如果换成以前，她或许会被他诚挚的情感打动。可是在读完的一瞬间，内心咯噔一下又被瞬间绞痛，似乎心沉入无底的大海。深深的落寞和孤寂，又好像被搁置在虚空里，无人诉说，更无人聆听。内心只剩下无限的静寂，骨子里的薄凉似乎渗透着一股寒气。她几乎没有朋友可以倾诉心事，所有的事情她一个人承担。如果压抑得太久，她将它写到日记里。但是不久，她将日记烧掉，不留下任何痕迹。

她喜欢写文字，可是又怕内心隐蔽的角落被人无意中窥见。她不喜欢向走不进心里的人敞开任何心声。她在读书时喜欢写日记，可是被家里人发现。当时她哭得很伤心。在她看来，这是一种耻辱，一种被迫的隐私干预。那次的痛哭，让她有种想要从这个世界彻底消失的念头。从此以后，她每写下一些东西都会过不久便烧掉。有血缘关系的人，并不一定是最了解自己的人，也不一定耐心地关注自身灵性的成长。尤其面对严厉的父亲，她无论如何都无法向他敞开心扉。一想到父亲，心灵深处有种天然的排斥感。

她并没有给他回任何消息。任何多余的一个字都没有必要，爱米已经失去了与他分享任何事情的喜悦，不再有任何的期待。自从他离开，她的眼睛变得有些忧郁，像一双看不见底的泉眼，里面留下了往昔的故事。即使她在一点一点老去，岁月在她脸上留下的痕迹都藏在眼神里。尽管她看上去比实际的年龄小六七岁，即使岁月没有刻画在脸上。如果不仔细看她的眼神，仍旧觉得她是单纯的，可是时间久了，会觉察到她眼神中流淌出的静寂。仁弘是他俩的好友，元意将他写的信给仁弘，让仁弘转交给爱米。她多次搬家，没有固定的城市，也没有固定的住址。元意只能麻烦仁弘。这么多年来，爱米的聊天工具里排在前面的当数仁弘。他们已经是多年的好友，即使很久不联系，彼此也没有任何陌生感。

仁弘问她要不要给元意回信。爱米淡淡一笑，没有说任何话。仁弘了解爱米，他知道她不会再跟元意有任何瓜葛。既然选择断绝，那就一别两宽，无需任何的纠结。元意当初离开爱米，选择一个对他有帮助的人结婚。元意的结婚对象是他的研究生同学。两地的长期分离并不是关系破裂的主要原因。如果心意坚决，不会因为距离的远近而轻易放弃这段感情。世间的很多东西可以被重新选择或者被代替，但人是唯一的。即使有很多个一模一样的机器人模型，灵魂也无法模拟。来到世间，既不是来体验乐，也不是来体验苦，而是通过在世间的不完美体验来找到真实的自我。人将自我丢掉，便变得可悲。曾经有多孤勇，现在就有多决绝！人的心一旦变得寒凉，便不会再燃起曾经的光芒。

爱米知道元意走在一条属于他自我觉醒的路上，他肯沉下心来了解他自己，听到他内心中被埋藏的声音。她无需再跟他说任何话，保持沉默就是对他最有利的回应。或许在未来的某个时间段，他会有新的认识。这条路需要孤注一掷，也需要他能看到自己的心。越能贴近本我的心，会在这条路上走得越快。一颗有觉知的心本就需要对自我的观照，也需要对自我和自我之外的共情和察觉。不仅需要对自我充满悲悯之心，还需要对他人同样如此。即使对一朵花、一棵树、一块石头……

她想他会有新的觉知力，这需要自我内心的力量。爱米要做的唯有往前走，不再回头。她仍旧爱他，只不过这种爱已经转化为另外一种能量。她想他们的男女因缘在过去已经戛然而止。她将这份爱保存在时空里，没有任何期待。她对他的爱，就像对一朵花的爱。

　　她什么都不想做，但是大脑陷入沉思时，禁不住抠手指，把双手的指甲弄得凌乱不齐，最后还需要借助剪指刀将其剪短。这似乎延续了小时候的习惯——每当在家里受到委屈哭闹时，她无意识地弄手指甲。这个动作恰恰是被父亲厌恶的。这时候父亲会禁不住制止她，但是她脾气倔强从来不听父亲的话，反而变本加厉，似乎在报复父亲。每当父亲更生气时，她内心会有一丝快意掠过，终究让父亲无可奈何。爱米的确有些孩子气，尽管她的年龄几近中年，可是她不经意的动作或者言语会暴露她内心不成熟的地方。可是她无法改变，也不想去改变。

　　如果人只保持单一的性格或者心态，该是多么无趣。但即使她自己一个人时，也很少感到真正的无聊。听到对门的人咣当一声关门，她看了眼窗户外面，才意识到天已黑。

　　外面灯火通明，屋里的光微弱。她将灯打开，看到空荡荡的房间，心里也随即变得空落落起来。一层悲凉的心情涌上心头。她有时候禁不住想，或许漂泊才是她的宿命，她还没有决定在哪个城市定居。尽管是平凡的人生，可是她不想让平凡的人生被动虚度。尤其在一个名利至上的时代，越是都在一拥而上，她越要保持内心的坚持。想想这么多年来，她一直在做着这样的坚持，从来不去理会外界的声音。她能够养活自己，同时不会依赖男人。她觉得这个时代，女性除了能养活自己，还要保持自我的独立。这并不是强势或者无理取闹，而是让内心保持一份独立和清醒。这份心力不分男女，但很少有人能承接这份内心深处的能量。它需要深层的连接。或许心意粗糙，过得过且过的日子并没有什么不好，但是对于她来说，这并不是她想要的生活。

　　她将所有的窗帘拉上，一天没有做什么事情，并不觉得累，也不觉得饿。她静静地躺在床上什么都不想动。每当情绪来临时，她需要时间去消化。在年轻时，她有情绪，也有脾气。她会极力克制内心涌起来的情绪，但越克制反而情绪越像是翻滚的波浪一层又一层地翻卷过来。被情绪淹没的她，往往将自己关在一个封闭的房间，拉上窗帘什么都不管。情绪的波浪掀起高潮时，眼泪就会肆意地流出来。每次她都是从情绪中被动走出来，什么都不想做。吃饭似乎只是为了维持生命的基本存活。每当伤心到极致时，她也会忘记了饥饿，身体也不会提醒她去吃饭。或许隐藏在内心中的能量无意中被消耗了，所以她会觉得疲惫。

　　今晚同样如此，她觉得身体有些虚弱，不想吃任何东西。如果身体不提醒她需要食物，她可以连续几顿饭都不吃。她觉得吃饭是一件让人麻烦的事情，晚上她喝了一点水，半躺在床上。桌子上除了书，还有一个就是她无论住到哪里都会在桌子上安放的一个花瓶。有时候在里面插上几朵花，有时候只放一朵花，她也会觉得心情仿佛被点亮。她喜欢这小的事物，常常被这小的东西所感染和感动。她以前会觉得情感丰富、充沛到了一定阶段会不自觉伤害到自己。那份湿漉漉的情感她独自消化，很少有人能承受这份沉重的情感。一不小心别人会觉得这是一种沉重的负担，但她极少对别人倾诉自己的想法。

　　她将桌子上的书拿起来，在书页中夹一幅她之前画的画，再配上她写的一小段文字："幼小的芽，很小很小，可是亦有自身的能量。"她只画了一朵小花枝，稚嫩的枝干上露出春天的一个小幼芽。

她把它留存在书中已有半年，当作书签。她经常画一些小的人物、小的花朵，有时候画一些秋冬枝丫上挂着的果实种子，虽然都是些微乎其微的东西，但蕴含了向上的能量和张力。种子蕴藏最原始的生命力，幼芽代表了生命开始的新生。这些看似不起眼的小东西，看到、触摸到，亦能让她感到心安。小并不代表小，雨露均沾的能量同样可以活出自己的生命力。

一二

山海间

在这座北方的沿海城市，来来回回已有两次长时间停留。这次
离开之后，爱米决定不再回来。内心已然做出选择。

在离开的前一天，她再次来到沙滩上，任凭刺骨的海风吹打
在脸上。走在沙滩上，她写下一个"爱"字，这是她对自己说的。
无论如何，她都不会失去内心的那份爱，不管对于大爱还是小爱。
如果说小爱表现在日常的行动上，那么大爱更多的是一种心境。
一个是术，另一个则是道。那份对于爱的心境流淌，更多的是体
现在心念上。对于过去凌乱不堪的爱，她自会有旧的告别和新的
开始。在跌跌撞撞的泥潭中，她也曾经有过挣扎。

涨潮了，海水很快将眼前的"爱"字吞噬，没有留下一丝痕
迹，像是无人来过。

惨淡的阳光照在脸上，稀薄的暖意抵不过空气中渗透的寒意。
上周突然下起雪，温度迅速降低。在初春难得下雪，很多含苞的蓓

蕾被冻坏。下雪的时候,她喜欢走路到附近的山上、原野里。这座北方的沿海城市沿山和海而建,市中心傍海临山。虽然说是山,其实海拔不高。天气暖和的日子,住在附近的居民会在晚上去爬山。通往山上的台阶处有路灯,虽然昏暗,但是能看清楚脚下的路。她穿上黑色的羊毛大衣,围着一条柔软的灰色围巾,穿着黑色的灯芯绒半身裙。她看着围巾发呆。这条围巾已有多年,除了冬天寒冷时会被她围着,一直被放在储物柜里,很多年过去了,仍旧保持它原来的质地,暖和而又结实。偶尔冒出个线头,她就用粗针再将它轻轻地挑进去。这还是跟元意在一起时,他帮她买的。不过留着这条围巾,并不是为了他,主要是因为这条围巾还能用,等哪一天它不再保暖或者坏掉,只能将它扔掉。

她坐上地铁到码头。虽然说这是码头,可是早已被废置,被改造成一个观光台。码头处有一座五层高的欧式建筑。最上面的天顶处放着三台望远镜,架子高一米左右。游客上去后可以通过望远镜看到远处的大海、帆船。旅游旺季,露台上会挤满人。沙滩上密密麻麻的游人,从远处看像是给沙滩织就了一块密不透风的布。

她从地铁里出来,走了大概半个小时到达山脚。下雪天,加上是工作日,出行的人不多。平时这个时候,很多游客会来码头喂海鸥,可是这天来码头的人寥寥无几。一群海鸥围绕在仅有的几个人身边,啄完食物,很快飞散。海浪拍打着岸边,昏灰色的天气让整片大海显得迷离又暗沉,像是在酝酿一场深不可测的情绪。远处的礁石在灰蒙蒙天气的衬托下显得愈发黑亮。雪落在地上很快融化。她喜欢雪落在身上的感觉,走在下雪的天气里,她觉得心里清凉。山色荒芜,一根根石灰色的枝干,显得荒凉而又清冷。暗绿色的松柏渗出一点生机的色泽，让人感受到眼前的植物还在活着。沿着台阶往山上走的两边种着迎春花，山脚下种着连翘，这两种植物开花早。雪落在鲜黄的花朵上，花蕊处点缀着雪融化后的水珠。一簇连翘花枝下面有一朵提前开放的小小蒲公英。小小的淡黄色花朵从厚密的落叶里钻出来。爱米看到后，嘴角泛起微笑。她被这坚强的小生命所感动。她蹲下去，轻轻将手伸出来，触摸了一下花朵。凉凉的，软软的。她用手机将花朵拍下来，可以作为她绘画的素材。

　　雪越下越大，让她有些睁不开眼睛。山里静寂，听到雪落在地上、花枝上的声音。难得一见的春雪，下得如此任性。后面有两个人走得快，很快超过她。他们穿着冲锋衣，拿着登山杖，背着行李，还在一个大的行李包里装着乐器。爱米对他俩有印象，每次她来爬山的时候都会见到他们夫妻两个人在半山腰的平地上练习乐器。男人的神情和穿着看上去像搞文艺的，留着到肩的长发，浓密的黑发中隐隐约约透着白发；女人是他的妻子，齐耳的短发正与她的丈夫相反。他们看上去五十岁的样子。爱米没有仔细看过他们的脸庞，隐隐约约感觉他们喜欢目前的生活，不为生活的琐事所累。之前秋天她来爬山时，听到住在附近的人说他们夫妻有一个女儿。男人年轻时经营一家进出口公司，攒了一笔钱；女人一直是家庭主妇。女儿长大后到了嫁人的年龄，他们便不再将重心放在女儿身上，而是专注于他们两个人的生活。

　　他们两个人又到了半山腰的平地上停下来，在爱米经过他们身边时，他们向她微微一笑，算是打招呼。爱米同样回以微笑，之前爱米曾经坐在旁边的木头椅子上听他们练习曲子。爱米和他们都有些印象，只是他们从来不过问彼此的事情，仿佛他们是一座孤岛，爱米同样是一座孤岛。这两座孤岛之间，不需要太多的寒暄。他们都不喜欢被别人过分干涉，也不喜欢被人打听隐私。这是他们之间的界限，一旦跨越或者无意碰撞，都会感到不适。

地上积了一层薄薄的雪，爱米走了半个小时才爬到山顶。这里可以看到远方的大海，也能看到不远处的跨海大桥。如果在天气晴朗的日子，可以看到蜿蜒曲折的桥盘在海面上。在这灰暗的天气里，海面上被笼罩了一层阴灰的雾气，将盘旋在海上的桥淹没在这昏沉的天气里。那座桥她走过很多次，大部分时间是跟同一个人。她离开这座山回到公寓的当天晚上还收到他的电话，问爱米是否一直留在这座城市，因为他要结束一年的欧洲访问回到这里。爱米半年前彻底断绝跟他的关系，她说会离开，语气里有不容商量的余地。

他们之间有时差，他说他梦见过爱米。这一切对于爱米来说已经不再重要，自从她和元意分手之后，如同果实饱满般的情感已经干枯了很大一半。后来陆陆续续在她生命中出现过几个男人，但每次都像从她身上抽走一部分能量。在男女之间的情感上，她想保留那份属于自己的能量，不再为任何人妥协、改变。世间的男女关系，需要彼此能量的互相补给，不是单一的索取，也不是为了满足自己的私欲。大爱虽然是一种完满的心境，可是男女之爱却需要双方的意愿。一个愿意给，一个愿意接受。

古野是一个比爱米大九岁的男人，他既是一个艺术家，又在一所大学任教。古野看上去优雅、得体，从心里散发出让人觉得干净的气息。的确，他知识渊博，不仅在美术上有造诣，同时在历史、文艺上有研究。他穿着干净、得体，浓黑的眉毛，眼神中的清澈似乎是在历经沧桑后故意留下的。虽然年龄已过四十岁，身材依旧匀称。身体结实、有力。仁弘是摄影师，古野和他有合作。在爱米回到北方城市的三个月后，仁弘约她去观看艺术展。她平时的生活枯燥、单调。爱热闹或者刺激的人会觉得她的生活寡淡、无趣，可是她从不觉得这是一种乏味的生活。仁弘是她多年的好友，他知道她不工作的时间很少有紧急重要的事。即使距离父母有两百里地，她还是很少选择回家。

家对于她来说，除了冰冷、窒息，没有其他值得留恋的地方。她没有故乡的概念，家对她来说仿佛是一个陌生而又带着一丝熟悉的词。她喜欢蒲公英，无论被风吹到哪一片土壤里都能生根发芽。她喜欢这种植物的韧性，不屈服于一种生活或者固定的地方。风走到哪里，哪里就是它的家。爱米想，她也像蒲公英，心往哪里走，她就要到哪里去。直到心累了，不想再走了，找到心愿意停留的地方，她就在哪里歇脚。往后的余生，她还没有确定下来。有些生命的寻找，需要付出一定的代价，甚至牺牲时间、精力、爱情，还有最佳的结婚年龄。爱米在心里承认，她并不接受很多世俗的观念，也不能忍受心里的想法被桎梏。她想去尝试，去挣扎。这是她的倔强，只愿意跟着内心的真实想法走。在跟随真实的内心意愿上，她从不妥协、犹豫。如果不去一意孤行，又怎么知道哪一条路行，哪一条又不行呢？她有自己的坚持和原则。

仁弘带爱米去了市中心最大的美术馆。那里经常举办国内外名家的画展。这是爱米第一次来到这里。如果不是仁弘带她来这里，她永远不会想到来美术馆。画画只是她的兴趣，就像她喜欢平时的写作一样，只作为单纯的兴趣和分享，并不打算将这两个爱好作为主业。一切交给因缘吧，画画和写作给她沉闷的生活增加了一些色彩，让她压抑的心情有了缓解的渠道。

喜欢独处的她，并不热衷于跟人打交道，更不喜欢进入某个圈子。如果跟很多不熟悉的人围在一起聊天，她会觉得浑身不自在。如果是有很多人参加的活动，她都会断然拒绝。这些无谓的社交，对于她来说是一种无形的消耗，比她跑步五公里还要累。如果有真诚的人和她交流，她愿意和人多说上一些话，但她天生的警惕性让她说话总是适可而止。她并不是不真诚，而是有些话没有必要说尽。有些话说尽，反而没有意思。这样真实而又紧密的内心需要留给真诚而有爱的人，需要双方互相知分寸、懂界限。

他们两个人到达美术馆时，馆内人很多。古野正好忙着，仁弘跟他打招呼。在古野看到爱米时，他眼神中充满情感，转而微微一笑，他一定要留下仁弘和爱米在附近吃晚饭。古野后来跟爱米说，他怕错过这次机会就再也找不到她。他说和别人吃饭的时间，是很好了解一个人的时候。他想借这个机会让爱米了解他，同时更多地知道关于她的信息。他说她身上散发某种特别的感觉，让他充满好奇，想要探索她。他说那是一种让他感到放松、安心的感觉，可以让他很坦然地在她面前做自己。这是她和古野的第一次相遇。

几次交流之后，他面对她很诚实。多年前他离婚时有一个即将读中学的儿子，前妻已经离开这座城市远嫁到国外。他会支付生活费给他们母子，以弥补不能陪伴儿子的遗憾。儿子每年暑假都会回来，暑假结束后再由前妻接到国外，以至于他们父子之间不会有太多的隔阂。她见过他儿子的照片，长得像他。眉眼间隐藏着忧郁的气息，他说这是他们家族特有的气息。在某种程度上，他的家族有抑郁而又敏感的倾向，这是基因里刻画的底色。

他们家族有几代作画的传统，后来想通过读书改变这种传承的基因，可是对文艺的热爱仿佛被刻画在骨子里。不过，这种遗传并不一定是固定的，曾经家族里出过两个与文艺毫不相干的工程师和数学家。他讲到这里，禁不住笑起来，仿佛觉得这是一种宿命，又觉得是一件好笑的事情。他都没有想到会有这么多的联想，他再补充一句：当然也出过农民画家。先是农民，后来成为画家。她举办过几次展览，很受当地人喜爱。

你和她联系过吗？

很少联系。她住在村子里，我们很少来往。父母离开人间后，加上自己工作很忙，几乎不再去村子里。

我对民间手工艺者和画家都很感兴趣，觉得他们同样有一颗朴素而又有美感的心。尽管没有接受学院派的教育和训练，但是他们的眼中和心中一样有美的事物，这和正规接受训练的人不一样。在画风上，他们在创造他们生活世界中的美。

好的文艺工作者往往是孤独的，即使行为上表现得不一定怪异，可是在创造的时候心在支配着身体，不仅靠大脑的绞尽脑汁，还需要直觉。这种直性，有时像禅定的境界。仿佛世界上只有一个人，也仿佛失去了自我，与整个世界融为一体。这种安定的心力所引导出的喜悦无法用言语形容。

你会感到孤独吗？

会。这种孤独身处很多人中反而愈加明显，自己一个人独处反而感觉不深。跟你在一起也不会觉得孤独。忧郁是摆脱不掉的。其实你的身体里也有忧郁的气息，是从你骨子里散发出来的。所有的这种忧郁埋藏到你的骨子里，和我一样。我们都是一样的人，忧郁而又多情，内心薄凉而又冷漠，有爱但是又无情，悲观但不绝望。乐观是隐藏在内心深处的光，不会呈现在别人面前，但是这层温度让人有了慈悲。味道一样的人才会被深深吸引，不与性格有关，而是像饿狼闻到肉的味道，猛扑上来的魔力将彼此牵系在一起。我循着你身上的气息找到你。

你的直觉力很灵敏。

没有灵敏的直觉力和感知，很难将艺术进行下去。这不需要离经叛道的行为，而是需要那种细如发丝的捕捉力，通过外在的眼睛投射到心灵的眼睛里，用看不到的心来创作。如果没有用心是做不好任何事情的。任何事情做到极致，都需要用心之眼，而不是仅仅靠外在的眼睛。感官有局限性，可是心里藏着一双巧手，可以说是内在的"神"借助外在的感官来创作。

这个"神"可以是内在的本心，而不是一个外在的"神"附在人的身体上。这是人的心灵在外显化的妙用。

爱米，你是一个聪慧的女子。我当初并没有看错你，我们是彼此的另一面。可以说，你是我，我也是你。我们是彼此在世间流浪的另一个人。

男性，女性。阳性，阴性。这些属性可以共同存在于一个人身上，这种品质的抽象词不该局限于单一性别。只是男子相对来说心性比较粗糙，但是粗中也有细。女子容易被情感所羁绊，如果克服情执，便不再觉得情苦。这仅仅举出例子，并不是所有的人都如此。只是在世间，没有完美的人，都要克服自身所存在的障碍。这是一条通往自我的路。路上被救赎的人唯有自己，不曾存在另外一个被拯救者。被拯救的人，在合适的因缘上触碰本自存在的神性，烦恼障碍少。即使花大力气在不愿意走出泥潭的人身上，也是枉费心力。

你心思细腻，心中细细密密的感受触角灵敏。如果没有极其敏锐的感受，不会将它说得如此透彻。最接近神性的地方，越难用精练的语言阐述出来。越往里追究，往往越不能尽其言。意可会，言难说。

那是一片孤寂之地。孤勇的任性，既需要忍受孤独，也需要勇气。在这个世界中，外在的现实总处于不完美的状态，有缺憾也有遗憾。物质的世界会经历生、灭，有被创造出来的实物就会有消亡的一天，只是时间早晚罢了。在听别人跟我滔滔不绝说话时，我会不自觉陷入自己的沉思，让心飞到另外一个世界。有时也会被热闹的烟火气所温暖，即使一个小小的善意举动，也会觉得感动。

爱米，你经历了什么，让你的心思不像一个年轻人。有时觉得你的身体里住着一个饱经沧桑的老灵魂。可你不争不抢，心性单纯得又像个孩子。

我一直被命运推着漂泊，直觉告诉我这样的生活最近几年不会停下来。这是命运的使然。我既相信命运又不相信命运。旋转轴的滚动不在于它停止在何时、何地，也不在乎为了谁而停止。它滚动有它滚动的理由，我还不知道具体的原因。有时候我累了，不想继续前进，可是命运一直推着我往前走。即使不走，也不得不重新出发。内心经历了一个个创伤，无人可以去倾诉，也没有人愿意倾听。倾诉和聆听都需要内心能量的互相连接和流动，否则心意的真实沟通只会被辜负。内心疗愈的过程很漫长，那些缺失的爱需要补偿，这个并不是物质所能弥补的。即使大脑清醒的时候，告诉自己，这世界的一切都是假的，都是空的，都会随着生命的消失而逝去，可是那种内心的伤疤就像个坑洞，需要修补。缺失同样元素的东西，需要用同样的元素来修复，而不是用另外形式的东西。如果世界上没有了爱，缺失爱，则如同失去了温暖人的阳光。正因为爱，才愿意去做想做的事情，体验爱、付出爱。如果没有爱的意愿，被迫去和不愿意结婚的人成家，只剩下利益和利用，才是一件不堪入目的事情。精心算计里，没有爱，只有利益。

　　热爱才能创造。如果没有爱，就产生不了流传后世的艺术品。凡·高也是如此。凡·高之所以是凡·高，我想并不仅因为他的画，还因为他对作画有一意孤勇的爱。他保留内心的纯粹，有强大的感知力和同理心，而画只是连接他内心与外在世界的媒介。

　　古野，我几乎很少说如此沉重的话。说完这些话，我感觉身心疲惫，又觉得将这沉重的疲惫扔给了你。打开心扉需要合适的因缘和人。

　　我们如此相像，以至于通过你好像看到了我。我们也是不同的，你一直在我前面像在带领着我走。是你将我打开，引导我深入内心的世界。以前我拒绝过分自我反省，甚至拒绝触碰内心最孤寂的地方。一旦深入，意味着内心的挣扎和痛苦。我没有勇气将内心的凉薄揪出来做自我审判。你知道吗？这意味着自我的承担，也意味着面对茫茫无际的荒凉草原，除了孤寂地荒芜，我还不知道怎么将它妥善处理；这意味着每天机械式的看似合理完美的秩序，一旦被打乱，还没有找出怎么重新编排它的程序。其实我能感受到内心的冷漠，宁愿独处也不愿意被打扰，所以我宁肯牺牲家庭，也不愿意去深究里面的逻辑。即使去深入，也不愿意触碰最深处。那里就像一坨冰，寒凉、扎心。

　　冰也可以化成水。最隐蔽的通道比一缕光线还要细，有光照的地方就是通口。肉眼有局限性，可是心之眼明亮、澄净。它的感受比实际看到的要准确，也比听到的灵敏。

你就像你的名字，有小小的米的韧性，种在土地里能就地扎根、发芽、成长。虽然在人群中看上去不起眼，但是如果再让人多看一眼就会有想要进一步了解你的冲动。我第一次遇见你时的直觉没有错。这是潜意识的无意连接，或许只有本质相同的人才会有如此的感觉。

一滴水可以润养生命，一小寸土地可以长养植物。我在哪里都能生长，似乎在内心深处总有股不屈服的劲头。即使有诸多的绝望，也要有向上的张力。如果外面的人去看的话只会觉得悲观，可是在自己看来，所谓的悲观其实是内敛的积极。人并不需要一味地展示外放的乐观，越是隐蔽处越在积蓄着能量。

古野喜欢跟她在一起，有她在身边，即使一句话也不说，也会觉得心安。

他住在山与海相连的近旁，来来回回都要经过远处的跨海大桥，他喜欢开车经过大海。这座看不到尽头的桥，他们来来回回经过无数次。有时他们什么话都不说，只听到汽车行驶在桥上的声音。在桥刚刚被修建好的那一年，来往行驶的车辆不多，尤其到了深夜，所有的人迹似乎从人间蒸发，他们经过时仿佛在无尽的时空隧道里穿行。海面桥上的路灯微弱，几乎到了忽略不计的地步。同

二

山海间

样是在一个寒冷孤寂的夜晚，路上漆黑。爱米似乎觉得不是车子在移动，而是路在不停地往反方向匆匆而过。行驶在空旷无边的黑夜里，人容易觉得孤寒。外面的空气冷凝，车里暖和，一冷一热，一明一暗的反差，似乎将内心深处所隐蔽的丝丝缠绕的伤感勾出来。这种伤感因景因时的不同从心中不自觉地涌现，不刻意为之。如果换作以前，她会觉得失落的情绪是一种心理上的负担，有可能无意的伤感气息会给别人带去沉重的体验。

　　爱米回想起以前的点点滴滴。风从海面上吹来，吹乱了她垂在肩上的长发。眼神里带着温暖，却又闪过一丝的伤感。曾经有个四岁的小女孩夸她的眼睛好看，说她的眼睛温和，笑起来时像两颗饱满的杏仁。现在她并不觉得伤感有什么不好，这是内心与外在的此时此景所引发的共振。看到那些温暖的事物，也会不自觉心生感动。内心的淡淡喜悦也会从心底深处不自觉生发，这是从来没有过的。苍茫的夜空里，偶尔几颗星星若隐若现地挂在冷寂的黑暗中，天边游荡着蓝灰色的云，一轮月亮如弯钩，仿佛要垂钓海里的鱼。爱米望向窗外，看见外面黑乎乎的一团团影子。海与天相接的缝隙中露出一点深沉的冷灰，这是黑夜自身所渗漏的颜色。海面上空空荡荡，没有灯塔，没有一丝光亮。在桥沿上每间隔三四米处有一盏微弱不起眼的小灯，惨淡的光不足以照亮海面。

　　桥下的海水似乎凝固，听不到一丝海水的声音，只有汽车疾驰的声音在空中回荡。外面一片孤寂、寥廓。其实到现在她仍旧有些情绪化。每当情绪上来时，那种忧郁似乎从骨子里往外钻。她在极力克制，这种无形的情绪会在不经意间伤害到别人。如果她正在情绪上，一个事情的发生又恰好触碰她逆反的心理，那当下的这个人就会受到她的无意伤害。很多时候，她不愿意跟人有过多的交流和接触。所有亲密接触的朋友，都是经过多年时间积累下来的。她很少主动和人交流，也很少去迎合别人。她有自己的坚持，如果没有真诚，有些人并不需要深入交流，更没有必要花费她的时间和精力。多数时间，她喜欢一个人待着。在这期间，她可以做平时因为工作忙而没有时间做的事情。她并不觉得一定将时间浪费在维系人际关系上就会收获同等的换位思考，在这个注重物质利益的时代，太多诚挚的情感对于很多人来说是一种负担。她无需将这份多余的情感交给别人，最重要的是留给自己的心。

时间的筛选需要精雕细琢，打磨心性也是同样如此。心中浮现出的棱角在扎伤别人的同时，其实最先扎伤的是自己。在让别人尝到痛苦时，其实自己已经在尝试了一遍同样苦的味道。这是能量的交换，有可能自己带给自己的伤害会更深。爱米并不是一个故意去伤害别人的人，她有自身的克制和包容。给别人太多的包容后，却总是触碰内心深处设置的原则，这是她所不容许的。在地上被人揉搓得久了，她会反抗。这个时候，别人往往会惊讶她温柔的外表下为什么隐藏着扎人的刺。这个刺并不是她主动伸出去扎伤别人的，只是这根刺埋藏在爱米的心里太深，以至于别人忽略了原来她的心里也会有反抗之心。她有时候在想，为什么不能反抗。可是在真正反抗之后，她又会陷入深深的自责：为什么不可以再忍让一次？在这来回的拉锯战中，她也会陷入迷茫、痛苦、困惑和无限的哀伤。

在同龄人中，在处理人际关系上，她会显得有些稚嫩，似乎永远学不会在合适的时机做让别人觉得是正确的事。

　　爱米已经不再是个少年，也不再是个很年轻的人。她逐渐步入中年。在少女时代，身边的人一直在包容她的任性和脾气。随着年龄的增长，情绪应该被逐渐收起来，即使在爱的人面前，都要控制其源头，不应该像以前那样任性。以前的她，对曾经爱恋过她的人随意、任性，也会说让人伤心的话。她知道，自己以前伤害过很多人。有时候她想，情感多了，会湿漉漉的。流淌出来的多余情感夹杂着不必要的情绪，如果不加控制会肆意横冲直撞。

　　她不再是一个少女，渐渐到中年，在心理上，她需要承担相应的年龄成熟度。尽管她有时会情绪化，可是很多时候，这份情绪她宁愿留给自己，而不是身边的人。有时她会觉得自己像一只挣扎的蚕蛹，在奋力挣脱掉蚕茧的束缚，重新在阳光下获得新生和自由。那层层叠加的情绪，在她看来就是一根根缠绕的蚕丝，将她捆绑起来，在她想要挣扎的时候却又将她捆绑得更紧了。反而她不想再挣扎，奋力反抗时，才会轻轻地挪动一下疲惫的身心，让被缠缚的心有稍微喘息的机会。这层束缚的蚕茧也一点一点蜕变了，最后慢慢被转化掉。情绪会随着时间的流逝慢慢退潮，不再有狂风暴雨的肆虐。剩下的就像不起波澜的湖水，即使偶有风暴，也随即消失。

　　她眼神里掠过一丝愁绪和哀伤。古野问她怎么了。她沉默了一会，将心里想到的跟他说了。

　　人有自身的不完美，你也要允许自己是个不完美的人。有时候苛责多了，反而是一种负担。心里有了枷锁，不容易将这个枷锁卸下来，因为心里还没有打开它的钥匙。

古野，我有时候会被这层看不见的情绪困扰，因为不自觉伤害到了别人。或许也会伤害到你。

我的心足够软，会将你的情绪层层裹住。爱米，你不要担心。

可是人需要自身的克制，这是在世间要修行的课题。克服不了情绪，会一直在很多事情上重复演练，直到跨越了它。一直重复出现的屏障，其实是人必须面对的，否则在未来的时空中还会面对同样的问题。这样的问题会以其他的面目或者内容呈现。

但是你也不能将它看成枷锁，而要看成自我成长的土壤。枷锁只能让你束手束脚，迈不动向前走的步子。可是土壤给了你坚实的后盾，让你的心安定，同时给了你生命中成长的养料。你的心有多深广，土壤就有多厚实。在你逐渐认识清楚的过程中，一切就在于你怎么选择。

情绪需要自身净化、过滤。让心感到痛的那部分，经过时间的筛选，会被转化为土壤，作为成长的养料。二十几岁时，横冲直撞，有着初生牛犊不怕虎的冲劲。现在年过三十，时间像是一把锋利的刀，会将人身上的棱角一点一点砍掉。有时候，人的精力在一定程度上也跟不上了。

你对自身太苛刻，会限制你灵动地成长。其实你内心丰盈，

二

山海间

对事情领悟上一点就透。如果面对让你感觉不舒服的人和事物，你的内心会不自觉做出选择。情绪的波澜在某种程度上直接反馈给你的心。

对于情绪处理上，我还没有完全克服。

你意识到了就是改变的开始，允许自己犯错。觉知的路上并不总是一帆风顺，即使观照到了生命中的实相，也需要磨炼心性。画家再有天分，也需要长期的练习；一把再锋利的刀，也需要不时的打磨。心性也是如此，人来到这个世间，带着自身的认知障碍，需要一个重新发现恢复自身心性的过程。虽然并不是每个人都有认知本我的过程，但是一旦觉知生起，便不会放弃磨炼自我心性的任何机会。历事炼心，不过是如此。不经过事，则不知道心到底承载多大的容量。遇事，则能清晰地看到内心的种种反应、变化，看到它怎样生起、翻滚、幻灭。

现在你在引领我。

其实是你在启发我。

三

孤岛之地

在这座桥上来来回回很多次，对话时常有时常无。如果说晚上行驶在茫茫无际的大海上像在世间的暂时归隐，那么秋天琉璃般的海蓝，则能唤醒沉睡在内心深处最绵密的情愫。澄澈的蓝，似乎能将灵魂从身体里拿出来，在这无尽的深邃蓝中里里外外彻底清洗一番。傍晚时，落日将整个天空晕染成粉紫色。大朵大朵的粉紫色的云铺展在海面上，让瓦蓝的海水透着一点粉和一点紫。落日形成的光晕映射在海面上，一轮胭脂红的太阳影子在海水中摇摇晃晃。

古野的房子在郊外的山下，是两层的住宅。他并不喜欢太多的房间。这是他后来改建的屋子，两层的小建筑已足够，最重要的是他住在郊外可以不被人打扰。每个建筑独栋别院，相隔较远。房子掩映在树木之中，谁也不会刻意关注别人的生活。

这里就是最好的隐居地。对于性子喜静，骨子里凉薄、忧郁的人来说，独处其实是在自我疗愈。逃避又逃到哪里去呢，无非借助在世间的工作完成对自我的修行。不管工作还是自我独处，都在相互寻找一个平衡。循着因缘，在恰当的时刻，它会又重新做着一定的平衡，在此消彼长、此长彼消间做着调节。有时候我什么都不做，只看到心在想什么。烦恼的因，在想的过程中，并不一定都有结果。

你的忧郁，是你在向最真实的自己靠近的过程。乐的过程转瞬即逝，消失后又去哪里寻找，又怎样将它永远保留而不失去。没有永恒的悲，也没有永恒的喜，剩下的便是这心中的静。在静中待得久了，便会故意到人群中挤来挤去，看这繁华的百态过往。

心声希望得到回应，就像所画的画作希望被人看到。在人群中极力隐藏自己，在穿着上保持得体、干净，包括头发和胡须，也要及时清理。外在上不刻意特立独行，将所有想表达的通过作画表达出来。人间是如此孤寂，同时又是如此热闹。

爱米和他相识的两年多，了解他。刚认识他时，头发不长不短，整洁、利索，定期刮胡子。几天不刮胡子，他的脸上反而添加了一层老练、沉稳。他说，还没离婚之前，他经常作完画后抽烟，然后陷入沉思。他的确算不上一个称职的丈夫，也算不上一个好的父亲。家庭生活的琐事几乎是前妻一个人打理。在夫妻分居一年之后，他们离婚。他并不擅长家务，离婚后经常将家里弄得乱糟糟，吃饭经常没有规律，如果不饿就不吃饭，直到饿了再去随便找点食物吃。

长期没有规律的生活之后，有次身体不舒服去医院做检查。医生告诉他必须改变以前的生活，否则身体会垮掉。医生暂时给他开了半个月的药，但他只吃了两天。他不想身体过早垮掉，还有一些没有完成的工作。后来他请了一名钟点工，除了早饭他吃面包、蔬菜和牛奶，只要他在家，中午和晚上都让一个年过五十的女人来给他做饭。除了画室，他都会让钟点工帮他清理、打扫。如果回家晚了，他会将饭菜放在微波炉里加热，经过大半年有规律的身体调养，他才觉得自己又恢复到了以前的状态。

他说离婚对于他来说是一种解脱，在婚姻中他并没有获得救赎，反而似乎被判了长期的禁足。他负责家庭的主要开支；妻子做着轻松稳定的工作，将大部分时间和精力用在穿衣打扮上，除了负责孩子的学习，她并不关心他做了什么。他们的沟通仅限于吃什么、用什么，家里需要置办什么等事情上。古野说他并不太关注外在的物质上，他的精力主要用于作画。

在他们分居前的一年，他们之间的夫妻亲密关系已经降到了低点，他们再也达不到刚结婚时的水乳交融。前妻的精力并不关注这些，或许她觉得时间久了，感情稳定，夫妻之间的新鲜感随着时间的流逝也会消失。她的心粗糙，并没有觉察到他内心的需求，每当他提出新的要求时，她并不觉得这是一件必须做的事情。如果她能对他多一些耐心、细心和温柔，多一些诚挚的温暖，在心底深处及时地交流，或许他并不会觉得如此孤独。那层忧郁的心似乎在她粗心大意的衬托下显得愈加严重。心与心如果不在同一个地平线上，就像隔了天与地之间的距离。不要妄图得到理解。这本身就是两个世界的人，怎么会被强行安排在一起呢？他在向爱米倾诉的时候，似乎带着绝望的语气。

古野在爱米面前渐渐变得立体化、碎片化，甚至将所有的细节一点一点展示到她面前，包括所有的缺点，就像在贝壳里的珍珠，既带着闪耀的光芒，也带着血肉的模糊。被提取出的珍珠，需要珍珠贝经过包裹沙砾的痛苦，还有时间的酝酿。

他首先要找到的是他的心，即使面临再大的痛苦都要一往无前走下去。他所想要的自由并不是没有任何束缚。古野曾经告诉她，他把自由看得比什么都重要，但是最大的自由并不是无所羁绊的随心所欲，而是争取最大的努力做自己想做的事情。如果不做自己真正喜欢的，达不到自己想要的效果，人往往会变得极端，也会容易愤世嫉俗。这都是没有按照内心所想要的去做，自由是自己为自己争取来的。他说他每天都在为自己的自由做着尝试，他喜欢作画，也喜欢将自己作画的心得和体会跟同学们分享。对于他来说，这是一件值得去做的事情。

爱米在听他诉说自己的过往时，很少去打断他。他似乎要将多年积压在内心的话全部倒出来，因为很少有人给他心安的感觉。他喜欢爱米守护在他身边的那份踏实感，似乎他又回到了安全的子宫里。他刚要和前妻离婚时，前妻大哭大闹，似乎整个世界都要塌下来。他知道离婚对于前妻来说意味着失去物质对她的供养。她还不具备完全养活她和儿子的能力。古野承诺并立下字据将财产全部给她，每个月还给她和儿子一笔生活费，她的情绪才慢慢得到平复。很快他们在离婚协议上签字。

他又恢复到了单身的生活。在之后的时间里，他断断续续交往过几个女孩子，可是因为她们太现实，最后不了了之。用他的话来说，他们只不过做着各取所需的交易罢了。

现在，有些女孩子的身体和脸上有太多的塑胶感，整个人看上去像个灵活运动的机器。看似光鲜亮丽的外表下，内里空虚、苍白。即使有几个自以为是懂得画或者故作高深的女孩子，也只不过假借这些知识做诱饵，吸引别人多看几眼。要知道，知识只是表面的解析，它并不是最究竟的。深层次能量的吸引，不是用眼睛看，而是用心去感受。心在做着指引，如果没有了心，人活着不就成了一个空壳吗？再漂亮的空壳都可以人为加工制造而成，可是人的心和灵魂呢？谁能触摸到它？谁又能复制它、改造它？即使改造成一个完美的灵魂，可是来到人间的意义又是什么？因为不完美，所以才选择成为独一无二的自己。

你会为此做挣扎吗？

这并不是做挣扎，而是一直选择做自己。没有什么比做真实的自己更重要。即使复制了一个又一个完美的人，没有了灵魂感就失去了存在和创造的意义。一是多，多又是一。一存在于多的过程中，一首先有它的本源性。

如果没有刻意认识，很难有所觉察。挣扎的过程会带着痛苦，可如果不是有了痛苦，谁会去想这些问题呢？

爱米，你说得没错。有了痛，才会想着摆脱痛。有了迷茫，才会想着走出自身的困局。有了挣扎，才会想到怎么摆脱束缚。如果不是你，这样沉重的话题不会进行下去。

或许现在的生活节奏太快，短视频及其他短而迅速的信息很容易吸引人的耳目，甚至有些浮光掠影的内容容易让人变得浮躁，而没有定力的人很容易不自觉受到影响。很少有人愿意静下心去做自己想做的事情，哪怕什么都不去做。这时人的心容易空落落，或许感官被外在的信息喂养才会觉得在跟着时代走。多少人愿意停下来欣赏一朵花的盛开过程呢？做自己的过程，本身就在逆流而上，需要付出一定的代价。这需要勇气。

所以，在真实的生活中处理好工作之后，我会尽量将更多的时间留给自己。我发现越是随着年龄增长，越喜欢住小的房子。尤其喜欢卧室这样的小空间，回到家躺在床上，不自然会觉得心安。很多的生活我都尝试过了。往后的时间都在给生活做减法，过一种简单而又让人踏实的生活。

你后悔离婚吗？

不后悔，反而觉得庆幸，两个不合适的人在一起只会彼此消耗。她再婚后，去了国外，现在又生了一个女儿，过着她想要的生活。这是她一直追求的简单幸福。我想这是对彼此最好的放生，没有什么比现在更让我轻松。她曾经是我的责任，同样是我的包袱。唯一挂念的是儿子。他性情随我，我相信他有一天会明白我的选择。他有自己的人生道路，我并不强迫他。

我曾经到山上写生，看到山上恰好盛开着大片的杜鹃。走在半山路上，能看到远处的大海。在这山与海相接的地方，还有从山上冒出来的鲜紫色的杜鹃。我期待有一天也能在这里居住，可以安心作画，避免不必要的打扰。几年前，我将市区的房子出租，开始在这郊外生活。等有一天不再对画有执心，我就会从这里搬出去。

心性利器的打造需要一次又一次的锤炼，一开始还很脆弱的时候不能以身试之，就像刚刚冒出来的幼芽还不能经受春寒，甚至不能经受风吹雨淋。要想扎下结实的根，需要一开始呵护它。若还没有吃够它带来的苦或者心里还有没完成的事情，就不会心甘情愿地放下执念。足够的内心痛苦，如果没有得到及时的疗愈，一样会将人摧毁得面目全非。生活的苦和内心的苦，这都不是生命的目的，需要足够的勇气克服。我的执念在于不停地做尝试，直到将所有的灵感和热情消耗殆尽。总有一天我会放下这份执念。这种执念会得到转化，以另一种方式出现，这是冥冥之中的感觉。爱米，对于此时的我来说，还不知道那会是什么，可是我会顺从它。

跟着心走没有什么不好。哪怕跟着感觉，横冲直撞也比什么都不去尝试要来得畅快。有什么想做的，立马去做，很少瞻前顾后。即使遇到危险，当时并没有觉察出来，很多次我都觉得有些后怕。只跟着心走。在必要的时刻，竭尽全力，燃烧这当下的心力劲。对于不合心意的事情，我很容易懈怠，觉得能量被锁死，燃不起内心的火热。可是一旦瞅准方向，会毫不犹豫地奋力前行。我不想带着犹豫和遗憾生活，不想在离开这个世界的时候，还为时光的流逝而遗憾。

在各种人际关系中，不刻意讨好，也不曲意逢迎，也不想与人刻意为故。对别人，我尽量以诚相待。如果遇到厌烦的人，我会远离，但也不会去故意伤害别人。这是我的原则和底线。所以，维持关系久的朋友更是寥寥无几。刻意维护，只会让彼此很累。我几乎不主动加别人好友，过后很多人都想不起来。太多的陌生人在手机里，让我有种不安的感觉。对别人不期待，也不会将过分的热情给人。有时候对别人好，并不是为了回报。来来去去，或许不再相见。即使对陌生人举手之劳的帮助，也在情理之中。

爱米，你感知力敏锐，也很自然地呈现心中最美好的一面。你内心的底色是光明的，与其说这是后天的训练，不如说是你主动做出的选择。

情绪起波澜时，也会不自觉伤已伤人。

人有情绪也很正常。情绪起伏变化时，人如同被晃动的容器，里面的水也变得浑浊。这时候并不需要刻意做什么，只是看着它的起起伏伏，很快它又会变得干净透明。那层浑浊的物体也会慢慢下沉。

嗯。

古野喜欢晚上依偎在她身边睡觉，即使什么都不做，只是抱紧她。他说这是一天中最让他觉得安心的时刻，仿佛他的心在她身上扎下根，有了归宿。她接受他给她的抚慰，这是两个身体的连接，以至于用情至深时，忘记了自己身在何处。忧郁的内心因为他的存在，而暂时忘却。爱米躺在黑夜里，觉得有股安全感，即使缱绻在黑夜里，她也可以暂时隔绝与外在的联系。黑夜将人与人暂时分开，每个人都是一座孤岛。这方小小的天地，可以容纳自己，也可以容纳心中的日月和星空。爱米一直喜欢晚上宅在屋子里，似乎外面的一切和她是两个世界。她自小喜静，即使小时候和朋友们玩闹，到了晚上也一定要回家。父亲和母亲从来没有对她做出过这样的要求，但晚上没有什么比在家里更让她觉得安全。

爱米，其实我一直尝试做某种转变，但到了一定时间对于我自身来说有了某种瓶颈。或许年轻的时候消耗太严重，以至于很多的激情被大量消耗，现在需要慢慢地用。名利并不能带来救赎。这半世的心力在不停燃烧，在选择道路时没有太多犹豫。我小时候想做的正是我目前所从事的。我并不太喜欢将自身放到太欢闹的地方，有时会莫名涌起忧郁之感。或许我太敏感。

忧郁在平常的人看来是伤痕，带着瑕疵。可是世间的人毕竟都不一样。忧郁的深层次能量中带着甚深的平静，似乎与最纯净的事物间没有间隙。忧郁的背面并不一定总是不好的，有可能藏着人想要寻找的答案。

你找到了吗?

我还没有。这个答案需要经过很多的怀疑、迷惑，甚至有时候会退转，但是想要解开这谜底的心是不会改变的。

你说的有哪些东西?

比如爱和信念。爱中就包括了心性中的美好，信念则需要坚定对爱的信仰。因爱而生，因爱而灭。有时觉得自己是一个浮萍，在世界不停地随风飘来飘去。随着因缘而流转。

爱米，你在我身边停留吧。我会照顾你。结束你漂泊的生活吧，你需要有个家。

你内心深处排斥安稳的家，你一旦感受到家庭的束缚就会想从中极力挣脱。古野，你渴望着自由，我只是你暂时的停留地。你不会因我而失去你的野性。咱们在人间所走的路、遇见的因缘，都不一样。

可是我已找到我最想要的人，而婚姻的束缚是因为不合适。如果彼此心灵相通，束缚便自动消失。脱缰的野马也会甘愿被拴在它最想停留的地方。

两个人一起久了，会感到疲倦，需要彼此做出进一步的妥协和让步，这就意味着失去了自我做主的自由。从一开始的相惜到最后的互相争吵，甚至会厌恶。世间中相互爱到老的毕竟是少数，很多夫妻只不过在凑合着过日子。女人毕竟不能一味依赖男人，这相当于把自己做主的权利给了别人。真正尊重女人付出的男人毕竟是少数。

可是我愿意为了你去改变。

不要为了任何人而去改变。多年前的我不坚定，为了一个人而去改变甚至妥协。我知道那种改变不是完全发自内心真正想去改变的，内心带着委屈还有妥协。甚至我后来在心里责备自己为什么要去改变，以至于去做不喜欢的事情。现在我明白，那段日子是我生命中的土壤。如果没有那时候的挣扎、无助、痛苦，我不会认识到为别人改变最终会失去自我。坚定地去做自己才是最舒服的一件事。我不要别人去改变，也不要自己去改变。你要知道，发自内心的愉悦和希望，才会投射到最深层的心性。那才是心里有光的地方。人会禁不住感觉内心透亮，而不是憋着一口气，否则那是压制，不是因为别人，而是心里想的和做的不一致。被动的改变，都不是真正的改变。真正的改变，肯定会感受到内心的能量被点燃。

你说的我从来没有想过。我只想要你留在我身边。

你感受到内心的能量被点燃了吗？

暂时还没有。

我们之间还有很多路要去摸索，在世间中借助身体来寻找。你已经有了名利，而我一直在漂泊。我想停下来，可是还不到时候。因为我还没有找到让我内心能量点燃的地方，如果感受到了心中的光。哪怕微弱，终究还是要找到。那是心安定的地方。我们之间，在完成一段因缘。在这段时间里，我们会在彼此身上找到这段时间该寻找到的。你我都明白，除了身体，我们还在做着深层次的交互、传递、完成。

你真的会忍心吗？

这是因缘的促使。不是你和我说了算。

我不相信因缘。

难道你不相信你的心吗？

相信。我一直跟着想要的去做。

其实，你已经给出了答案。你需要的是情感的弥补，因为我们还没有真正进入婚姻关系。你并不再渴望有个孩子，前妻带着的孩子已经让你尝到做父亲的感觉。妻子、孩子对于你来说都是你独处路上的羁绊。

古野陷入了沉默。爱米所追求的终究和他不一样。她知道有些东西无法改变，若强制改变只会让双方痛苦，遭受不必要的互相埋怨。世间多少曾经恩爱的人，因为对彼此的不满，想要让对方变成自己想要的样子，最后一地鸡毛。想要改造别人，终究还是因为不爱。如果爱一个人，怎么会不接纳对方的缺点呢？如果不爱，何不一别两宽，又何必纠缠、怨恨。她想，爱和不爱都需要勇气。她需要爱，仍旧相信爱，也在寻找爱。虽然男女之间的情会发生变化，可是爱不是激情，它是一种守护和接纳。如果失去守护和接纳，爱会走向它的反面。

他们之间的谈话发生在古野要去欧洲访学前的三个月。古野问她要不要陪他一起去。她拒绝了。在潜意识里他们似乎明白这是最后相处的一段时间，可是他仍旧抱着一丝的幻想。尽管他知道这个幻想是个气泡，他还是宁愿将这个泡影留在心中。这是他在心中保持的一点纯粹，容许自己有不切实际的幻想。长大后，人变得越来越实际才不会被嘲笑。有些梦想，或者说不着边际的想法只会悄悄地被埋进心里。人与人的距离变得越来越遥远，用投资、圈钱、科技、融资或者下一个时代的风口这样的话题来展开对话，这样才能将谈话进行下去。一旦触碰到内心最不愿意面对的部分，越是要隐蔽。否则，相当于将自己最软肋的地方暴露在阳光下，而最隐蔽的地方是害怕被晾晒在阳光下的。觉知的过程，会产生剧痛。面对改变的痛苦，很多人都在回避。

在他要离开去欧洲的前两天，他想要爱米将这两天留给他，这是他们在一起的最后时光。古野问她，会等他回来吗？她没有直接给出回答，她不知道接下去的日子会发生怎样的改变。因缘在推动着她。在二十出头的年纪从来没有想要过这样的日子，她曾经想到的是或许跟多数人一样过世俗的生活，恋爱、工作、结婚、生子……从没有想过一直在世间动荡、漂泊，就像失去方向的小船，只会随着风吹动的方向去游荡，何时靠岸不是她说了算。她需要找到那支划行的船桨，心中生出坚定的双翼。她明白，心中的幼芽还没有长成参天大树。内心仍旧很虚弱。可是她知道，跟着心走就是对这一小株幼芽的最好呵护。无需太多的外在形式，只管去成长。那株幼芽一旦扎根，便不会再消失。

一个春天的傍晚，古野带她去屋顶的露台。上面铺着棕褐色的木质地板，一张褐色的长条凳子正好容下他们两个人，还有一张实木桌子、四把椅子。在露台上，可以看到远处波光粼粼的大海，几艘小船停在岸边。落日的余光洒在海面上，在天与海相接的地方透着亮晃晃的白光，同时夹杂着一点暗沉色的灰蓝。古野从楼下带上几罐啤酒，这是墨岛人的习惯，喜欢喝当地产的啤酒，尤其到了夏日。在路边的烧烤摊，要上几罐啤酒，吹着夏日的海风，晚上不会觉得热。喝啤酒似乎已经成为墨岛的一部分。当地人不拘小节，有着北方人的踏实、热情和豪爽。

他给爱米打开一瓶啤酒，又从地上拿起一瓶打开。春天的墨岛还有些冷。院子里种着两株玉兰。玉兰花的花期短，下了场小雨后，一株玉兰树上的白色花瓣渐渐失去了鲜亮的白釉色，仿佛在树上结成了干花。她知道过不久，即将全部掉落。另一株上的玉兰花，掉落得很干脆。白色花盛开期间，一边盛开一边凋谢。满地的白色花瓣，像是下了场花雨。挺拔的白玉兰花枝蔓延到露台上，伸展到他们面前。花枝上的白色花瓣零零散散，完整的花朵所剩无几。她将一朵白玉兰放在鼻前闻了闻，一股淡雅之香袭入心肺。古野站起来将花枝上面的完整白玉兰摘下来，别到她编起来的麻花辫上。

　　一棵樱花树在院门口，半开的花苞，毛茸茸的黑褐色外壳。三两株垂丝海棠进入盛放期，粉白的花朵间冒出浅浅的绿叶。空气中弥漫着一股沉闷的海水味道，夹杂着淡淡的花香，让这早春的傍晚空气中混合着像被故意勾兑的潮湿海藻气息。除了偶尔会有海鸥的叫声，没有其他的声音。

　　他们这两天的话很少，好像所有的话都在之前说完，即使说再多都是多余。他们的心意已经澄明，也不需要谁再去做最后的挽留。她想，这就是最好的结局。她对爱情不再抱有太多的幻想，可是她仍旧相信爱。对于来到身边的匆匆因缘，即使知道是短暂的，她也不会拒绝。只是她并不喜欢纠缠，不管对于她来说还是对别人都如此。年轻时的纠缠，已经消耗了她太多的心力，仿佛将太多热量从灵魂深处挖出，只剩下一点残余的温情。纠缠本身就是一种障碍，最终的结果只会各自天涯。即使被短暂地捆绑，也是这段感情的苟延残喘罢了，没有任何的意义。心中仍有充沛的爱，但并不会为了别人而放弃自己真正想去做的。她仍旧有年轻时的心气，宁愿孤注一掷也不会轻易妥协。

爱米，我最后问你一次，你愿意跟我走吗？

之前我已经跟你说清楚了。你曾经有过妻子，也有了孩子。可是我仍旧在寻找的路上，我想要体验世间的爱，各种爱。包括对孩子的爱。

我要是选择和你生个孩子呢？

你不必勉强，更无需做内心的挣扎。你现在要的并不是这些。我们的相遇因缘而生，也因缘而灭。古野，你无需纠结。

难道你对我没有留恋吗？

留恋。可我们最终的人生方向并不同。有一天，我会离开墨岛。在你回来之前，或许我就已经离开了。

你心里到底在想什么？有时候觉得你的心始终在飘荡，我看不透你的心。很少有人像你这样让我难以捉摸。有些女人，愿意什么都不要跟着我。可是我始终觉得她们走不到我心里。她们心里所想的被我一眼看透，乏味至极。

古野，你无需猜测。直心是道场。我的心很简单也很纯粹，没有那么复杂。更何况我只是一名普通的女子，放在人群中，根本不起眼。

可是正因为你这样，我才看不透。

有时我也猜不透我在想什么。或许什么都不想，仿佛置身于一片茫茫无际的大海中。一眼看不到尽头，回荡的像是来自远古的声音。难以捉摸，也捕捉不到。来到这个世界像是在经历一场梦幻般的游戏。

落日已经没有了影子。天色渐黑，海风吹到身上，寒意包裹了全身，爱米不禁哆嗦了一下。她身体单薄，虽然身上披着厚实的羊绒披肩，但仍禁受不住这春日海边的寒凉之气。她只喝了半罐啤酒，剩下的由古野替她全部喝完。坐在露台的半天，古野不停地在抽烟，仿佛借助烟气将内心的郁结排出体外。

大海渐渐地隐没在黑夜中，远处海水拍打着海岸，发出沉闷的晃荡声。他们从露台上回到房间。在这仅有的两天中，他并不想让她消失在他的视野中。对于一个比她年龄大的男人来说，有时候他看上去更需要她的情感抚慰。这种深层次的能量缺失源自对母爱的渴望，这种对爱的渴望一直困扰着他。似乎在哪里要找到填补，却又无从抓起。他有时候并不明白为什么从一个比他年轻的女子身上寻找。他将心中的困惑对她说了出来。

　　你的思想比你的身体要古老得多，年轻的身体里住着一个像是来自过去的灵魂。可是你心眼明净、简单，你单纯得像个孩童，可是眼神中流露出沧桑般的纯粹。你既古老又保持着纯真。有的人活一辈子只是年龄在增加，可是你的年轻身体里却有着像活了很久远的时光。

　　你把我当成一个平凡的女子即可。我只想寻找简单又真实的爱。曾经我做过一个梦，那时的我焦虑，心思繁重。自身走不出困境，我不知道将来能干什么，不能干什么。内心虚弱得像一片落叶，任凭风刮来刮去。即使被人踩踏到泥土里，也不愿意发出任何声音。那是一段很难熬的日子，直到现在我都不知道怎么走出来的。我曾经找中医给我看过身体，她说我心思过重。那段时间，大脑昏沉，做什么事情都有气无力，身体虚弱到了极点。自己拿药、煎药、喝药，熬出来的药汤很苦。我只想将它快点喝下去。我并不明白生命的意义是什么。很多人都说我活在虚幻的不实中，可是实际的又是什么呢？我并不理会外界对我怎么看，要想一探究竟，需要逆风而行。我不是叛逆，为了叛逆而去叛逆没有意义。有些内心的坚持是不能妥协的，一旦妥协，便丢掉了最初的那颗心。昏昏沉沉地过了些日子，有次梦里我到了一座山上。整座山上绿意盎然，幽静、恬淡。在梦里，我忘记了世间的任何烦恼，也不再觉得身体的疲惫。山上长满了草药，内心不自觉充满欢喜。山脚下流淌着一条干净、澄澈的河流，河边长着大朵大朵的漂亮灵芝。梦中我看到一个老爷爷，我已经忘记他具体长什么样子。他跟我说了很多话，只记得最后一句。他问我爱是什么。然后我就醒了。醒后，昏沉的大脑清醒，在耳边始终萦绕着他的声音"爱是什么"。

后来你的身体好了吗？

没有。只是在醒来的一刹那觉得全身轻松，后来还是在喝药。身体调理过一段时间后便不再管它。我知道，这是一个疗愈身心的过程，需要经历长时间的摸索。如果单纯靠外在的药物，并不能彻底解决我的问题。这个梦像是刚刚发生的一样，这句话也时常在我脑海中涌动。

你知道爱的答案了吗？

爱并不是一个具体的回答，而是需要一生去实践的功课。爱没有一定的形式，是内心的感受。爱可大可小，小的爱同样具备足够的力量。我对爱始终有坚定的信仰，相信它。这一生都在寻找爱、感受爱、付出爱、体验爱。不在于向别人索取，而是要给予。失去了爱，便像鱼儿失去了水。世界的干涸需要爱来滋养。

半夜，下起了雨。噼里啪啦的雨点打在屋檐、玻璃上，衬托着整个夜更深、更浓，仿佛将他们两个人带入看不到边的旷野。爱米睡眠浅，听到风吹草动都会突然惊醒。外面的雨点，仿佛敲打在她的心上，将她的身心彻底淋湿。她喜欢这半夜的雨，夜里的雨让她觉得平静、安宁，似乎更将内心的柔情全部勾出来。她抚摸着古野的脸庞。他已有几天不刮胡子，胡子粗硬。眉毛浓黑。抚摸到他眼睛时，古野将她紧紧抱住，将头埋进她的胸前。他将双手环住她的背，似乎怕她突然跑掉。她感觉古野其实早已醒来，他曾经说过他喜欢她的抚摸，像是一双充满温情的爱之手在疗愈他。

后来爱米才明白，有一双疗愈的手是怎么回事。具有疗愈别人的能量需要具备内心的爱和柔情，如果没有满心的爱和慈，传递给别人的磁场只能是混乱的。内心极其渴望爱的人，或许也渴望母亲对他们的爱抚。只需要拿出温暖、耐心和爱，人的内心深处就会放松下来，那种童年时缺失的爱会得到满足。或许很多人并不知道这深层次的渴望，但是那双充满温情的手就像是原始的母亲，给予人最深刻的柔情和抚摸，心得到了抚慰和满足，即使不能将所有的匮乏填补完整，却弥补了长久以来缺少爱的遗憾。这种童年时的创伤，其实是想要得到爱的安慰和理解。内心深处对原始母亲爱的渴望，也是希望得到无条件的接纳和肯定。

雨不停地下，是墨岛这个季节少有的天气。在这郊野的屋子里，爱米像在茫茫大海的孤岛上。此时，好像没有人能走进她的心里，她也走不进别人的心里，好像世界上的每一个人都有属于自己的一座孤岛。他们不需要任何人走进，这片不向任何人展示的自留地是他们最后的防线和堡垒，也是存放尊严的地方，不容许轻易被踩踏。

夜晚的雨，又夹杂着雪花飘落下来。远处大海的声音遥远而又沉闷，像是一头猛兽随时要准备战斗而发出的低沉愤怒声。屋内的暖气和屋外的寒冷在窗户处凝结，让窗户蒙上了一层雾气。清晨，爱米突然醒来，古野整夜没怎么睡。听到外面的雨声，古野光着身体走向窗前，拉开窗帘望向窗外说外面下起了雪。他有优美的身体曲线，臀部和背部结实。她看他时，像在欣赏移动的人体模特。在他这个年纪保持匀称的身躯实属难得。爱米穿上吊带睡裙，随他走到窗边。他从背后将她抱住，将头放在她的肩膀上，闻着她头发的香味。玉兰花瓣掉落一地。渐渐地，雪越下越大。

爱米，在跟你分别的最后日子，对你越加留恋。唯一想做的就是带你走。

古野从后面将她抱得更紧，怕一松手她就立马消失。

她没有回答他，该说的已经都说完，没说完的也无需再开口。这留下的时光算是彼此最后的慰藉。他们都需要身体和内心的抚慰。爱的情感对象，不仅仅是对某一个人的爱恋，也是双方在合适的因缘中共同了却这一段男女间的缘分。对于要走的人，她不挽留。她不久也会离开墨岛，一旦做出要走的决定，亦不为任何人停留。

古野站在她的背后，用一只手将窗户上的雾气擦掉。一滴眼泪从他眼里掉落下来，落在她的肩膀上，凉凉的。

这种伤感会不自觉生发出来。因为你，也因这外面的景。这雪落在花瓣上的美会勾起人的忧伤。我并没在别人面前哭过，即使面对前妻还有父亲、母亲。可是在你面前，眼泪会不自觉地流出来。或许太久没有哭了，一种久违的安全感让我变得肆无忌惮。你身体里藏着惊人的能量，将我包容又将我摧毁、重建。我的身上已经刻了你的气息。

　　我是从泥地里爬起来的，众人将我推倒、嘲笑、讥讽，可我还是坚持做自己。不妥协。我对别人没有恨意，一点儿都没有，反而会心生悲悯。我不刻意讨好别人，也不会服从别人的随意安排，始终坚守着自己。这种痛，对于现在我的来说，只是牛身上的一根毫毛。我没有因那些曾经故意伤害我的人而妥协，反而觉得那段时光是我最充实的日子。

　　你没有恨吗？

　　没有。恨只不过是人生的过客。

　　古野披上棉袍打开窗户，一股寒凉之气迅速袭来。爱米将手伸出窗外，任凭雪花落在手上，很快融化。

一四

久别重逢

离开墨岛前的几天，他们每天都在一起，似乎要将这几天当作自己的余生。古野之前说过，一个人去机场不必去送他。若爱米去了，他反而会有更多的留恋和伤感。他离开后，爱米消沉了一段时间，每天只吃一点食物维持生命，因为人伤感到一定程度不会想到去吃饭。她将自己锁在公寓的房间里，不想被任何人打扰，将手机关机，切断与外界的一切联系。

躺在黑暗里，没有眼泪。理智告诉她，这是最好的结局。可是越用理智提醒大脑，越是伤感。她对他有依恋、有爱，有深深的内心依赖。他离开后，像是釜底抽薪将她的整个灵魂都带走。她之前想推开他，并不要他的改变，也不想跟他一起走。可是到了现在，他的离开对她来说像是一场毁灭。她要在这毁灭中经历新的重生。内心深处在告诉她，他们之间只是短暂的因缘。在他离开时，一切都已结束。她只是生活中习惯了他的存在，一下子难以适应没有他的日子。

她和古野之间的日记仍有保留。他对她有情，她会将这日记保存起来封好。即使他们距离不远，如果一段时间不见，他们会将彼此生活中的事情写在纸上。不管是好的事情还是不好的事情，都写在上面。等见面时，互相交换着看。这样有些话，在纸上同样传达他们彼此的深层连接。这是彼此的善待。一段因缘结束，不必做过多的纠缠、干扰。否则，人会失去最后的体面，怨恨起来，会变得面目全非。

她在山上待了大概一个小时。海边的风清冷、潮湿。雪停了，地上覆盖了薄薄的一层。距离去年古野离开墨岛还有两个月就一年。自从他离开，她便决定不再跟他联系。缘分已结束，便各自安好。

在外面久了，身体不免觉得冷。回去的路上经过商场，她在周围的餐馆吃了碗热腾腾的拉面，觉得身体舒服一些。不过回到公寓，还是有些感冒。她打开热水器，将热水从头淋到脚底。热气很快弥漫整个淋浴间。她喜欢寒冷的天气里热水浇在身上的感觉。擦洗干净，吹干头发，直接躺在了床上。

回想到这一天的情景，再想到古野，仿佛和他是在很久远以前的事，也好像他们是一个梦。每次的离开都会伴随着挣扎、犹豫，她并不知道这次的选择到底是对还是不对。一次次地选择，一次次地重新开始，一次次地失望，又一次次地离开。她似乎觉得这才是她生命的常态，世俗的安稳生活对于她来说似乎变得奢望。爱米不明白为什么，她想过这种平凡的日子为什么异常艰难。有时候她在想，爱到底是什么。她产生过动摇，可是很快又坚定了她存留在心里的信念。否则，她会后悔。

她躺在床上，异常难过。不知道将来面对什么样的人，可是一旦下定决心，便不要再去改变。命运这双无形的手又将她推向哪里？母亲一次次劝她回去，曾经的好友也劝她回去，所有的人都在劝她回到出生的地方。只有心里的声音在告诉她，不要回去。拖着年轻的身体，有时感觉像是到了暮年，异常沉重。她知道身体里积聚了太多不必要的情绪，像一个沉重的包袱缠绕在身体里的每个角落。多少次她想要卸掉这沉重的包袱，但现在还不到时间。

在离开前，她并不是没有留恋。可是有再多的留恋又怎么样，还不是每一次下定决心要往前走。一旦离开，便义无反顾。有时，她想停下来，想留在一个地方，可是又走到哪里去呢？之前她为此考虑过，可是心里有股能量总想推着她要往前走，何时停下来她说了不算。

离开墨岛前，她要回家看望父亲和母亲。即使面对让她觉得窒息的家庭，她仍旧爱父亲和母亲。最近一段时间，她的精神状态并不好。晚上容易醒的她，睡眠质量大打折扣，身体有些疲惫。拖着疲倦的身体回到家，在一个沿海的小城市。这座北方的沿海小城市，很少有外来人口，多数是当地的居民。

前些年，海景房火爆市场时，很多的外地炒房团来这里炒房，一辆辆大巴将看房子的、买房子的拉到海边。到天气暖和时，尤其到了夏季，海边的人多起来，可是靠海而建的房子灯光稀疏，一栋楼里最多三五户人家。到了冬天，更是人迹罕至。如果晚上经过一栋栋的楼房前，仿佛走入一座鬼城。整栋房子不见多少人影，只有路边昏暗的路灯在指引过往人的方向。最近一两年，闲置的房子更多，这座沿海的小城市的产业，支撑不起过多的外来人口，更何况来这里买房子的外地人几乎很少想要搬到这里常住。如今，它更像是一座被遗忘的小城市。没有人再去关注它，像是被打入了冷宫。沿海的路平整，海岸线开阔，一部分北方城市的老人选择来这里养老。他们年轻的子女会定期来看望，不过很快会选择离去。年轻人很少选择来这里。

回到家后，母亲仍旧希望她不要再离开这座城市，选择留下来。她做什么不重要，重要的是能陪伴在母亲身边。可是她对母亲的话置若罔闻。年轻时她会跟母亲发生激烈的争吵，可是最近几年，她不再跟母亲争辩，也不再劝说母亲同意她所想所做的。父亲年轻时英俊、风流、多情，开着一家进出口公司，在爱米小时候还算成功。父亲经常出差不回家，那时候他花钱大手大脚，并不知道节约为何物。父亲身上有一股儒雅气质，喜欢将自己收拾得干净、得体、利索，穿的衣服材质考究。正是因为父亲这样，身边并不缺乏追求他的女孩子。在父亲还没取得成功前，在父母之命的安排下，父亲和母亲结婚。他们之间并没有爱情，只有对传统婚姻的责任和坚持。在父亲的事业风生水起时，母亲从工厂辞职，结束她十几年的会计生涯，安心在家照顾爱米；父亲负责家庭的全部开支。看似表面平静的生活，实则暗流涌动。很小便懂事的她知道父亲和母亲之间有明显的裂痕，他们并没有那么相爱。

小时候，爱米睡着后，父母房间会突然爆发争吵声。母亲小声地哭泣，生怕吵醒睡着的爱米。他们晚上的争吵已成了家常便饭，但即使声音再隐蔽也不会骗过一个天生敏感的孩子的心。不争吵对于她来说才是最可怕的。父亲和母亲在她面前表现得很平静，可是一个生性敏锐的孩子早察觉出异样。她不知道成人的世界在发生什么，但是她知道父亲是一个很受女孩子喜欢的人。父亲多情，他多余的情似乎没有分给母亲一点，如果他对她有满心的爱意，怎么会轻易不流淌出这份爱呢？对一个人的爱是克制不住的，克制住了就表示没有那么爱。

后来因为金融危机，父亲的公司遭受重创。家里的生活开支也在骤减，因为父亲年轻时并没有攒下多少钱。每个月父亲给母亲的钱，母亲都会攒一部分。母亲说，她小时候的日子过得很苦，经常吃了上顿没下顿，日子几乎围绕着怎么填饱肚子而活。她知道钱的来之不易，所以每个月她都会定期将钱存在银行。母亲曾经劝说父亲不要盲目扩大经营范围，也没有必要买一些不必要的东西。父亲年轻气盛，根本听不进去母亲的劝告。父亲盲目扩张，致使公司经营不善，一直亏损。爱米大学毕业后，父亲将公司彻底关闭，提前过上了退休的生活。没有事情做的父亲，一下子变得苍老，头发也白了很多。他们已习惯了争吵的日子，这成为生活的常态。

退休后的日子，父亲彻底回到家庭。此时的他失去了年轻时的华彩，皱纹显露在脸上。父亲不再像年轻时那样爱打扮，将那些考究的衣服收起来压箱底。或许一个人年轻时做了想做的事情，年老时便不再尝试去弥补年轻时没有做过的事。他有时候买一些便宜的衣服，旧了也不肯换，维持衣服的干净即可。爱米知道，父亲的心正在老去，变得不再注重外在的形式。他说热闹够了，人会渴望平静。父亲和母亲的相伴，在进入老年时化成了一种没有血缘关系的亲情。爱米想，大部分人的家庭关系都存在着一定的缺憾或者磨合，即使彼此的棱角没有被磨平，仍旧愿意在磕磕碰碰中维持着婚姻的体面。

　　爱米在吃过午饭后，走着去了距离家不远处的超市买些生活用品。她刚要进去时，听到一个人在喊她的名字。她在惊讶之余，觉得又在情理之中。回到这座小城市碰见熟人很正常，整个城市的大型超市不超过五六个，更何况她来的这个超市是曾经和同学经常来的地方。她家从过去的旧城区搬到这里，这也是因为母亲的极力争取。现在的旧城区仿佛已被人遗忘，只剩下黑旧的钢铁，在阳光的照耀下愈加散发一阵阵被腐蚀掉的霉味。大部分人从那里搬出来。母亲用她攒下的钱在新开发的地带买了一套小房子。旧日的房子本来要拆迁，后来因为动用的地方太多无奈已被搁置很多年。曾经拆迁工程弥漫整个城市，大部分人等着昔日的老旧房子赶紧被推翻，然后得到一笔赔偿和安置房。可是当他们知道，这片旧城区不在改造的范围内时，不少人骂骂咧咧。

　　母亲说，她很知足，只要有地方住就可以。当时她不顾父亲的反对，坚决买了这套房子。爱米想，如果母亲和父亲互换角色，会不会母亲比他做得更好一些。可是，这都是假设。被搁置起来的地方，不再有人居住。冬天没有暖气，用的仍旧是烧炭的煤炉。因为烧炭，那栋楼里曾有住户发生过煤气中毒。只因抢救不及时，幼小的孩童中毒厉害，没能被挽回。粗糙水泥墙的楼房，加上因长期曝晒变得黑漆漆的铁窗，在冷风中显得格外荒凉。它被整个城市遗弃。当地人提起它时，都是摇摇头然后发出不屑一顾的哼声，以此表示对它的嫌弃。现在住在那里的，大多是从很边远地方来打工的人，凑合着有个落脚的地方。

　　爱米循着喊她的声音看去，竟是她已有多年没见的旧日同学甘棠。她发福的身体，还有浓艳的妆容和神情，便知晓她生过孩子。

到了她这个年纪，尤其在这个小城市，早早结婚生子再正常不过。她没有想到在工作日碰到曾经认识的人，不免觉得有点诧异。

甘棠向她走来。

> 我在车里看到一个人的身影很像你，但是不确定。等我再仔细观察后确认是你，赶紧从车里出来追上你。

爱米向她笑了笑，不知道要跟她说的第一句话是什么。几年不见的陌生感像横亘在她们两个人之间的刺，扎得她有些不舒服。

甘棠似乎没有局促感，她问爱米怎么这个时候回来。甘棠说在风里站着说话不方便，要带她去个地方坐下来。爱米本来想拒绝，可是她又不好找出合适的理由，便坐在她的车里一起去了三公里之外的一家咖啡馆。她说这是新开的一家，环境幽雅。如果带孩子累了，她会约上昔日的同学来这边坐坐，叙叙旧。

咖啡馆在一个闹市的胡同里。这片区域的建筑有二三百年的历史，因近几年发展旅游，经过大规模的改造，已经变成一个旅游景区。尤其到了夏季，人如潮水。现在还是淡季，来往的人不多。她们到了二楼靠窗的地方坐下，看见零零散散的四五个年轻人坐在楼上，大都专注于自己手上的事情。有的戴着耳机听着音乐玩游戏；有两个年轻的女子时不时发出夸张的笑声，所堆积的肉好像要从塑胶感的脸上飞出去似的，她们并不在意周围人的感受，只管自我痛快；有两个人似乎要赶着去上班，喝完手中的咖啡说了下时间急匆匆从楼上下去。

她们两个坐在窗边，又到了玉兰花和早樱盛开的季节。窗外正好有一棵白玉兰，半开的花苞欲放还休，似乎等着天气稍微暖和一些就大放异彩。毛茸茸的外壳，似乎包裹着一个即将开放的春天。之前这么清楚地看到玉兰花还是和古野在他家的屋顶上，上次收到他的信息是在几天前。他不久后要回到墨岛，她却选择离开。爱米不是在躲避他，而是该在这个时间离开。她又要选择开始新的生活，每次改变所带来的内心变化仿佛是投放在炉火里的铁要重新被锻造。每次的重新锤炼、锻造，都让内心的声音更加坚定。外面的一切很少能影响到她，即使她知道有些话听上去有道理，可是并不妨碍她要走自己的路。

这条路上尽管有很多她所不知道的曲折，但她还是孤注一掷。这就是她的倔强。在她看来，没有什么比做自己更让她觉得踏实。有时候她想，哪怕只剩下一点火苗，只管去尽情燃烧最后的能量。人不能因为害怕、担心、恐惧而不前行，在选择做自己想做的路上，要付出相应的代价。她已经尝试到了各种滋味，可是她仍旧不妥协。哪怕面对很多不实的言论，她也不做回应。

她们在楼下点完要喝的咖啡，过了不久会有服务员给她们送上来。爱米许久不来咖啡馆，空余时间很多时候喜欢宅在家里，尤其在寒冷的天气里。这是半年来第二次来咖啡馆，前一次还是仁弘约她出来时，一起在墨岛的海边咖啡馆喝了一杯拿铁。如果想喝，她会在家里自己制作。一边喝，一边看会儿喜欢读的古书和关于宗教的书籍。这是她最喜欢的类目，其他的很少涉及，除非一些哲思层面的文学作品。

在这个年龄段，她对一些书目做了分类。很多书籍她大体阅览一遍就知道讲的什么，便不再深入看下去。书是读不完的，更不会去追求速度和数量，有些会放在身边去反复揣摩。在不同的年龄段和时间里，所收获的也会不一样。关于讨论的话题，她更是以慎重的态度去展开，这不是因为观点的问题，而是因为人会有不同的知见，这种顽固的认知会将人局限在自己所认识的天地里，走出来会是另一番心境，走不出来会被困在自我捆绑的茧房里。这需要勇气去突破知见，并不是每一个人都有这样的勇气和觉知力。

年轻时，她会和朋友们一起到海边吃烧烤，穿着凉快的背带长裙，坐在路边的烧烤摊上喝啤酒。尽兴时，他们会欢呼着唱起歌。这是年轻时枯燥的生活中泛起的一点小水花。随着年龄增长，不再去参加多人在一起的任何聚餐。聚餐超过五个人，她便以各种理由推掉。她不喜欢听很多人聚在一起的夸夸其谈，没有实质性的内容，听后便觉得乏味。除了空洞地说话，剩下的时间都是在刻意找话题，说些无关痛痒的话。

甘棠喝了一口咖啡。

　　我们有多年没见面。你变化不大，看上去仍旧有淡淡的温婉气质，岁月似乎不曾在你身上留下痕迹。你唯一的变化在你的眼神里，在以前的明媚中多了层岁月的沉静感，让人看不清你在想什么。其实我一直不了解你在想什么，仿佛你不属于我这个世界，但是又给我温暖友好的体验。

爱米想，自己其实已经变了。没有在脸上明显体现出来的变化，也会在别的地方体现出来。除了她的眼神中透着岁月的沉淀感，自己的头发中最近两年也已有了银丝。白发鲜明，只是被掩藏在黑色的头发里。爱米的睡眠质量不好，容易想一些事情，这势必会耗损她的精力和气血，因此有了白发。爱米微微一笑。这是她习惯性的动作，不知道该如何回应别人的友善时，她会报以微笑。

爱米，这么多年来，我们参加过几次同学聚会，也并不是每年都有。你知道，在我们生活的这个小城市，大家低头不见抬头见，从城东到城西开车最多半个小时。认识的同学中，谁家里发生什么事情，谁家最近在吃什么，都很清楚。就说逛个商场或者去菜市场买个菜，都能碰到以前的同学。即使很多人选择去外地读书，大部分还是选择回来。但你和元意一直没有回来。他已经在外地结婚生子，而你一直在漂泊。中学时我们经常一起玩耍的致远，他因为成绩好，博士申请到美国的一所知名高校，他也肯定不会再回来的。大家都佩服你骨子里的韧性还有倔强，但是也为你感到惋惜。你的才情并没有真正发挥出来，你可以做得更好。同时也为你和元意没有走在一起而惋惜，我始终觉得他还是爱你的。他来参加过几次同学会，从来不带他的妻子。若我们不经意提到你，他会保持沉默，我们都能看出来他心里有你。可是他毕竟已经结婚生子，有时候我替你抱不平。

甘棠，这些我都释然了。我从来不觉得可惜，正是因为他的离开我才可以成为我，而不是活在他的期待和阴影下。现在回想，反而觉得这是一种解脱。人与人之间的缘分不过如此，该来的时候来，该离开的时候离开。这都无需勉强。

这么多年来，你一次同学会也没有参加过。你对他还有爱吗？

爱。这种爱不再是男女之爱，已经变成了一种祝福。

爱米，留下来吧。不要再去追求那些虚无缥缈的梦幻，你需要稳定下来。或许结婚生子后，你便会觉得心安。

这个问题，她也曾经想过很多次，可是命运现在没有让她停下来的意思。她已经箭在弦上，被自己射出去的飞箭怎么可能再去追赶上取回来呢？她现在无法回答甘棠这个问题，至少现在不能立马给出答案。这个问题需要用年的刻度来计算，或许需要几年。等心真正定下来时，她或许会尝试做出一定的回答。可是那时候再去回应的意义不大。

爱米，我没有你的勇气和毅力。我觉得你是在跟生命做着抗争，你有一股不屈服的拧劲。我并不知道你到底在寻找什么，可是我知道目前这些都不是你想要的生活。我们虽然是两个世界的人，但无论你做出什么样的决定，我都会支持你。你走得越来越远，心思也越来越缜密，以至于我觉得你好像永远飘荡在另一个世界的维度中。我羡慕你的任性和任意独行，可是我做不到。

甘棠看着窗外，回想起她以前的生活。爱米并不打扰她，她知道甘棠也有自身的痛，只是每个人将这种痛有选择性地隐蔽，不轻易将自己暴露出来。这意味着将人自身的虚假面具撕掉后，那凌乱不堪的灵魂将呈现在别人眼前，这是一件让人觉得狼狈又痛苦的事情。甘棠虽然表面上光鲜亮丽，可是她心中也有自身的痛。如果自身没有与对方相匹配的实力，人在得到某些东西的时候，也会为得到的东西付出相应的代价。这是世俗的筹码交换，没有什么比这个更残忍。生活在泥潭里的人，往往希望甩掉身上的泥泞，拼命抓住身边可以抓住的一切，哪怕一根稻草都不放松。

爱米，曾经的我没有别的选择。我和你不一样，你任性地做出自己想要做的一切，没有任何家庭的包袱和压力。我所遭受的并非常人所能理解，但我只有做出这样的选择才能帮助家里渡过难关，否则我们至今还住在旧城区的老房子里。你知道那个地方，现在已经变成了一片废旧的建筑场所。夏天炎热时，只有旧式的风扇在吱吱扭扭地呼啦扇着风。老式的建筑房屋密闭性不好，冬天寒冷，只能靠煤炭取暖。如果没有做好通风，稍有不慎会容易煤气中毒。你也知道，在我们以前居住的地方，一个年轻的生命曾经因为煤气中毒消失在这个世界。这样的事情也曾经发生在我家里。寒冷的冬天，家里的门窗封闭好，但煤炭炉子没有封好，以至于煤气从炉子里一点一点泄漏出来。母亲躺在床上睡觉，即使她大脑清醒，却没有了意识，想喊出来可怎么都喊不出来。父亲大冷天从外面回来，那是他做环卫工人的第十个月，意识到母亲不对劲后，他立马背起母亲从家里冲出去，幸好及时赶到医院。

我大学毕业后刚上班第一年，在这个小城市一个月的收入只有两千块钱。这点收入维持不了家庭的正常开支。我并不是不努力，父亲和母亲下岗后，我就不再敢花家里一分钱。父亲每天很早起来去扫大街。我跟他说不要再做这份工作，可是他说家里的花销得有人来负责，可母亲身体不是特别好，干不了重体力活。面对父亲的话，我并没有回答，只感到绝望，心里在不停地问什么时候能熬出头。

　　我下班回家后，看到父亲和母亲都不在身边，我打过电话后才知道母亲住院，在医院输氧。我立马赶往医院，看到躺在病床上的母亲，眼泪哗哗流出来，在心里下定决心一定要让他们搬离原来的房子。我不想看到父亲起早贪黑。不管刮风、下雨还是下雪，他都在外面扫大街，这是要扫多少年才能扫出一套房子。再看到手里的收入，连一套房子的首付都支付不起。

甘棠说到这里，流下了眼泪。

　　那段日子真的很难熬。爱米，你能明白至爱的人在遭受苦难时自己却有心无力的痛苦挣扎吗？那段日子我所遭受的就是这样的生活，痛苦、挣扎、无望，甚至充满怨恨。如果再让我选择一次，我宁愿那段日子从来没有过，我不忍心看到最爱的父亲和母亲所遭受的一切。我从不去怨恨自己为什么没有生在一个富贵家庭里，只是不愿看到最亲爱的人经受这样的痛苦。选择嫁给我现在的丈夫，也是因为他能帮我逃离那段痛苦的日子。尽管我不爱他，但是我还是选择嫁给他。嫁给他的条件就是给我父母亲一套新房子，哪怕面积小一些，因为我希望他们搬离那个冬冷夏热的

旷野之地

老房子。我不想再看到他们遭受生活上的痛苦。

虽然我不爱他，但是我感激他为我付出的一切。我尝试爱上他，可是对他始终没有灵魂的归属感，而我只是在扮演一个好妻子、好母亲的角色。他为人憨厚、老实，外表并不出众。现在在我看来，这些外在都不是最重要的，大概因为年龄大了会看开一些。不爱又怎么样呢？还不是一样生活下去。更何况我已经给他生了两个孩子。我现在不再去想那些虚无缥缈的事情，用现实去麻醉自己想象的空间，只希望我的孩子们将来不要做出我这样的选择。好在丈夫一直爱我。他的父母一开始并不喜欢我，是在他的一再坚持下，我才进入他们家门。我聪明能干，给他们家生了一儿一女后，他的父母才放心将他们家的产业交到我手里打理。

有时候想想，我也是幸运的，除了没有爱情。只有封闭自己的情感，我才能更好地扮演女人这个角色以外的任何身份。幸运只是相比较而言。我家的保姆说她曾经在福利院工作，接触过一些唐氏儿。这些唐氏儿很小就被父母送到福利院，而他们父母唯一能做的就是定期去看望他们。生了唐氏儿的人家，多数选择离婚，他们害怕再生一个这样的孩子。其中有个三十岁的患者，家里的钱花不完。他的父母给他娶了一个身材高挑而又美丽聪明的穷苦人家的女儿，为此给她安排了让很多人羡慕的工作，但患者的大小便都由她照顾。这都是因生活所迫。结婚几年后，他们没生下一儿半女。患者的父母只能作罢，或许是良心发现，没有强迫她一直照顾生活不能自理的丈夫。他们离婚，她才得以逃离婚姻的苦海。很多人都是在比较生活的，我也不能免俗。

70

她眼里泛起泪光。爱米隐约感觉到她有些事情还没有完全说完。甘棠说出这些，像是在发泄积累已久的情绪，也仿佛在寻找某种情感的慰藉。她需要有个倾诉的发泄口。爱米想，在极力想要得到物质上的标价时，也在做着被动的选择，这显然并不是内心真正想要的。越是妥协，命运越是得寸进尺。奋力挣扎其实是在向命运宣示自己所掌握的主动权，可并不是每个人都能赢得这变幻不定的命运考验，有时妥协，也是最好的折中。爱米同情甘棠，但是不去怜悯她。她知道甘棠有些话并没有完全说完，她是在维护自己最后的一丝尊严。爱米并不勉强她说完，有些话说尽并不一定对双方都有好处，只去聆听未必不是一种间接的宽慰。有时候说太多宽慰人的话，在某种程度上反而起不了任何作用。人在倾诉的同时，其实内心已经有了选择。聆听、不打断，未尝不是一种抚慰。劝人大度，将心态放宽，这些话谁都会说，可是没有设身处地，这些话反而能激发起人的排斥。很多人选择倾诉，只是希望别人看到他们，用心去接纳倾诉人此时的情绪。

　　爱米，这些话我从未跟任何人提起过。如果我说出来，咱这个小城市的人很快就知道了。其实他们也知道我的经历，但是这些并不是最要紧的。关键是这些话或者让我感觉痛苦的经历不能由我说出来，这就意味着我在为曾经的选择付出相应的代价，同时也全盘否定了我所有的选择，包括对我的儿女。我不能对别人流露出这样的后悔情绪，现在跟我有血缘关系的就是我的孩子。我爱他们，用生命去爱。

　　甘棠，没有一生完美无缺的人，每个人都在遗憾中修修补补。人生下来本就带着生命自身轨迹的信息，也不能说命中注定，只是说通过所经历的事情一点一点填充，修补。自身所认为不好的或者暂时克服不了的难关，正是人所面对的生命课题，需要在这一世去经历、完成。这是心所认知的问题。如果克服掉曾经的心魔，所面对的生命功课即是完成。如果还念念不忘，觉得自身的内里有一个空洞需要去填补，则会在这个问题中继续磨炼，或许完成它需要很多时间，也许是用一生的时间，乃至更久。这都是心的起用。

　　爱米，你说得太抽象，以至于我还不能消化。其实我很早感觉出来，你距离我越来越远。你走得越远，和我心之间的距离也越远。

　　你不要担心。现在不能想明白的事情，会随着你的学习、认知和感悟而加深。这并不是一下子就能觉知的问题，需要一个过程，需要一步一个脚印，内心感到踏实地走。那时候，即使我们相隔天涯，人不见却心相知。

　　你还要去别的地方吗？

爱米没有说话，只是脸上挂着一丝微笑。

从这之后，爱米再也没有和甘棠见过面。她有时清晰地感觉到甘棠似乎在有意躲避她。她不知道甘棠是否能真正明白她曾经说过的话，或许对于爱米来说已经不重要，起码曾经的友人在某个时间段会回想起她们之间的谈话。就此别离，不带着任何的负担、期待，这未尝不好。

在此之后的几年，她得知甘棠的丈夫得了罕见的不治之症，用昂贵的药物维持剩余的生命。离去的人似乎越来越多，即使是一个健康的成年人，过了几年不知道又得了什么病而意外去世。科技的发展越来越超出人的想象，奇奇怪怪的病也同时出现在世间。一个无常的世界，不知道未来的人到底要通往何处。如果迷失了最真的那颗心，就像前行的路上失去了导航仪，从而变得盲目。回归本源，不是为了逃避，而是为了更好地让心找到自己的精神家园。她想，既然不能改变别人，只能从自身做起，让心变得温和、柔软、真诚而又充满自身坚定的能量。

不止对于甘棠，爱米有时候会困惑，为何一开始亲密无间的友人，到最后却走散。她似乎并不擅长处理人际关系，也不热衷于别人的八卦、闲聊、攀比还有各种时髦的娱乐活动。她对此并不感兴趣，始终保持对人若即若离的态度。既不刻意靠近，也不会刻意远离，保持一种淡淡的态度。一旦贴近，当别人知道她的软肋，如果不是爱护着她，则会刻意去攻击她薄弱的地方。她虽然自身敏感，但是又有包容的心，只是她不习惯别人一面对她好一面又在隐蔽性地伤害着她。

尤其在她坚定地做自己时，在生命的羽翼变得越来越丰厚有力时，她越往前走会越孤独。她明白自己只是一个普通的女子，即使普通而平凡，亦有自身生命中的坚持。不为任何一个人，只是为了完成这一世自身的绽放。身居深山的花朵，即使无人观赏，依然能

旷野之地

尽情绽放。为何作为一个人，不能尽情地追随自己的心呢？她所追求的更不是自由至上。自由不是没有克制的放任，也不是肆意妄为。在她看来，自由便是尽量燃烧自己的能量去做自己真正想做的事情。即使面对别人的孤立、排斥，她亦不去妥协。如果能真正心意相通，即使没有面对面，亦能感受到这份情感的自在流动。真诚而不虚假。

　　离开家后，她便动身前往南方的 W 城市。她没有告诉父亲和母亲要离开墨岛，直到她在这座新城市将所有东西安顿好后才和他们说。既然木已成舟，父亲和母亲只能随她。在选择上，她可以说是随性甚至任性的。先去尝试，哪怕撞得伤痕累累也不后悔。这是她的倔强。在来南方这座城市之前，她曾经在这里住过一周。

　　在这个举目无亲的城市，她觉得刚刚好，不需要维护任何的人际关系。即使之前来过一次，仍觉得有些陌生。孤身一人，像一叶在大海里被风吹来吹去的浮舟，想要停下来都不可能，只有往前走。她仍有年轻时初生牛犊不怕虎的势头，一旦决定要去做，便不再考虑没有发生的后果。这种随性的莽撞既为她省去不必要的消耗，也会在前行的路上摔跤。但回顾往事，所发生的一切都在促使她往前走，走在一条最适合她的路上。

　　爱米自认为没有特别之处。这条一意孤行的路能走下去，除了她的信念坚定，还加了很多的运气。甘棠之前跟她说过，她走了一条异于身边同学们的路。如果别人走她这样的路，绝大多数会知难而退，即使坚持走下去也不能跨越自身的障碍。她想，这条路如果再走一遍，所遇到的风险太大，稍有不慎便会从选择的悬崖口坠落而粉身碎骨，她不是没有后怕过。但是对于爱米来说，后怕仍旧阻止不了她想跟随内心的想法走。人生就这么长的时间，不能因为害怕而放弃。她仍不知道在追求什么，只是知道有些东西在前面等着她。或者在追问一个答案，或者在寻找一个值得相伴的人共度余生，或者想让一直动荡不安的心找到一处落脚的地方，或者什么都找不到，一直过着这样的生活。对于她来说，一切都是未知。心里始终有一团光芒，感觉像在心里点着一盏灯。此时的她会感到温暖、安定和踏实。

搬家到这里的半个月后，她先去熟悉周边的生活环境。江南的这个城市，充满古意，甚至充满禅境。这座城市有两千多年的建城史，古建筑群仍保存完整。生活在旧城区的很多人都是年长者，尤其是生活在古建筑群里的人，多数上了年纪，仿佛时光在这片区域过得格外慢，悠闲中带着一丝惬意和漫不经心。

租住的公寓在新旧城区交接的地带，站在阳台上可以看到整片古旧的房子，在远处还有一个大湖。湖的周围全是最近一二十年新建的房子。在过去，湖水的周边都是农田。随着城市的开发，填湖造地，一个新的管辖区得以设立。目前这里是 W 城市房价最贵的地方。往日的繁华不再，曾经旧房子的庭院是商贾巨富、达官贵人居住的地方。老去的房子仍在，昔人已去。以前的宅院已被改造成旅游观光的地方，一年四季不缺游人。爱米喜欢住在这里，整个古旧的宅子还是靠人在养着。凡是有老宅院的地方，不缺少水井。有些本地的老人仍旧用古井里的水洗衣服，景点处的古井被铁栅栏封好，避免游人掉落进去。

此时住的公寓有些年头，房东是一位当地的老太太，她说话优雅、得体，初见面时穿着一件灰黑色的连衣裙，垂到脚踝，脖子上系着一条宝石蓝的丝巾。外面搭上一件厚实的灰蓝相间的披肩。唇上涂抹了一点口红，虽然皱纹细细密密地分布在眼角周围，但是那一抹口红让整个人看上去有气色。她看到爱米后，对她这个新租客感到很满意。她告诉爱米，房子虽然出租给别人，但是这也要看缘分。对于一个让她感觉不舒服的人，她不会租给他们，因为房子会聚集气，她并不想让感觉不舒服的人的气留在房子里。

老太太几乎不来这边，她们之间互不打扰。公寓虽然有些老旧，但是该有的家具都齐全，房间里也干净、有序，再经过她一周的布置，算是达到满意的状态。

这个小公寓，对于她来说已经足够。闲下来时，她会坐在阳台上看远处的湖水和附近的古老建筑。一个连接现代，一个连接过去。两个时空在她的脑海里交错在一起，产生某种程度上的重叠。从过去走来，现在的发生又走向何处。一个城市的命运时空走向，又将人带到哪里。来来往往的人，来了，走了。城市仍旧是那个城市，有冰冷、有无情，也有人间的灯光和烟火。冰和火在这城市里交错发生，找不到最初源头上的线，像一团乱麻，但不妨碍在不同地方同时发生着这人间的悲喜剧。

经过三次面试，有两家公司她还算满意，综合比较一下，去了一家距离公寓比较近的公司做设计。在刚去的一两个月，爱米经常加班修改方案，一遍一遍修改，直到让客户满意为止。有时这样的工作会让她觉得身心疲惫，让她禁不住重新规划她的职业生涯，但是目前还不知道具体要做什么。毕业之后，在学校做过半年的老师，后来阴差阳错地投入新的行业。年轻时，刚做这份工作，加班是经常的事情，因为爱钻研再加上她的聪慧和领悟力，很快在行业里做得得心应手。尽管她赚了一点钱，但很少买奢侈品。

生活维持在精简的状态，一件羊毛大衣可以穿上五六年，即使一件棉质的半身长裙也会洗到发白才扔掉。或许不再像以前那样，追求衣服的款式和数量，现在反而只保留着经常穿的那些衣服。除了夏天因为出汗需要替换的衣服相对多一些，其他季节的衣服在不同程度上做了相应的减少。过去一些年买了很多衣服，有些衣服崭新从未穿过，有的虽然穿过但是材质依旧很好。她在网上恰好看到西部边远地区需要一部分旧衣，便将多余的衣服捐给那些需要衣物的家庭。她再次将衣服做了归类，将没有穿过的还有只穿过几次的挑出来全部清洗干净、晒干、打包，将它们装在防潮的编织袋里去邮寄。

她在生活中也做着一些减法，在吃上没有以前那么挑剔，一旦有空会自己做饭。有时候身体疲惫不想做饭，会像以前那样随便吃点东西，解决吃饭的问题。有时候半夜里胃肠会很不舒服。她知道身体不能负担胡乱堆积的食物，就像心中不能承担过多的情绪。每当这时，她会下定决心下次要克制，可是因为生活的不规律，还会再去随便吃点。情绪也是如此，不能一下子断了，越是被挤压、排斥，这些情绪过些天会铺天盖地弥漫在身上引起巨大的波澜。她习惯了它的存在，情绪上所带来的无形涌动不能人为完全割裂。它就像是水，稳定时可以缓缓流淌滋养生命，爆发时也可以变成滔天的洪水攻击人内心筑起的防线。

　　工作忙起来时她加班到深夜，从事这份工作多年，她已习惯了这样的生活。在某种程度上，她极其隐忍，承受高强度的工作和压力。没日没夜的工作，让她的身体处于高度紧张的状态。颈椎、肩膀处疲乏、劳累，眼睛有些酸涩。过去几年，她在心里想，不能停下来，如果不工作，生活就会失去保障。她背后没有可以依靠的人，除了她自己。父母的钱够他们养老，可是自己不能花他们一分钱。很多次母亲劝说她回去，即使做一份收入低的工作也无所谓，可是倔强的她一意孤行，不听任何人的劝阻。面对婚姻，她仍是如此。不勉强、不将就。有时她厌倦了这种无休止的工作和生活。无数熬夜的日子让她第二天精神有些恍惚，只能靠咖啡提神。一杯一杯的咖啡似乎让她看到一天天重复的生活节奏。此时她的日子像是滚动的车轮，不知道要将她带往哪里。

　　她想停止这不停翻滚的车轮。可是下一步她要做什么，还没有明确的规划。忙完工作的闲暇时间，她会读书，涉及心理、人文、宗教。只有在这个时间段，她才感到内心的平静和安宁，这份精神的滋养才得以透入身心。她不想永远过这种无休止加班的工作，需要给身心一个疗愈的空间。面对无数的工作和身心的疲惫，她支撑不住时会哭泣。可是再累，她都不能轻易放弃。她越是挑战，越是要克服困境。如果选择换一个赛道，不是因为她胆怯、放弃，而是因为她觉得真正想要换一种生活方式。晚上睡觉前她又拿起一本书读起来，想起了读大学期间曾经发文章的日子，给各大期刊投稿，还能收到一笔稿费。尽管不多，但是她想这是对她文笔的肯定和回报。她看书并不是因为时下流行的读书会和潮流，更不是为了读而读，而是将它当成了生活的一部分。

她小时候喜欢一个人在房间里看书、画画，长大后几乎不再看电视。有时会看电影，或者听音乐。十年前会听各种电子乐、摇滚乐，还有欧美流行歌曲。现在，这些都让她搁置在过去的时间里。随着年龄的增长，人的心会随着年月的变化而发生改变。她现在更多的是听一些舒缓的音乐，多数以轻音乐为主。多年来，很少再去正式地写一些文字。即使写，也是以日记的形式写下来，不过她很快将它烧掉。烧掉，意味着不会被别人看到她的任何心声，似乎这些内心的世界所产生的起伏从未出现过。有时候会将读书或者生活的感悟发布到网上，即使很少的网友去关注她。有的网友会催她更新，有的网友看到她写的文字会揣摩她内心的世界和所面对的问题。其实这些揣测都不是她心中的真正想法。

爱米想到之前发文章的日子，她怀念那段时光。过去多年，很多事情都在发生改变，包括心态也在改变。生活中琐碎的事情很少去关注，也不再刻意维持与外界的社交，可以说现在过着寡淡的生活。她同时不再对恋爱抱有期待，即使心中仍旧有爱，但是对爱情的态度报以观望。世间保持内心洁净的男子不多，遇到需要缘分。很多的幸运目前不属于她，可以没有爱情，但是心中不能失去爱。

来到 W 城的大半年，她除了工作，很少外出，已经有很长一段时间没有旅行。二十几岁时拿出很多时间行走在旅途中，那时候身体能经得起来来回回的折腾，可是如今似乎需要某种休养。或许年轻时用去了太多的精力在工作、感情还有各种的情绪上，随着她步入新的年龄阶段，身心的疲乏逐渐有了一丝的苗头。她看上去仍旧显得年轻，比实际年龄小很多，可是眼神明显变了，变得像深不见底的水潭，让人无法琢磨她到底在想什么。与人交流，话语变得越来越少，不知道怎么将这谈话进行下去。她不习惯吐露自己的心声，喜欢在人群中将自己隐藏起来，即使参加推卸不掉的聚会，也会刻意地内敛和低调。听到人群中的谈话声，她习惯于聆听，从不将话题引到她身上。否则，她会很不适应。

　　她的心像一颗在哪里都能发芽的种子，哪怕只有一点土壤都能让她落地、扎根。来到这座南方城市，同样如此，很快适应了春季潮湿的天气。她喜欢下雨天，这会让她内心平静。在往后的日子里，到了冬天，即使屋里没有暖气，她也能接受这湿冷的天气。江南冬天的冷不是直接扑在皮肤上，那种浸入骨髓的冷犹如绵密的微细触角渐渐渗到皮肤再缓缓流进身体，等她意识到这种寒冷时，手脚已僵住，即使打开空调也要好一会儿才能暖和过来。她并不在乎这外在的环境。

　　除了工作时间，她并不热衷社交。与其维持与别人表面的关系，不如独自一个人来得痛快。太多无用的交集消耗她的心力，有时会让她变得像个木头人，不想去思考。做这一行，时不时让她过着黑白颠倒的日子，身体也为此付出沉重的代价。很多曾经一起工作的人，如果到了一定年龄仍旧做得不好，或者薪水、职位没有得到提升，往往会选择另换行业。爱米同样如此，她想换一种生活方式，不想再过这种耗损精血的事情。承礼是和她一起工作的同事，是她在工作中唯一联系比较多的人。爱米在工作方面需要向他学习的地方还有很多，他是这领域中的翘楚。承礼工作态度严谨，为人谦虚、内敛，性情温和。在爱米看来，他有天然的自我生命滋养能力，并不沉溺于情绪中，能够不动声色地完成该做的事情，善于摒除负面能量对自身的侵扰，同时又有天生的共情心理，接近于雌雄同体。这样的男人，在世间不可多得。

以前古野跟她说过，内里相同的人都在不自觉地互相吸引。不管是朋友还是恋人，本质上都是一样的人。她想，过去交往比较多的人都是和她本质上有相似性的人，否则不会感受到彼此的内里。发现她的内心，需要时间，也需要眼缘。这样的眼缘其实在本质上就是一种内心的互相吸引。无形的磁场在做着深层次的连接，不自觉将人吸引到身边，想进一步了解。

在大脑无法通过分析去辨别时，潜意识会起着发酵、酝酿的作用，朦胧中有想要探索的冲动。虽然人的清醒意识在保持克制，但是内心深处早已做出了判断。如果与好的因缘相遇，心里会不自觉是喜悦的，带着无形的期待。即使知道是短暂的相遇，也会各自珍重。如果遇到不好的因缘，则会在彼此的相处中产生纠缠、消耗。那种无形的身心反馈机制也会做出相应的回馈，在相处的过程中其实早已做出了冥冥的提醒。那种隐蔽的不安已在启动。清醒的大脑有时会被眼前看到、听到、闻到、触摸到的所蒙蔽，偏偏没有听从内心真实的感受。

承礼看出爱米对这份工作的烦躁和厌倦。精力的耗损让她的骨头似乎要散架，如果不是血肉对它的包裹，真的有可能散落一地。这样的恶性循环让她有莫名的不安情绪，甚至从她的眼神中已看出她对这份工作的不耐烦。有次他们一起去吃饭时，他将她内心所想的说出来后，爱米有些不可思议。她一直将内心所想的有所保留，没想到他能彻底看穿她的心思。

爱米，其实这份工作让你很疲倦。如果你带着热爱，心中会不自觉流露出喜悦，这份身心闪动所散发出的光彩会将你不自觉地点亮。可是你并没有这样。你现在很疲惫。

你喜欢这份工作吗？

谈不上喜欢，但是我将它视作生活的渡船。我明白做这份工作的意义。工作对我来说不仅仅是工作，还是一个载体，除了能够发挥自己的才能、实现外在物质上的价值，还是自身修行和完善的辅助工具。这需要做到对自我的真诚，对自我不真诚则看不到内心真实的需求。沿着这样的道路往前走，并不需要太多的技巧。大道至简，将生活和工作中很多的形式剪掉之后，很容易看到事物的本质，包括对人心的了解。这并不是将人了解之后，需要打败他，而是看到人的需要。

在灯亮的地方，自身所发出的光也会投射出一个黑影。炽热耀眼的太阳中有黑子，但这种黑白不是割裂的，也不是完全对立的。不需要拿着标尺做出评判，否则争论会持续下去。人所做的是明白自己真实的内心，做真正喜欢的会带着满心的热爱，即使没有别人去督促，也会想着做好它。虽说天赋重要，但是内心的驱动就像是源头的水能持续供应。所要寻找的则是这源头，是什么在持续滋养你的身心。如果对它没有爱，源头的水也会因为内心能量的堵塞而枯竭。如果仅仅为了外在的物质而去赚钱，人的创造力和动力就会受到限制，自身的能量也会很快被消耗完，这并不是一件难以理解的事。世间的修行就在点滴的生活中，与人相处也是如此。

艺术的本质不是为了叛逆或者寻找刻意的特立独行，这是一种巧妙的平衡术，有时候并不能用语言概括。任何技艺达到一定的高度后，并不局限于技和术的层面，而是上升到哲思的领域，其最高的境界则是道。但是这样的道，越是在形式上追求，越背道而驰。道的存在，润物细无声，就像流淌的水那样自然。真实地生活在这人间，做个普通人，感受这世间的一切酸甜苦辣。

承礼戛然而止，不再继续说下去，似乎将一个疑问留给她去思考。

往后的一段时间，爱米不是没有想过。似乎里面包含的意义甚广，需要她细细咀嚼每一句话。

承礼，我的确厌倦了这份工作。可是下一步还不知道做什么，没有方向，没有目的，像个浮萍漂流在世间。做出选择似乎对于我来说比做高强度的工作还要困难。坚持做这份工作起码保障我在世间的生活。我不是多渴望物质，但如果没有外在的生存能力，人活着会很被动，相当于鸟儿自断双翼。

爱米，你喜欢什么？心里最渴求的又是什么？

这份工作的强度和压力让我疲惫不堪，自身的天赋和自身驱动力不足以持续供给我新的源泉。我的想象力丰富，可是面对它时，我的心反而是封闭的，宁愿它是一口枯井。这样的处境让我很矛盾。

　　你看上去更像是个诗人，对文字敏感，心思细腻，能够深入内里发现别人看不到的事物。心思细腻，并不是一个贬义词，很多人内心粗糙，只在世间享受外在的物质，不曾知道内心真正想要什么，过随波逐流的生活。其实这样的生活并不是说不好，我对此不作评判。有的人注定要去做引领，不管是对自己还是对别人，但最重要的是做自我的引领。这是每个人的因缘。如果不能在精神上引领一个时代，那么可以选择做自己生活的主导者。这些话并不是空洞的，而是实实在在内心所感受到的。如果不做自我内心的引领，很容易受到别人的影响。

　　虽然创造的背后本质是贯通的，可是每个人所擅长的着力点不同。这些不同没有高低之分，都是人的心所引发触动的。不管是在沟通上，还是在创作上，最根本的是与本身所从事的"道"相契合，而不是在细枝末节的术上钻研。在现在的社会中，不少人想着法儿去提高情商，这都是技术层面，就像在复制一批批的模具。这样的追求只知其一不知其二，脱离了当时的语境或者培训场景，一旦出现别的问题，就很容易把人打回原形。这就是不了解自己内心真正所想的结果。只有"我愿意"才会燃起人内心的活力，感受到生命的流淌。这种活力不是让人外在的身体动起来，而是将身心的能量连接起来，不自觉触碰到心底的神性，生发出一种温暖的感动，这也是因为自己的心终于被看到，被抚慰到。而这看到，最重要的是先自己去看到。

五　一棵古蜡梅

承礼，谢谢你跟我说这些。这部分的混乱需要清理，由无序到有序，需要时间。内心残留了太多的杂乱，或许也因以前有过多的情绪。虽然明白很多的道理，但仍旧做不到内心的完全净化。

承礼约爱米在古巷子里的餐馆吃饭。河道有七八百年的历史。沿河而建的园林有着沧桑的古朴之美，外在保持古代的素雅风貌，大多已被修葺供游人观光。巷子里的建筑被用于商业，大部分是商铺，很少有住家。居住的人家需往里走几百米，不挨河岸。店铺所卖的东西，有旗袍、手办、特产、古玩、咖啡等，还有不同的餐馆、茶馆和民宿分散在其中。

W城是座典型的江南城市，小巧精致，可谓白墙黛瓦、河街相依。爱米喜欢这湿润的空气，尤其在下着细密的小雨时，感觉层层的湿润水汽好像能够渐渐渗进毛孔，有种清爽的润透感。

他们将菜和米饭吃得干净，过后点了一壶西南地区产的红茶。爱米喜欢喝红茶，尤其在秋冬季节。茶水淳厚、温润。甘美的香气在翻滚的热水中酝酿，从茶的精髓中溢出来。坐在窗边，外面有一棵老蜡梅。承礼看到她在看外面的梅花，告诉她眼前的蜡梅已过两百年，具体出自何人之手还未得知。本地人爱诗词歌赋，爱一花一木，同样善待这棵古梅。在江南的这座有着悠久历史的城市，从古至今，书香气几乎是底色。这里的人爱书，惜书，出过很多文人才子。老城区的园林建造，不仅养眼，同样体现古人天人合一的幽雅心境。在建筑的构造中融入了自然的理念，将自然的一花、一叶、一水、一石、一木，都带进了园子。

我爱这座古老城市的静谧和安详。有的老人淡然、优雅，即使失去年轻时的容颜，随着岁月的流逝，脸上留下的岁月似乎与整个城市的气质融为了一体。小学还没毕业，我就跟随父母去了北美。刚到一个完全陌生的国家，对当地的各种文化和语言很不适应，我并不明白父亲和母亲为什么不远万里漂洋过海来到大洋的对岸。到了陌生的城市，一开始我没有朋友，说的也是蹩脚的英语。过了两年，我才慢慢适应。

一开始父亲和母亲都很忙，他们首先要做的是能够在一个新的地方找到可以立足的工作。父亲在国内时是一名工程师，所以他投递了几份简历之后，最后在一家著名的汽车公司上班。母亲在一开始的前五年负责照顾我，是一名家庭主妇。母亲上进心强，她忍受不了烦琐的家庭生活。在国内时，她成绩优异，考上很出名的高校，学习成绩比父亲高出一截。五年之后，她重新申请当地的高校读博士。父亲和母亲想给我更好的生活和教育环境，可是我并不喜欢他们改变。远在异国他乡的我时常怀念故乡。即使我生活在这里，记忆却停留在小时候。

为什么又回到出生的地方？

因为怀念小时候的故乡气味和环境。小时候居住的地方渗进骨髓，即使走了千万里，可是梦中都是回到原来的故乡。我不知道你有没有这样的感受。长大后，住过很多地方，搬过几次家，即使在他乡生活多年，可是梦中却经常浮现小时候住过的地方。我想这是生命最初的印记，仿佛成了滋养生命的原始

五　一棵古蜡梅

土壤，不管在它身上种上花、草、庄稼还是树木，土壤的底色却不变。

我想那是因为你童年的记忆是美好的，你生活在有爱的家庭里。所以你会觉得那是对生命的滋养。可是生活在没有爱的家庭的人，大概会想要逃离吧。即使人想要逃离，小时候的印记却挥之不去。我的梦很多时候也是小时候的场景，尽管梦中的自己长大了，可是梦里编排的故事地点仍旧是儿时的地方。我还不知道这究竟意味着什么，是不是带着小时候没有完成的愿望，或许是弥补那时的某种遗憾，甚至是在牵动着人不要忘记来时的路……

长大后我完成学业，在国外工作过几年。尽管我接受国外的教育，可我仍旧喜欢中国的古典文化，这是自身民族文化的典雅。我更愿意追溯文化的源头，喜欢先秦的思想，那里有老子、庄子。

这是自身文化的气质和幽深，古老而不腐朽，像活水般历久弥新。我也喜欢中国的古典文化。人与自然的直接连接，要用直觉去感受它。这种直觉跨越了大脑意识层面的分析，直接抵达内心深处，无法用言语说尽。心意上的完美是一种存在的状态，一旦说出来便有了还没有说尽的漏洞，似乎破坏了它的完满性。这种直觉的体验，不在于别人怎么看一朵花、一滴雨、一片叶，而在于自身对眼前事物的心灵感知。跳过大脑的分析，直接去感受它的质朴和本然，这种天人相合的相融一直流淌在中国人的血液中，这是属于中华民族的精神浪漫。

我的书桌前经常放着一本《庄子》，可是我从不去和人谈论他的思想，也不提及他，即使听到别人洋洋洒洒地说到他，我也是静默不语。我喜欢这种直观的感受，会用精练的语言把很多想法写出来。少数写在电脑里，偶尔发到网上；多数在笔记本上写下来。到哪里都会带着它，觉得有它在，心里就会踏实、安定。

我仍旧记得小时候父亲和母亲带我去园林游玩的情景，那时我家还住在旧城区。当时还没建立新城区，那里还都是稻田。再回来时，稻田已成为居住和商业用地，一个新的城区也由此出现。小时候，旧城区生活的多数是本地居民，生活悠闲、平静。早上去上学，会路过古老的拱形石桥。在这座城市里看似普通的石桥都有几百年的历史。尤其秋日早上，薄薄的雾气笼罩在树荫密布的河道上，尽管已是秋日，可是树叶仍旧茂密。在黄绿相接的叶片上，显示出时间走过的纹理。也会看到沿河的居民家里冒出做饭的烟火气。园林的景致清、雅、寂，这种匠心独具，在人的心里肯定有了浑然天成的美。"虽由人作，宛自天开"，这正是造园艺术的灵魂之笔。

你会在这里长期住下去吗？

不会。我年后就要去北方。爱米，你知道公司的主要业务在北京。虽然我是这里的主要负责人，可是时间到了，我也该回去了。至于再往后的打算，我还没有具体的规划，只是有了很简单的构想而已。我想在这里的因缘已了，或许更多的是弥补我小时候的遗憾，我又重新来到这里感受它曾经在我生命中失去的气息。我生性感知力敏锐，那种缺失似乎让我有种遗憾。

　　我要回到生我时的源头寻找，或许那里能解答我的一部分困惑。这条路，我寻找了多年。在国外时，我除了学习专业课，还对很多事物感兴趣。那种探索让我对生命有层层递进的了解，就像在玩一个闯关游戏，越往里走越觉得有趣，仿佛自己的心就是一张无形的地图。我不知道下一步要到哪里，可是心在做导航，指引我通往我从未踏去的地方。这种意想不到的惊喜，完全颠覆了我小时候对生命的认知。我从未想过未来会遇到什么，会思考什么，但是小时候会确定的是我会找到一个不一样的认知世界，但究竟是什么我也不知道。直到现在，我才知道这是一个对生命认识的全新世界观。

　　人并不局限于自我，还有对自然、天地的认识，甚至人与人之间的连接。所有的都在指引我走向一条自我觉醒的路。这样的觉醒并不是在逃避，也不是用形式麻痹自己。这时的心会感到清明、喜悦。晚上回到家，我会停掉一切工作，专注于自身，体会静坐带来的无形之喜，淡淡的。

他看到爱米有点疑惑的表情，因为爱米不知道他了解如此之多。承礼淡淡一笑。

爱米，我从未告诉别人这些。我在工作时，竭尽全力。但是工作之后，我会做自己，一个不愿意被人过度打扰的人。不过，有时也会跟朋友一起做之前喜欢的运动，会去打篮球、踢足球，也会户外骑行。可是我更喜欢将自身放在一个静谧的环境中。那些运动，被我慢慢搁置一边，不愿再去捡起。我们之间的谈话听起来有些抽象，可是我觉得你会明白的。

世间的相遇都是久别重逢。最终的救赎也是自我的拯救。它需要有直面自身困境的勇气，而不是冲动的莽撞，能凝视生命这个深渊却不被它卷进去。这需要磨炼。哪怕在生活中受到千百次的怀疑，也不要放弃最初的坚持。这不是心灵的安慰剂，它需要实实在在走出来的路。头脑的意识甚至具有欺骗性，但是藏在内心深处的本我不会欺骗自己。这样的过程并不需要将自己暴露在外界，而是将自己隐藏起来。隐居于这世间的喧嚣和繁华，就像市井里的一盏小灯，哪怕发出微弱的光芒，亦是自性的光明。所以，私下的时间不需要交给任何人，这完全属于自己的天地。

承礼，在国外的环境会更静，你的私人时间我想会有更多。你为什么继续留在这里？

正是因为国内的生活笼罩着浓厚的烟火气，走在人海如潮的街道上，站在拥挤不堪的地铁里，我反而觉得内心会更平静。我既喜欢静，可是我又恋这接地气的烟火味。仿佛自身又有个无形的结界，我知道自己不可能完全融入这潮流。但是这点点的万家灯火能给人感动。有时，我晚上爬到城郊的山上。夏日晚上，很多徒步爱好者也会在傍晚爬上山。我坐在山上静静地看着城市的灯火通明，竟然内心会生起感动和温暖，心里默默祈愿：愿世间的人都能吉祥、幸福、自在。尽管人身上会有不同的烦恼，但是我仍旧不自觉地生出祝福的心。我想，生活在这个世界上更不应该逃避，面对形形色色的人正是在检验自己的修行功底。回避问题，只会让这个问题不定时地出现。

我想，国内的这片土地更适合我。这里有我喜欢的文化根源，可以说我是用生命在爱着它。这种邈远的深思哲理，像是汩汩流动的泉水。只是真正能去体会它们的人太少，所以时常会觉得孤独。尽管如此，我仍旧觉得自己走在一条适合自己的路上。目前，我对现在的状态还算满意。我体会到了静谧的幽深和广漠，对那些存在身边的善意而感动。尽管这都是微不足道的善言、善行，但是我觉得正是因为内心有一颗善意的种子，所以才开出让人感到温暖的花朵。

承礼，我觉得你是我遇见的最清醒的一个人，身上具备美好的品质。你的思想深远，我需要一点一点消化。你所说的，我觉得很宝贵。我还要慢慢吸收，同时觉得内心的那棵大树在一点点成长，还没有完全长大。一旦发过芽，只管按照它的本性去生长。我要顺着它的本性，让它来引导我。以前我会恐惧，会害怕，我不知道我到底在害怕什么。小时候我会怕成绩不好，让父亲和母亲失望。长大后，我同样会担心他们的失望，因为我一直没有按照家里的安排学习、工作，没有按照周围人的轨道去生活。我一直坚持自我，有时会怀疑这种坚持到底有没有意义，怀疑坚持的结果又换来了什么。

父亲仍旧对我有不满，他并不喜欢我一直漂泊不定的生活，希望我安顿下来，有一份稳定的工作，然后结婚、生子。这是多数人的生活轨迹，可是我被命运推着往前走。等我想安顿下来，往往天公不作美，我又被推着去了别的地方。我有时在想，自身生命的存在是为了父亲和母亲。可是我越不想让他们失望，我越会陷入这种挣扎，不能全然做自己，这让我很矛盾。可是，我甚至都不知道正常的家庭相处模式是什么样子的，又怎么能顺顺利利过正常人的生活呢？这就是命运给我安排的课题。我要学会去接受它，去体验它、感受它，并且在这个过程中慢慢将内心的凌乱进行修补。现在，父亲和母亲年龄大了，或许他们的心力已被岁月的无情磨平一些棱角，只能接受我的选择。这种妥协，更多地夹杂着无奈。

爱米，人会痛苦是很正常的心理反应。要看到痛苦，但是不要沉浸在里面。它是一个漩涡，会将人拖进去，让人越陷越深。我能看到你的苦痛，也能看到你心的纯净。这段挣扎的过程我也曾有过，也曾有过犹豫、纠结。从国外回到国内，又来到出生的地方，有种似曾相识的深深陌生感。我接受西方的逻辑思想训练，但是也有东方的直观思维。这仅仅是对于我个体而言。有时候它们就像海浪撞击上了海岸，两者的相互撞击让我产生新的思考角度。两者并不相互对立，而能在激荡中摩擦出不一样的视角。

你看出有什么差异了吗？

我想并不仅仅是差异，还有这圆融的和谐。从哲学角度上，这需要找到证据来证明它们之间的联系。至今可参考的文献资料并不完备。我在西方曾经辅修过哲学，有时甚至将它作为主课来对待。这种哲学需要站在前人研究的基础上进一步推出自己的观点，但有时对于我来说并不解渴。因为对东方哲学的喜爱，我专门学习了老庄哲学，也学习了部分西方哲学。学习了佛教哲学后，再细细研读庄子其实觉得更有妙味。这种感觉像是饥饿的人在吃饱饭之后，又喝了一杯甘美的水，让人酣畅淋漓。这两者的融合和出现的顺序，都恰到好处，时间的先后又是如此微妙，仿佛心里怀有这些，便似和古人时常在一起。这种天然的踏实无法用语言说明。

我庆幸当时坚持辅修这些在很多人看来无用的学科。但是我觉得纸面上推导的环环相扣，在间接程度上也有一点缺憾。或许这并不是哲学的问题，而是书本知识的局限性。不仅要体会它逻辑上的严谨性，还要在某种程度上要脱离文字知识，离开书本，用心去品读，看到那些书中没有写下的文字。甚至要更超前一步，还要做到举一反三。通过这些，找到最真实的自己，还要跟随它。这条路的选择需要经过很多的质疑，甚至会有自我怀疑的心路历程。

一旦信念的种子被埋在土地里，便自顾成长。承礼，很感谢你告诉我这些，经历这些需要承受甚深的孤独感，甚至是荒凉的孤绝。路上没有太多的行人，甚至多数时候只有自己。或许这样的人散落在不同的地方，可是找到另外一个和自己有同样信念的人的概率不亚于中大奖。这需要往昔的深厚因缘，愿意扎进这片无形的土壤中。终有一天，同样的人会循着这样的气息和内心的觉知互相找到。即使要经过万水千山，只要凭借这不能断的因缘，有一天会再次相遇。

爱米，有时看到你，就像看到存在于自身中的另一个自己。我们有很多相同的地方，但是又互为个体。有时恍惚间觉得自己老了，这种形体的变化会很奇妙。虽然仍旧是壮年的身体，可是心态上却在下沉，在一点点浮现它久远以来最真实的一面。在工作中，我尽量表现得像个现代人一样忙碌，可是内心的闪现会映照心中清澈的一面，看到它便会觉得清透，这是无形中设置的一道屏障，间接将一些杂乱不好的信息从眼前屏蔽掉。或许我对一些不太感兴趣的领域保持观望的态度，不至于卷入潮流的漩涡。保持心的明净，先要有这样的意愿。否则，被动的选择是什么都做不好的，更何况是对心的观照。这需要忠于本心。

我还在挣扎。有时觉得自己并不属于这个现实的世界，有时觉得自身凌乱不堪。这种切换，让我陷入不安。道理懂得再多，还是过不好这杂乱混沌的一生。

承礼看着她，眼神中充满包容还有理解，可是他此时并没有说一句话。他想让她去面对一些事情，并在经历中去明白究竟的实相，让心底已经萌发的幼芽长成参天大树，稳如磐石。内心的闸门打开，这份无形的能量已经产生交互。彼此确认过的信念种子再一次埋藏在心识中，这种保存在时空中的心意让彼此在未来能通过身上的磁场波动快速找到彼此，即使已经变换过无数的面目和身份。这来来回回的生死流转，就像用刀剑在截断迅猛流动的江水，但若想跳出这生死的烦恼洪流中，需要大智大勇。

爱米沉默了一会。他们彼此不再说话，茶水顾不上喝，水已凉。承礼将凉了的水倒掉，换上热水。爱米看着从茶壶里冒出来的热气，心里暖暖的，嘴角漾出一抹淡淡的微笑。在密集而又紧凑的谈话中，仿佛彼此的内心彻底交换了一遍，毫无陌生感。他们即使在沉默，也知道彼此的心意。可是没有一个人戳破它。这种克制的隐忍，仿佛是一种试探，其实更多的是一种彼此的心照不宣在有意保留。

来吃饭的人渐渐多起来。他们喝完热茶后，走出了饭馆。走到门口，爱米刻意往古蜡梅的方向走去，一股暗暗的清幽之香若有若无。随着爱米走近，香气渐渐迎面袭来。人的心有时需要像这棵古蜡梅，愈经历严寒，开得花会愈香。人亦如此，越经历磨炼，沉淀下的心也会越结实。她上前用鼻尖碰了碰黄心花蕊，一丝清透的凉意，软软的。

古巷子的拐角处，有一家花店。爱米走进去，想挑一朵蓝色绣球还有鹅黄绿心色的洋桔梗。她买完花之后，和承礼走在湿漉漉的街道上。江南的冬天冷起来似乎更浸入皮肤的里层，湿漉漉的光滑石板路上没有多少游客，毕竟这是在湿冷的冬季，没有多少游人愿意来到这里。更多的游人在冬天选择去温暖的地方。爱米告诉承礼，她其实很早就想开个花店，将往后的余生留在花中，不想再为了无休止而又不喜欢的工作疲于奔命。但她还没有勇气迈出去这一步。

　　你在害怕失败吗？如果因为害怕失败而不敢去做，那在做事情的过程中也会充满恐惧，隐隐约约中还会带着想要逃避的心理。爱米，你很勇敢，有很多女孩子没有的韧性和力量。这是对内的。可是你也会胆小，这是你谨慎的态度。你不必有太多的顾虑，去做你真正想做的。不必在乎别人的任何眼光，包括你对你自己的审视和评判。你心中还有无形的枷锁。你越是挣扎，它会将你捆绑得越紧。你不挣扎时，反而是你最放松的时候。这时的你内心舒展，反而是最真实的你。你在害怕。对于我来说，其实我也有无力的时刻。在世间中，我们都是将自我隐藏起来的胆小鬼。

　　爱米听后一句话没有说。眼泪从眼眶里一下子涌出来，内心的情感闸门还没有来得及用大脑意识到，隐蔽在内心深处的伤感就已经在翻滚。她没有擦掉眼泪，也不想在他面前掩饰内心的悲凉。这条古老的巷子似乎在与她做着潜意识的连接，让她仿佛走进一个无尽的时空中，里面除了自己没有别人。

　　暗暗的蜡梅香飘来，越是寒冷，越是开得肆意。有心的人，越是在困境中，越是记得来时的初心。

一六

皈依地

在南方的梅雨季节，经常有连绵不绝的雨，空气中透着一股湿漉漉的泥土又伴着植物生长的气息，泥土中混杂着往昔落叶发酵的味道。城市的老街道、巷子里，愈发渗透着它的古旧与苟延残喘，似乎随时会被崭新的钢筋水泥所替代。几处破败的旧屋，挣扎在时代的年轮里，发出粗重而又疲倦的喘息。现代社会的匆忙，几乎将它遗弃在历史的回收站里，但它还在为住在这里的人遮风挡雨。

高楼大厦里的人体会不到这里的垂死挣扎。发黄的灯光下，桌子上摆放着发霉的筷子，如果没有及时清洗，时间久了，便在食物残渣和潮湿空气的混合中，透出酸腐的味道。生活在这里的人为生活奔波，不在乎这些小细节，把筷子放在水槽里，用钢丝球掺和些洗洁精将其洗刷干净继续用。他们不注重生活的体面，只在乎是不是还能赚够钱让孩子上得起学，走出这漏雨渗水的屋子里。老房子修了一次又一次，叮叮当当。可这梅雨天有时碰上雨水足的话，便一连下上大半个月。渗透进屋顶的水，似乎用很细微的力气来对抗人们努力修葺的房屋。

　　W城的老旧巷子有的被保护得很好，即使人去但是屋在。这是W城对这个古老城市的交代，没有被滚滚流动的时代潮水所裹挟，而是大面积地将这片古城区保存下来。人流量多的地方被开发成旅游景区，人烟稀少的地方到处透出破败的景象。灵浓这几天就要离开这里。这里是她断断续续生活了多年的城市，如今她就要离开，不再有任何留恋。对于她来说，离开就是最大的救赎。

　　生活在这里的每一天仿佛生活在窒息的空气中，她想融入这个出生和长大的地方，可是后来才发现似乎在这里呼吸的每一口气都带着疲惫。自从父亲和母亲离婚后，她很少见到父亲。在成长过程中因父亲的缺席，她不知道真正的父爱是什么感觉。在小时候的认知里，她以为父亲和孩子之间的关系是沉默的、排斥的，甚至会带着冲突，她甚至以为父亲和母亲的争吵才是正常的。

　　直到灵浓长大后，她有次去女性朋友家里玩，看到朋友跟她父亲之间的和谐相处，以及朋友父亲和母亲之间的关系融洽。他们之间的关系不是假装的，也不是因为有外人在而扮演出来的。这是亲密关系的惯性，不加任何的刻意，似乎击碎了她早早建立起来的价值观，让她难以置信还有这样的家庭关系。她的友人只有一两个，她并不擅长处理人际关系，就像不会处理与家人的相处。而将她与父亲、母亲唯一连接起来的黏合剂似乎是父母生出了她。

　　缺少的那部分爱，萦绕她在脑海中很久很久，让灵浓无法得到满意的答案，就像是一个谜团，在心底极度渴望爱。那种对爱的渴求，像在饮鸩止渴。因为她不知道什么是坚实而饱满的爱，但在内心深处对它有极度的渴望。

梅雨的天气灰沉沉，似乎太阳也带着一股子愁眉苦脸的样子。越来越热的天气让她无形中多了层孤独感。整个城市的氛围让她觉得窒息而又压抑，可这是她从小长大的地方。带着一丝的留恋，同时又在排斥它。走向远方，这是她的宿命，像是在玩一场追逐的游戏。不下雨的天气，在潮湿的空气中走一段路，身上不自觉会有黏糊糊的汗渍。她想这次离开，应该是不再回来了。她要开始在异国他乡生活，与这里的生活习惯都不同。她不知道未来的路到底通往哪里。

在那里，唯一的亲人是母亲。可是面对母亲的唠叨和抱怨，她又不得不去忍受。最近一段时间，母亲给她打电话的次数越来越多，催着她快点回到她身边。母亲说，不想看到她们之间有时差。在内心深处，母亲仍然需要爱，只是不再对父亲抱有任何的一丝幻想，甚至提到他，母亲双手禁不住颤抖，嘴唇哆嗦，一度激动得说不出话来。母亲怨恨父亲对她造成的伤害，以至于不愿再提起他。母亲现在的精神依靠，寄托在灵浓身上。

灵浓沿着古老的城墙走。深灰色的城墙，透出历史的沧桑痕迹，在长期风吹雨淋的磨损中即使被修复，也掩饰不了它的衰老。走了半个小时，胳膊下已变得黏糊糊，后背和手心同样如此。密不透风的沉闷空气，像是小火的蒸炉，看不到空气中的蒸腾，但身体一直在加热。沿着古城区的城墙直走，走过两个古城门就到了外婆家。

小时候她被寄养在外婆家，这是她为数不多的快乐时光。那时候W城，还没有如此多的外地人涌入，整个城市透出慵懒、闲适的节奏。后来经济迅速发展，大量的外来人口涌入，W城市变了。庆幸的是 W 城市的很多古建筑被保存下来。很多本地的老年人仍旧选择住在旧民居里，多数年轻人选择搬到宽敞现代的楼房里。灵浓经过老城区的最后一个城门，穿过马路走到一个窄窄的巷子里。大约往前走了五六分钟，走到外婆家的门前。外婆已经离开人间很多年，她在外婆生前的最后一年回到家。读了一年的幼儿园，她直接进入小学。同龄的人在读幼儿园，她多数时间却住在外婆家。她很留恋在外婆家的时光。

外婆爱干净，总是将屋子打扫得干净，将物品摆放整齐。她也喜欢打扮，即使脸上有了皱纹，头上有了白发，外婆也会拿出压在箱底的旗袍穿上，然后在镜子前摆弄自己的头发，将蓬松的卷发梳理得有层次，再涂上一层薄薄的口红，看上去很有气色。外婆年轻时会制作旗袍，喜欢穿时髦漂亮的衣服。她制作的旗袍颜色淡雅，料子摸起来有质感。有时外婆会穿着旗袍带灵浓去园林拍照，并将一张张的照片保存下来。外婆离世后，母亲从外婆家取走了那些照片，并把它们一直保存在身边。

外公以前开棉纱厂，和外婆有两个孩子——母亲和舅舅。在母亲嫁给父亲后的第三年，灵浓出生的第二年，外公去世。母亲已结婚，舅舅继承了棉纱厂。十几年前，他将产品销往国外市场。不过在五年前，因为经济危机，订单急速下降，工厂处在苟延残喘的局面，仿佛随时都在宣告着破产。灵浓喜欢独处，跟舅舅家并不熟络，小时候因为有外婆在，所以来往频繁，后来似乎在履行一项固定的任务，像是一个提线木偶，只是因为血缘，在刻意维系僵硬的关系。她离开这里后，不必再去考虑这层让她觉得尴尬而又困窘的关系。外婆能做出精致可口的桂花糕、青团和酒酿圆子，她对食物很有耐心，照顾一家的口味，从不抱怨。她曾经说过，做饭时不要带着不好的情绪，这样不自觉会影响食物的品质，间接会影响吃食物的人。这是外婆的细心、善良之处。房子前有枇杷树和杨梅树，每当成熟时，她会采摘下来分给邻居。

一年又一年重复着，有些过去的记忆变得模糊起来，有些却随着时间的流逝变得愈加鲜明。这些鲜明的记忆仿佛已经刻进灵浓骨子里，嵌在她灵魂的最深处，不用刻意回忆便自动涌现。在南方这个雅致的城市里，当地人的心性中藏着诗词歌赋的浪漫情节，有时即便一个看上去不起眼的女子，也能写出灵动的诗词。虽不是普遍现象，却能看出这座城市对人们的滋养。这是历史在这片土地上的沉淀，也是当地人对文化的热爱和选择。

在老建筑聚居的地方，很容易发现水井。用铁栅栏围起来的被闲置；散落在居民区的仍旧在使用，不过多数是当地的老人在井水边洗衣。灵浓小时候常跟外婆在井边淘米、洗菜，而现在因为外地人口的大量涌入，工厂众多，环境污染严重，散落在居民区的人就只用井水来洗衣。夏日井水清凉，外婆将西瓜放在竹篮里再吊到井里降温，捞上来的西瓜会掺着井水的凉气，吃起来凉爽、解渴。夏日的黄昏，外婆提前在铜盆里点上一小捆艾草驱蚊，再拿着蒲扇坐在藤椅上乘凉。她给灵浓讲这座城市过去的故事，讲她小时候的事情，还教灵浓读诗词。这些回忆似乎自动保存在灵浓的脑海里，对于灵浓来说像是做了一个梦。一个遥远的梦，但是这个梦又是那么清晰。在外婆家里，灵浓的心是安宁的。尽管她渴望回到父亲母亲身边，可是面对父亲冷漠的眼神，灵浓不自觉在心里产生畏惧感。这种对爱的期待，让她既渴望又害怕。

从外婆家里回到父亲母亲身边，面对家庭的每日争吵，她觉得这是正常的相处模式。直到小学快毕业时，家里突然平静下来，没有了丝毫风吹草动，稍微走快一点仿佛就能听到心脏怦怦跳的响声。往日的争吵戛然而止，它在酝酿更大的风暴。父亲不再回家，母亲不停地拨打父亲的电话，要么被突然挂断，要么就是无人接听。灵浓知道，父亲和母亲的关系即将破裂。

看到母亲的歇斯底里，她内心异常平静，仿佛这不是发生在自己身边的事。她好像在看毫不相干的人在上演躲猫猫的游戏。他们只有分开，才会结束争吵，但母亲不能接受父亲的离开。她的表情看上去郁郁寡欢，失去了对生活的期待，眼神变得空洞、落寞，仿佛父亲的离开带走了她的灵魂。她消沉了几年，直到灵浓读高中。母亲又重新打扮，穿时髦的连衣裙、旗袍，捯饬头发。虽然母亲脸上有了浅浅的皱纹，可她依旧优雅、得体，看上去比之前开心一些。

他们离婚之后的第二年，父亲很快组建新的家庭。父亲后来有了一个儿子，他便不再管灵浓。即使在同一个城市，父女俩一年也难得见上一面。父亲定期给母亲抚养费，其他的对灵浓不再过问。他们之间仿佛是捐赠关系，并不存在血缘的连接。即使见面，她和父亲很少能开口说上几句话，寒暄过后，谈话会突然停止，空气变得僵硬。

灵浓刚刚进入高三，母亲便嫁给一个大自己十几岁的美国白人。母亲说，她这个年龄阶段，不再想风花雪月的事，重要的是陪伴。母亲让她去美国读大学，她嫁的白人丈夫愿意帮灵浓。手续办得很顺利，灵浓在大洋的彼岸读了四年大学。毕业之后，灵浓立马回国找工作。她不想一直在母亲的羽翼下，她想要更加独立。回国之后的多年，她只见过父亲三面。父亲比之前更加苍老，白头发像是一夜长出来的。灵浓对父亲的记忆还停留在小时候。那时候的父亲英俊，有绅士般的气质，赢得很多女子的爱慕。父亲具有浪漫的基因，不喜欢被一成不变的生活所束缚。他和母亲有截然不同的性格，或许他们不同的性格没有形成互补，反而带来的是无休止的争吵。

父亲的眼神不再冷漠，或许岁月的老去让他变得更平静。眼中多了层温暖，父亲开始对她关心起来，但是言语中带着克制，似乎仍旧带着年轻时的倔强。灵浓以前对父亲充满恨意，但是长大后在异国他乡求学、读书、恋爱、失恋，遇见形形色色不同的人，她开始重新认识父亲。灵浓在内心深处毕竟有一颗柔软的心，看到父亲老去，开始对他怜悯起来，不自觉生起伤感之情。年轻时的叛逆、对爱情的追求，以及对爱的欲求不满，让她消耗大量的心力。

灵浓在二十几岁的年龄，除了将很多时间用在学习上，还在假期跟着朋友开车去自驾。路途中劳累了，有时在车里很快睡去。大自然景物的变幻、不同，让她觉得人在天地间的渺小，尤其驾驶在广阔的无人之野中，偶尔见几辆车呼啸而过，与她拉开距离不见踪影。她喜欢行驶在天地之间的感觉，仿佛走在时空的隧道里，越是接近自然越是能感受到自己的心。心交给眼前的天地，很容易触动她内心深处最柔情的伤感。这是她与自然的交互，没有任何的间隙。在自然中久了，仿佛回到人群中会感到某种疏离。她喜欢一个人的独处，回到国内的这些年，她多数时间过着与人群疏离的生活，不喜欢人群的涌动。将自身投放于世间中，愈加感受到孤寂。

她定期会到自然中做着身心的清理，不用说太多的话，也不需要任何额外的仪式，这些外在的形式对于她来说都是多余的。她完全将自己交给自然，让大脑里的念头随性产生，放任它自顾自地出现，即使刹那间的放空也并不关注它的动向。她觉得在自然中很放松，身心有种松弛感。她想这是自己对内心的交代。

从小到大，她一路跌跌撞撞走来，没有身心的指导。关于生命成长这门课，以前她从来没有思考过，也没有受到身心的抚慰。尽管她在物质生活上并不缺乏，可总想堆积起满满的爱，因为在这一层面上，她的心是荒芜的。对爱的渴求，像有一个无形的洞窟，又像一个看不到底的峡谷，怎么都填不完。在她快要离开W城时，她才意识到她之前所谓的爱多数像是被废弃的垃圾，即使堆满了整个城市，仍旧没有一丝的高品质营养。这份真实的爱并不在于获得多少，而在于它的真诚。这样的爱一旦被种下，便能在心底扎下结实的根。

可是她不知道这样爱的感觉具体是什么。在填补内心爱的路上，她走得挣扎、疲惫，以至于身心在无形中被摔打得千疮百孔。她想在这条路上，即使踏过荆棘，也要尝试走下去。因为在身后，她根本没有退路。她又能退到哪里去呢。她习惯于父亲在成长路上的缺席，母亲亦在这条路上走得艰难。母亲在新的婚姻中过了多年的平静日子。母亲说一开始谈不上多爱她的白人丈夫，但是他给予了她尊重，能够看到她听到她。三年前，母亲的白人丈夫因为心脏病加重而去世。继父去世后，母亲重新过上一个人的独居生活。她不想再看到灵浓一个人远离她，她说生命是无常的，难以面对亲人的生离死别。对于时代来说，个体犹如一粒尘埃，但是对于一个家庭来说，个体则意义重大。她跟母亲六年没有见面，在这期间，她们多数通过视频电话联系。因为路途遥远、机票的昂贵，再加上一票难求，见面的机会只能不停地往后推迟。

母亲渐渐老去，由过去的一年一个变化，到现在三个月仿佛也会发生巨大改变。灵浓因为之前发生的事，终于决定回到母亲身边。她不知道时间的流逝意味着什么，能将人带来多大改变。以前她期待时间加快速度，好让她早点长大。可是现在，她却想让时间再慢点，或许因为不想失去亲人。但这是任谁也不能决定的。

小时候面对外婆的离开，灵浓不知道死亡意味着什么，只知道永远不能再见到外婆。在外婆去世的那一晚，她睡得格外沉，以至于屋外的人在忙什么她都不清楚。到了第二天，她自然醒来，才知道她永远不能再见到外婆。她在房间里久久地发呆，才意识到永远的离开也代表永别。眼泪从她的眼里像条溪水流出来。她听到围绕在外婆身边人的哭泣声，这是她第一次面对死亡。正是因为外婆去世那晚她睡得格外沉，以至于她后来的很多年经常梦见外婆，梦见外婆穿着以前的衣服在厨房里做饭，拿着蒲扇坐在藤椅上在院子里乘凉，在水井边洗衣服……这些往昔熟悉的生活场景仿佛让灵浓在梦中感觉外婆还活着。在梦里她开心地想，原来外婆一直都在，从未离开，可是醒来才发现那是一场梦。

后来她才明白，彻底失去意味着在将来的生命中需要不停地去思念。这是她和外婆深厚的情感连接，以至于在梦中不停地重复这种她生前的生活片段。

在她即将大学毕业的那一年，在旅行的途中，她住在一家酒店里，坐在窗前看外面的城市光景。雾霾天气似乎在酝酿一场暴风雪。她在怀疑选择这个时间段旅行究竟合不合适。如果在一个地方久了，她会觉得有种莫名的压抑感，所以她会定期旅行。她不在意目的地在哪里，但喜欢在路上的感觉。她喜欢这种思绪纷飞的过程。不管坐在火车、汽车、飞机还是公共巴士上，所经过的路快速往身后划过，似乎她身上长年累月所聚集的包袱也跟着一路卸掉。走得越远，越能将那层厚重的外壳一层层剥落，这时她才觉得又重新做回了自己。

她不知道是路选择了她，还是她选择了眼前的路。念头像缠绕的一团团线球，看似杂乱无章，却在有序地呈现每一个因缘的连接。任意的连接都不会造成短路或者断电，仿佛每一条神经的连接都像层层交互的网络，扩充、蔓延。每一个信号都得到回应，如此反复，无限延续下去，这样的连接让她变得异常兴奋。脑海中有时闪现出刹那的片段，仿佛是心灵深处与天地之间的共振，在还原这种内心最底层掩藏的神性。直觉投入的一瞬间，在昏暗的场所里，闭上眼睛，额头处不自觉浮现一道红光，这是大脑潜意识深处与外在的连接。她喜欢漫无目的地行走在世间，像是一个浮萍，被浪花卷到哪里，她就飘荡在哪里。曾经她在欧美各国穿梭，自驾、大巴、火车、飞机、徒步，不论哪一种方式，她都不会厌倦，只让心中所呈现的场景浮现在路上，不去刻意追逐下一个目的地。在上个地点与下个地点之间，她更喜欢在路上的过程。

突然有一种冲击耳朵的尖锐声，像是刺刀插入胸腔的声音。这声音来得毫无预兆，像是大晴天突然响起一声巨雷。她脑袋里轰然一震，只见一个孩童的形体从眼前忽然闪过，随即那冲击耳朵的声音突然爆发。围栏处直指天空的尖锐铁器，直接将掉落的生命穿插而过，孩童当场死去。很快，人们向孩童身边聚拢，各种声音交织在一起。警戒线将很多人挡在外面，但是人流仍旧涌来。人们议论纷纷，各种揣测在现场传来传去。人们发出唏嘘声，同时对孩童的父母报以同情和可怜。

哭喊、责骂声越来越响，彻底将围观的人群声淹没。很多人停止议论，纷纷将目光投向哭喊的女人。她发出歇斯底里的喊叫声，既是自责，又是对丈夫的控诉。一开始，她哭着捶打身边的男人，怨恨他对孩子的冷漠，没有照看好孩子。不久，她将矛头对准自己，似乎使出全身的力气捶着胸口，嘴里念着孩子的名字。哭喊、捶打没有消除心中的恨意，这种恨直接指向她自己。她不停地用手扇着自己的脸，一个巴掌一个红红的手印，渐渐嘴角渗出血。速度之快，让身边的人来不及拉住她。或许是她的亲人，一个个在陪着她哭。她悲愤的哭喊声，似乎要将肺吐出来，嗓子也因此变得嘶哑。胸口憋闷的她，骂骂咧咧的话还没等说出来，就一下子晕厥过去，身边的人赶紧给她掐人中。她再次清醒过来时，已经没有了哭的力气。

失去孩子的母亲哭诉命运对她的提弄，也在痛恨她当初的选择，以至于嫁给了一个不爱她的男人。她失去了哭喊的力气，以至于剩下的都是绝望。她受制于生活的选择，没有受过高等教育，也没有时间去思考人活着到底为什么，也不会去思考生命中爱别离、求不得的深层含义。只是那双对生活绝望的眼神，像是一个摆钟，时不时在灵浓生命中的某个阶段敲响。受制于生活压力的女人，因为有家庭不得不去赚钱养家，不得不去承受生活的重担。或许孩子是她的软肋，不停奔波于工作中，想给孩子撑起一片晴朗的天空。可是随着她生命的支撑轰然倒塌，她突然失去了走下去的动力。眼神中充满了死寂般的平静，像是深不见底的幽深沟壑。人群渐渐散去，像是看完了一场剧般带着无奈、叹息、怜悯……

这是她长大后，第一次面对如此年轻生命的离世。这个孩子甚至还没有开始享受这个世界，生命便突然中止，提前退场。

在这时，她觉得生命异常脆弱，脆弱到超出自己的掌控范围。一开始，她做噩梦，梦中的她在不停地奔跑，想要挣脱围观的人群，她宁愿不要目睹白天的场景。一个月后，她在内心深处慢慢接受了无常随时到来这个事实。没有什么是固定不变的，也没有什么事物是人可以牢牢掌控的。有些事越想抓牢，越会从手中溜走。不会变的就是一直在变这个事实，外物无法恒久。身体随时接受命运的审判，人所能做的不过是在因缘的安排中做着向上的挣扎。从一个阶段到另一个阶段，这到底值不值得因人而异，只能自己说了算。

从这之后，她陷入了对无常、对生命、对爱的思考。她从来不去告诉别人，也不想和别人深入讨论下去。她的心需要交给一个引领她的人。这需要静待因缘，不是每一个年龄比她大的人都能指引她。这条路上需要一个出口，她不知道将会带给她什么，但不管发生什么她都做好了准备。在这之后的几年，她才明白，她在寻找的并不是一个具体的人，而是一个让她打开内心世界的人。她需要借助外在的种种人和事去找到她内心的归属地。只有找到了，才能真正带来心的救赎。这种自我的拯救需要蜕去一层层的外皮，不断重生，不断蜕皮……什么时候找到了，涅槃重生便完成，否则内心的欲求不满，便会一直在追逐。

如果内心没有稳定的力量，则难以抵制外界声音的裹挟。种种的疑问会困惑她，灵浓也想为这疑问找出相应的回答。她并不知道在做出选择的同时，其实跨越未来的时空已做出了回应，只不过需要等一段时间甚至几年才能看清当时的迷雾。她还记得爱米曾经在网上给她回的消息。

最好的预知就是遵循自己的心性光明，哪怕遇到千难万阻，起码那道光不会让自己迷失。一旦做出决定，心里也会觉得踏实。剩下的就是去等待因缘。内心的预知力会冲破大脑思维的束缚，也会挣脱掉外界干扰人心的杂音，它没有太多外在烦琐的形式和花样，反而很纯粹。迈出选择的那一步，心性会变得平和，这是一个好的开端。

灵浓一开始并不明白爱米所说的，她只知道内心被千万道枷锁一圈又一圈地缠绕着，全身被套上无形的链条，异常疲倦。这让她在疲惫中带着隐约的恐惧，害怕失败，不敢面对自己的心，同样害怕别人对她失望的眼神。她有时在网上问爱米，说出自己的困惑。

自身的能量还处于微光状态时，稍微一点风吹草动很容易将它吹灭。爱米，这时我该怎么呵护它？

信念的种子一旦被种下便藏在心田中，即使当下看不出任何变化，也会随着认识的加深，在人觉醒的那一刻，给了自己交代。即使还有问题和烦恼，自己也知道该怎么做，没有标准的形式。只管让它去发芽、成长、开花、结果，扎根于心识中。无意识的种子再回望时，它已悄无声息地与血肉和灵魂融合在一起，无法分割。它所能做的，就是坚定初心，不为外界所扰乱。

小时候灵浓想讨好父亲，以此换取父亲的关爱。她学习刻苦，成绩优异，可是仍旧感受不到父亲对自己的满意。即使长大后，在国外读大学获得优异的奖学金，毕业后收入不菲，也难以感受到父亲的肯定。或许因上学时就想证明自己的价值，她不断投入精力将自己变得更好，害怕稍微做得不好便换来父亲失望的眼神。可是不管她怎样做，父亲都是一副淡淡的模样，似乎跟自己没有任何关系。这种思维一旦成为惯性，不自觉影响生活的其他方面。在她的潜意识中，只有自己做得够好才会赢得爱，取得关注。所以，在生活和工作中，她从来不敢彻底放松，对自我提出很高的要求。

在她不停地改造自己的路上，她也变得面目全非，有些事她并不想去做，或者她只想过简单的生活。心中会突然响起那个声音："只有做得好，才能配得上更好的生活和爱。"那种自我鞭策的力量，不是源自她内心真正想要得到的生活。这种无意识的声音更像是要去证明她的价值，而她在做着价值的交换。那种对爱的匮乏感，让她心里缺少真正的支撑。即使她做得够好，可是总觉得少了点什么，那种看不见摸不着的认可和爱才是真正击溃她的魔障。曾经她陷入这样的迷魂阵，闯过一道道的迷宫，可是在这样的困局中，她绕来绕去始终找不到逃离的出口。

父亲是倔强的，即使犯错也从不低头。这是他的傲慢之处。他在老去，也有了一点反思，但看到灵浓取得的成绩，仍不肯为以前的缺席而承认错误。他觉得尊严受到挑战。或许父亲意识到自己在老去，刚过了六十岁生日，他说话的音调越来越平缓，没有了之前的意气风发。灵浓离开前再次见到他时，父亲在郊外的院子里浇花。他将原来的工厂关闭，再次组建家庭，又生养了一个孩子。父亲不再操心这个院子里以外的事，也不再过问母亲。仿佛，她们与他之间没有了任何关系。这次父亲看她的眼神变得柔和，同时闪烁着些许笑意。他对灵浓说，保重身体，不要记挂他。父亲似乎对一切事情看得很开，亲情上他亦能切断这种羁绊。

灵浓对父亲早已没有了恨。她也不再同情父亲，这是父亲的处世方式，性情中带着薄凉，不想被亲情束缚。她对父爱的渴望，随着父亲对她的接纳与肯定，在无形中得到一点缝补。尽管裂缝中仍带着伤痕，但是她不再去责备父亲，也不再去怨恨。在这之前她对父亲既爱又怕，带着深深的恐惧还有恨意。期待父亲的夸赞，又排斥这种亲密的父女关系。这种复杂的矛盾心情一直伴随她长大。去了国外后，不曾专门回来看过他。

他们之间的连接就是银行账户，还有简单的寒暄，甚至不如一个陌生人。这种冰冷的感情横亘在他们之间，既不能跨越也不能释怀。母亲在她面前，几乎不曾提到父亲，但是她能觉察到母亲对他还有爱。这种爱带着绝望还有不甘心。母亲说这场婚姻是一场错误，他们之间的爱是畸形的。父亲果断地选择提前退场，他无法再忍受他们之间无休止的争吵。从母亲的语气中，灵浓感受到母亲对父亲的爱，母亲只是将它深深地埋在了心底，不愿意再去提起。

从此，枕边人变陌生人。连接在他们之间的是一个孩子，还有账面上的抚养费。其他的任何一句问候，都显得多余。

大学毕业后，灵浓回国参加工作。回到故乡，像是做了一场很遥远的梦。即使面对曾经出生成长的地方，她仍旧觉得充满了陌生的孤寂感。父亲重新有了家庭。在这个城市，她几乎没有朋友，很少主动和人交流，工作之余不去结交新的朋友。人们匆匆忙忙穿梭于这个城市中，多数是点头之交，无暇再去深刻交流。精神层面的东西在很多人的眼中，显得虚无缥缈，像是悬在空中的海市蜃楼不能被人掌控，正是因为这些不能被人轻易驾驭的东西才会显得让人恐惧。很多人害怕改变，害怕反省，因为一旦意识到之前的问题，便意味着对过去选择的否定。这种精神上的话题，千百年来一直存在着，可是仅仅局限于小范围的人去看到它。她所要追求的便是这种精神上的支撑。

对于爱，她要的并不是关注，而是被对方的心"看到""听到"，这种心意的连接是一种接纳。真正的爱是两股能量的交融、承接，这是良性的互动。在她经历过情感的失意之后，反而没有了期待。因为有了期待，便要承受期待所带来的失落。阳光所照的物体下会有阴影，期待同样如此。带着身心的创伤，灵浓在这个梅雨季节毫不犹豫地选择离开。

刚回国工作时，她与一家大型公司合作，认识了一个比她大十一岁的男子。她对他一见如故，多次往来之后，他们逐渐熟悉。他气质高雅，曾经在德国留学，学习机械工程，回国后在一家大型机械公司做高管。他情商、智商很高，似乎在他那里没有解决不了的问题。只要灵浓有问题向他请教，他就会耐心解答。她很少见到有如此耐心的男子。他注重打扮，工作时穿着正式，下班后衣着休闲、得体。

他经常主动约她晚上一起吃饭，然后晚上再开车送她回公寓。他心思细腻，能觉察出她的情绪波动，给予她关爱、照顾，像一个恋人，却从未表达他的爱意。灵浓逐渐对他产生依赖，她习惯于他的定时出现。如果他有事情出差或者加班，她的灵魂像是被他带走。她知道这样依赖的爱一旦失去，便意味着什么。可是她宁愿孤注一掷，哪怕饮鸩止渴。情感就像在行驶的车轮，一旦启动，便不会自动停止。她被命运推动在这一直转动的轮轴中。

他出差回来给她带来白色栀子花。栀子花在这座南方城市里随处可见，人们在街道、巷子里会时不时遇见这种花。他说经过一家花店看到栀子花，而灵浓给他的感觉就像是开着的栀子花——寡淡中带着温情，兀自开着，却能给人留下沁入心肺的幽深香气，虽然一开始并不引起人的注意，但是人们在细闻之后，会想对其进一步了解。他们吃得简单，谈他们的过往，但是唯独没有人提到感情。似乎他们在有意避而不谈，像怕触碰到对方的禁忌。灵浓没有问他，他也不曾主动说。

灵浓说她的生活很枯燥，以至于让别人看起来觉得乏味而又无趣。她除了工作，多数时间一个人待着。除了上网、看书、看画展、听音乐，什么都不做。身体累了，有时会昏睡大半天。偶尔也会去泡吧，在里面除了喝瓶啤酒就是看来来往往的人，自己仿佛并不属于这个世界，看到酒吧里的男男女女，驻唱歌手，会产生恍如隔世的错觉。在这样嘈杂的环境中，反而愈加平静，在里面只是想要找到自己还在世界上活着的感觉。在漂浮的尘世中，被洪流裹挟，有时候什么都做不了。面对滚滚转动的历史车轮，她只能躲闪开。这不是逃避，也不是悲观。即使是一个微不足道的小人物，也要给自己的心一个交代。

灵浓是他见过最尊重内心的人，仍旧有颗纯粹的心，在她的身体中有一颗无比坚韧的心。她身上的气息总在吸引着他不自觉靠近，让他放下戒备，做回一个真实的人。有时见他眼神中闪现一丝躲闪，灵浓并不清楚他到底在掩饰什么。她喜欢跟他在一起的感觉，他能接住她内心能量的流动，让她觉得有人在用心感受她的存在，而不是一拳打在空气中的不回应。

他们吃完饭后，灵浓让他开车一直沿着城市走，其实是想跟他多待会。她的忧郁感再次涌现，内心的情绪不定时会出现。这个时候，她往往什么都不做，不会主动去接触过多的人。下班后，她将自己浸泡在热水中，洗掉全身的疲惫和汗渍之后，顾不上吃饭。那股忧郁的情绪占据她身体的细胞，好像全身的毛孔里被塞着郁结的惆怅，以至于她感受不到饥饿，只想让身体窝在床上。有时她将所有的灯关掉，让黑暗笼罩在周边，仿佛自己跌进无尽的深渊。她的大脑昏沉，思维变慢，不去刻意想一些东西，但是那些往昔的繁杂琐事反而在此刻愈加清晰，就像是放电影般在脑海中不停地浮现。她将自己埋进看不见的暗夜，渐渐地睡着了。

梦里的她走在悬崖边上，下面是激荡的水流。她小心翼翼地行走在只容下一只脚的狭窄小路上，后面没有退路，一转身就会葬身于滔滔不绝的水流，再被激荡的水流冲进大河，或许沿着大河冲进大海。自己的身体又回到无尽的大海中，从此岸到彼岸，不用乘坐飞机，随着海水的飘荡说不定也会被冲到太平洋的东岸。母亲会不会思念她，会不会看到她的身体。想到母亲，她下意识地感到惊恐，一下子慌了神。脚步在悬崖边上没有踩稳，她一下子掉落悬崖。在掉落的那一刹那，恐惧填满内心。后来她闭上眼睛什么也不去想，在此刻她似乎被下面的物体弹了一下，一下子升到空中飘起来。在她想再次往下俯瞰悬崖下的河流时，她突然醒了，心脏怦怦直跳。她将手放在心口处，仿佛是在安抚一个刚从虎口逃脱出来的孩子。

从拥挤的闹市区开往偏僻的城郊，从城东到城西。他们没有说太多话，大多是他问她回答。此刻，她并不想说太多。他说，她让他捉摸不透。他见过的女孩子多数直接，重视物质，过早地规划好自己的人生，想找什么样的人结婚，追求享乐的生活，将网络流行语经常挂在嘴边。在他看来，这是一种很不文雅的行为。率真和粗鄙其实是两条平行线，不存在交集。率真的人内心葆有自己的纯粹，有一颗真诚的心，不会轻易受到别人的干扰。这份纯真是心意的连通，不需要言语的解释也能感受到。它们有天壤之别。

灵浓看了他一眼，眼中充满柔情。外面的雨越下越大，他们开车到城西的郊区，不远处有一个大湖。湖中央有一个小岛，完全隐没在黑夜中。道路两边的路灯隐约可见，暴雨激烈地拍打着汽车，雨刷不停地刷动眼前的车窗玻璃，他们在路上小心地行驶。灵浓看到此刻的景象，反而内心愈加平静。他一边开车，一边将另一只手放在灵浓的手上。灵浓感受到这只手的温度和厚重，此刻变得很安心。

他说今晚在前面的酒店住下，如果运气好还能看到明早湖面的日出。灵浓知道他们之间的情愫其实早已蔓延，在成年人的世界中很明确这意味着什么。

　　从车里下来，跌跌撞撞走了几分钟。雨伞不顶用，以至于他们完全被雨浇透。办理了入住手续，他们直接走进房间。灵浓将淋湿的衣服全部脱掉，直接进淋浴室冲洗。她冲洗完后，身上包裹着酒店的浴巾。他脱掉衣服后，直接赤裸坐在床上。匀称的身体，结实的小腿让人忍不住多看一眼，就像在欣赏一幅艺术画。他看到她出来后，并不着急走进浴室，反而缓缓地将房间中的矿泉水拧开，喝了几口水才走进淋浴间。

　　灵浓吹干头发后，躺在床上，听外面暴雨似乎要将这个世界吞噬。灵浓想，如果真要这样，起码身边有人陪着。黄梅时节的雨，下个没完没了，像是没有拧紧的水龙头。他出来之后，包裹浴巾，赤裸上半身。他躺在她身边，握紧她的手。他们谁也没有打破屋内的静寂。但是她能感受到他脉搏还有心脏的跳动声。酒店后院的树木倒了，几分钟之后酒店彻底停电。他们听到走廊里传来一阵慌乱，似乎要发生什么大事，伴随着惊恐、质疑还有谩骂。他很淡定地说，停电了。不久，他们收到酒店发的紧急短信提醒。因为后院的树将电线压断，所以才出现停电的情况。

　　他环抱着她。一个小时之后，雨下得越来越小。两个孤寂的灵魂被黑夜吞噬，像飘荡在茫茫大海中的两座孤岛。夜晚漆黑，看不到一丝光亮。他轻柔地抚摸着灵浓的头发、脸庞。灵浓闻到他身上的气息，内心感到安定。突然心头的愁绪涌上来，骨子里飘荡着深深的孤寂。后半夜雨渐渐变大，打在窗户上噼里啪啦。漆黑的夜晚仿佛将他们带入一条看不见的时空隧道。身体掉进黑暗与它化为一体，仿佛这个世界只剩下孤寂的人在茫茫无际的时空里寻找生的希望。

雨渐渐停了，夜晚又变得静下来。即使来电了，他们也不理会。她躺在他的胳膊上，一句话不说。屋子里只有他一个人说话的声音。他讲他的工作、朋友还有所面对的生活琐事，但是唯一不曾深入触及的是他的感情。他只提到他读书期间的一段无疾而终的感情，之后的便不再说起。灵浓不问他，如果一个人想要隐瞒总会有各种理由来搪塞。

他们在湖边住了几天才又奔向各自忙碌的生活中。灵浓觉得所有的事情都堆积到一起，一眼望不到边。忙忙碌碌而又固定的生活让她像是一个被工作支配的机器，按照程序来生活、工作，还要处理各种烦琐的人际关系。工作之余，她尽力一个人独处，不愿意被太多人干扰。在这个现实的社会中，似乎理想具有很强烈的讽刺性。她心中铸就的梦幻，在冰冷的现实中不堪一击，轻轻触碰便轰然倒塌。爱米曾经跟她说过，要是内心的力量不够强大，梦想的翅膀便是一具空壳。梦想需要用坚定的信念来守护。如果没有坚定的信念和内心力量，谁都可以任意践踏自己的梦想。即使别人投来嘲弄和不理解的声音，也要坚持自己。在以后的摸索中，她细细体会这些话，不再与外界对抗，也不再试图证明自己。心中那盏微弱的光亮却在心中愈渐明亮。

第二天，雨彻底停了。天空中飘着大朵的白云，湛蓝的天空仿佛水洗过般洁净。前几日的阴霾天气像一块厚重的幕布，压抑到让人窒息。每日连绵的雨仿佛能将那种发霉的湿漉漉的气息浸透在人的身体。昨日的暴风雨让几棵粗壮的树连根拔起，空气中残留着植物被剥裂的绿色混杂气息。大的枝干断裂，发出垂死的挣扎。这样的断裂不合乎城市的审美，环卫工人便将它们一个个锯掉，用平整的截面告诉别人这里什么都没有发生过。灵浓和他走在湖边，听几个人说昨天夜里下暴雨时，酒店的前方发生了一起严重的车祸，正好发生在他们将车停在酒店时。如果当时他们再往前驾驶二十几米，后果不堪设想。他俩听到这个消息后，不由自主地心头紧缩，陷入沉思。生命的无常不知道在哪一刻就要降临，生与死之间到底有多长的距离？

旷野之地

一七

人间漫游

　　这样的亲密关系持续了一年半。有天晚上她接到一个陌生女人的电话，灵浓接通电话的瞬间，迎来对方的肆意谩骂。原来那个女人是他在国外的妻子。他的妻子在国外陪着孩子读书，不能留在他身边。她听了几分钟，情绪崩溃，眼泪止不住地流出来。她将自己关在房间里不吃不喝，连续几天不出门，实在饿坏了就随便吃两片面包强硬支撑没有力气的身体。她将窗帘拉上，躺在床上默默地流泪。这种内心的冲击消耗了她很多的能量。她没有给他打过电话质问他为什么骗她，可是她心甘情愿被他欺骗，她仍旧爱着他。

　　他给她打来电话，但她全部挂掉，不想听他的任何解释。随着身体的颓废，精神的萎靡，她将自己关在屋里整整一个星期不出门。在这之后一周的傍晚，他来看她。他的眼神里充满愧疚，同时又充满爱意。这种爱带有很强烈的讽刺性。她并不后悔爱上他，甚至她宁愿被骗一辈子。可是这个谎言终有被戳破的一刻。她掉进了情绪的黑暗深渊。眼泪、悔恨、忧郁、报复、痛苦、幽暗、矛盾，各种复杂的情绪碰撞在一起，而灵浓对他的爱像是利剑上的蜂蜜。这种危险的关系，打翻了她内心一直关闭的潘多拉盒子。她不想被欺骗，可是每次都在被欺骗中受伤。她想跟他鱼死网破，让他身败名裂，也想让他产生无尽的自责与悔恨。她是横在他与他妻子之间的那根刺，可是这根刺最终扎向灵浓的心。

她并不是一个喜欢报复的人，在生活中她宁愿吃亏也不愿意给别人带去伤害。内心的恶魔被激起，它需要安抚。她不想维持这种不体面的关系。他对她说的所有关于爱的话语，充满极大的嘲讽。他想留在她这里过夜，被灵浓断然拒绝。她说往后不要再见面。曾经对他的爱在顷刻间烟消云散。具有欺骗性的爱，经不起一点风吹草动，这本身具有极大的破坏性和杀伤力。灵浓具有极强的原则性，以前被欺骗那是因为她不知道自己生活在他的谎言中。可是谎言的泡沫一旦被戳破，她必须面对事实。她不允许自己活在谎言的幻想中，更不想成为一个依靠男人生活的女人。她要的爱只能是一对一的男女关系，而不是横在三个人之间。

他离开后，灵浓缱绻起来抱着被子躺在床上，她听到自己心脏跳动的声音。内心的激荡让她埋入情绪的无底洞穴里，而里面昏暗又让她觉得安全。她曾产生一丝动摇想让他留下陪伴她，可越是这样她越是像在饮用大海的水，越饥渴越不会解决内心对爱的渴望。他不会给她一个家，只能将他多余的一点爱施舍给她。如果他想给她一个家，就不会欺骗她。此时的她变得异常冷静，对他的留恋彻底消失。她不能活在影子里，更不能向一个没有爱的人索取爱。他们之间的关系到此为止。

　　之后的一段时间，她面容憔悴，身体消瘦。之前化淡淡妆容的她，只能化浓重的妆容掩盖脸上的憔悴还有内心的痛苦。她将自我完全封闭，下班之后断绝一切外在的交流，坐在阳台看太阳渐渐西落，感觉到生命似乎也在慢慢枯萎。对于爱，她不再抱有任何幻想。她所追求的爱到底是什么，始终没有任何的回应。她仍旧对爱抱有希望，只是不再去奢望得到它。她越想抓住，爱会走得越快，内心的幻想也被击碎得越快。爱而不得的苦痛，她已经深深地体会。生活给了她很多的磨炼。即使被摩擦在地，她站起来时像是又重生了一次。一次一次地考验，就像一次又一次地全身心蜕化。她将外在的旧衣一层层从身心剥离开，毫不留恋。在一次次孤注一掷的生命蜕化中，灵浓仍旧倔强地从坑坑洼洼的摔倒处爬起来。

　　两个月后，她以为生活恢复了平静，可是在她周一去上班的路上，很多的大字报被贴在周边。她成了人人指责的第三者。她无法在这里再待下去。灵浓立马辞职，她出去旅行了三个月才回到W城市。他被保护得很好，声誉没有受到任何影响。他仍旧维持原来的好形象，他的妻子原谅了他。他没有给灵浓打过电话，她独自一个人承受所有的痛苦，把眼泪和悲伤一起吞咽到肚子里。她成了众矢之的的，没有人在乎那个男人是谁。在她回到W城市时，关于她的言论渐渐消散。即使过去很久，认识她的人也不会去认清事情的来龙去脉，只会将表面所看到的当成谈资。人们并不关注她到底是怎样的人，只想将她的故事当作消遣去打发时间，甚至将她的照片传来传去当作联络彼此关系的工具。认识她的人对她更多的是疏远，怕她将她们的丈夫勾走。一旦她离开她们的视线，各种恶意、敌视的言论和标签就会贴在她身上。一开始看到人们的冷眼旁观，还有脸上隐约露出的得意笑容，她内心是胆怯的。灵浓想，彻底从这个世界上消失，会不会得到别人的一丝谅解。

她刚开始外出旅行时，到了一个大峡谷。底下是滔滔不绝的江水，山风呼啸而过。她想，若一跃而下，身骨都不会是完整的，只会被江水冲散得支离破碎。她站在峡谷上面的台子上，闭上眼睛，听到下面江水的怒吼声和狂暴的咆哮声。她闭上眼睛，感受从山谷吹来的风。只需要她从台子上往前迈出十步左右，她的生命会彻底画上休止符。她想到了之前的那个梦，想到了母亲。她睁开眼睛，灵浓想，自己死都不怕，为什么会怕那些流言蜚语。那些言语对她真的会造成实质性的伤害吗？她为什么不能奋力一搏去回击那些肆意的揣测还有谩骂？如果她的生命彻底消失在这个世界上，那么别人提到她只会觉得她是在逃避，对她没有同情，甚至没有悲悯。不久之后，她将从认识的人中消失，也不会有多少人提到她。

灵浓还没有感受到爱，还有很多没有做过的事情，她不能这么轻易地放弃来之不易的身体。山谷里的风突然变大，她猛地醒来。她往后退了几步，看着从山谷里流淌出的江水，听着江水愈加狂暴的呼啸声。她重新闭上眼睛，深深地吸了一口山谷里的风，再缓缓地吐出来。此刻，她觉得胸口中憋闷的气渐渐被排出体外。她冷静地看着周围的一切。在这人烟稀少的山谷里，她独自站在台子上看着远方。五六个人通过陡峭的人工栈道慢慢靠近江水，人的声音被彻底淹没在肆意咆哮的江水里。峡谷里陡峭，一条弯弯的狭窄小道横穿中间的峡谷，这条古道有了上千年的历史。现在交通便利，眼前的古道已被废弃。

在世间中，她觉得她是一个流浪的人，一个没有归属感的人。在哪里生活对于她来说并不重要，似乎命运一直推着她去沉浮。她放弃对生命的挣扎，也不想为任何人而活，更不想去证明自己。那些光鲜的体面、名誉、地位，似乎离她越来越远。既然世俗的流言像淤泥般向她投来，她便用它来种下花。她不再抵抗，摔倒了便再从泥土中爬起来。山谷里的风将她的头发吹乱，她不再与自己暗暗较真。那口掩藏在胸中的郁气，随着身体的放松，通过毛孔和呼吸慢慢排出去。灵浓的脑袋中一片空白，此时的她将身体放空，那些瘀堵的情绪似乎找到了一个发泄的出口。面对山谷里的气流，亿万年的沧海桑田，她闭上眼睛感受它们的气息。

她不刻意去冥想，对她来说，进入冥想的状态可以随时随地。在她心中，似乎有种忽明忽暗的意识在悄然觉醒。以前那股翻滚的力量，此时此刻变得很平静，像波涛汹涌的海水，渐渐平息。

在这偏僻的地方，没有人认识她，更没有人去关注她。灵浓走在空旷的高海拔原野里。此刻，她无所畏惧。行走在这天地的辽阔中，自己瞬间渺小起来。所有的事在她看来，都如同尘埃。对于爱情，她不再抱有太多期待。她曾经问过爱米所在意的爱到底是什么。爱米只说，爱和不爱都是一种体验，虽然这个世界不完美，可她仍旧相信爱，愿意用生命去实践爱。灵浓问她怎么去实践爱，爱米说：你在实践爱的时候便不会再追问这个问题。爱米想，爱已经超越了形式，便不再被定义。

灵浓走了很久很久，有很长时间没有在这空旷的地方行走。连续走了三四个小时，却感觉不到身体的劳累。她忘记了时间，所有被深埋的记忆片段在大脑中轮番出现，即使那些压在心底的久久想不起来的芝麻小事又立马浮现出来。一段段的往事，即使内心最隐蔽的细微处也一一在脑海中翻滚，从模糊的轮廓到一点点清晰。那种天地的辽阔，激发出她骨子里的苍凉。她像是行走在世界边缘的人，一直刻意躲避众人的视野。她离群索居久了，也会想念人间的热乎劲，想念外婆做的一碗热腾腾的馄饨。

大学期间，她参演的话剧表演，取得优异的成绩，可她站在领奖台上也会觉得浑身不自在。但她喜欢舞台上的表演，一旦进入角色似乎忘记了周围的一切，她将自己完全带入剧情，将那种悲喜的冲突切换自如，她似乎是一个天生的话剧演员。在一部话剧演出中，她取得很大成功，获得一等奖，曾经在多个城市巡演，也曾经辗转于欧洲的几个城市。可是她想继续在别的领域挑战。话剧虽然只是她的业余爱好，可呈现出的效果并不比专业的逊色。

她天生的共情能力，能揣摩剧中的角色，从不为自己设限，即使遇到棘手的角色，也会用心揣摩。这种角色的设定，让她仿佛尝试了很多的人生，暂时将她从本身的生活中抽离出来。有时碰到喜欢的角色，便会用情至深，就像对待一个热恋的人般投入。一旦结束，这个角色便从自己身上分离。她喜欢舞台上的张力和爆发力，不必在乎周围人的眼光和评价，似乎她天生为舞台而生。她明白那几年的选择让她体验过便已足够。在人生的这么多选择中，她努力丰富自己的人生。在有限的生命中，她可以尽情体验不一样的生活。不同的经历一层层地重叠，仿佛让她走过了好久好久。她还不曾想要立马结婚、生子，那种生活似乎在上演父母那样的生活。

　　她既渴望稳定的亲密关系，又害怕进入婚姻关系。小时候，她不明白为什么当初相爱的人相处久了会疲惫，乃至成为对彼此冷漠的人。如果父亲和母亲不是因为有她的存在，或许连维持银行账户里这层冰冷数字的连接都彻底切断。长大后，她已接受了人的善变。

　　人的爱不会长久停留在一个具体的人身上，或许人都在渴望爱，但是这种爱很遥远。很多的男女之爱，只是恰好在需要爱的时候给了彼此心灵和身体的安慰，便在一起。人会改变，内心会产生厌倦和重复。随着时间流逝，一个人在进步，另一个人仍旧在原地。这样的裂缝早已产生，在时间的积累中裂缝越来越大，以至于将彼此割裂。她想尘世的男女之爱无非如此吧。在身体和灵魂之间，大部分人在世俗中选择了妥协。那些始终陪伴在一起的或许有，可是不曾在她身上出现。毕竟一生的时间很长，曾经的婚姻誓词，到了分开的那天又是显得怎样的荒唐。

　　灵浓想，不将人捆绑，不期待一个人永远的爱才是对自己最大的宽慰。相爱的时候在一起，不爱的时候及时分离。即使结婚的两人，如果不再相爱，也是在偷偷地背叛婚姻。维持形同虚设的婚姻也仅仅是因为利益。孩子、面子、被捆绑的价值，都是世间的把戏。她看着远方的路，冷笑了一声。毕竟，她曾经爱上一个结了婚的男人。她甚至没有了哭泣的念头，眼神中充满了对世俗利益的不屑。她是倔强的，不肯敷衍，也不肯攀附在任何圈子里。她是独立的个体，不想委屈自己的心。

　　她也曾渴望走进婚姻，可是真正爱她的恋人在她面前时，灵浓却退缩了。她怕这份美好的情感会随着时间的流逝变得面目全非。

在他们毕业后的一年，他向她求婚，却遭到灵浓的拒绝。至今，他眼中的落寞还有恍惚仍然印刻在她的脑海里。一开始，他们之间是久久的沉默。然后他的眼泪开始滴在她的身上，将她胸前的衣服沾湿。她不相信此时的恋人竟然像个孩子哭起来。他知道这次的分别将会是永远。他们其实心里都明白，但是不愿意承认这段关系就这样戛然而止。即使有预兆，他也不肯从头脑的幻想中清醒过来。他一直幻想跟她的未来，将来和她生孩子。

灵浓知道，这一切来得太突然，与其说是逃避婚姻，不如说她还未曾做好走进婚姻的准备。她生活在一个支离破碎的家庭里，习惯成长中的孤寂，似乎世界与她没有太多的关系。

曾经的恋人在她回国后的第三年结婚。他有时候并不明白灵浓飘忽不定的想法，可是愿意陪在她身边。等他知道她去意已决，曾经的幻想被彻底击破。灵浓渴望着爱，可是面对爱人时却在犹豫不决，她有时怀疑当初的决定值不值得。她付出时间和感情的代价，换回来的却是全身疲惫的伤痕。

一个深秋的季节，他们一路自驾去了很远的地方。她不知道这条路要通往何方，好像这条路没有尽头。慢慢离开城市，走过一条流浪汉漫游的街道。他们看上去神情呆滞，没有生活的方向和目标，不时看到路两旁有几顶帐篷。有的流浪汉留着长长的胡子，目光游离，陷入沉思。他们活在自己的世界里，仿佛外面世界发生的一切都与他们无关。过红绿灯时，前面排了四五辆汽车。距离她两三米处的台阶上，她看到一个冷寂的眼神里面似乎写满了对这个世界的不屑，甚至看不到一丝的绝望。她觉得那神情犹如一汪看不见底的深渊，漠然、孤傲、幽僻的眼神与浮夸的着装同时出现在一个人身上。他有着漂亮的眼睛，黑色的卷发在初露的太阳照射下显得有光泽。他面目冷峻，像是这个世界的旁观者。他坐在街道的台阶上，像是在练习静坐。可是他破旧的皮鞋分明在告诉经过的人，他已经流浪很久了。他漠然地看着来来往往的车辆，丝毫激不起他内心的任何波澜。这是一张孤绝者的脸，傲慢中带着一丝平静。

汽车快要离开时，灵浓快速摇下车窗玻璃。他正看向灵浓这个方向，层层忧郁掠过他的眼。她第一次被这样英俊而又充满古典气质的流浪者吸引。那种破碎、抑郁的眼神似乎在告诉灵浓，他曾经经受过重大的情感创伤，现在失去挚爱后，不再对生活抱有任何的期待和希望。他穿着考究的卡其色灯芯绒西装外套，里面是黑灰色的棉麻衬衣。他的气质平和带着典雅，似乎有很多的心事被封印在心中。他选择沉默，或许这个世界上再也没有值得他去分享的人。汽车很快驶去，可是那张俊俏而又带着沉郁的脸庞印刻在灵浓的脑海里。已经过去多年，那张脸始终在她脑海里挥之不去。她不仅仅是因为他俊俏的脸庞，更是为那平静而又幽深的眼神。他不是无家可归者，每次经过的地方都是他的家。他身上所散发出的气质更像是一个流浪诗人。

灵浓不知道他们要去往哪里。她前天晚上没有睡好，第二天有些疲惫，脑袋昏昏沉沉。他们经过一个小镇，两三个小时后经过一片广袤的农场。路上汽车慢慢减少，经过一片山地，从车窗往外看连绵起伏的山。道路两旁的杉树、松树还有枫林交织在一起，焦糖棕、炽热红、幽深绿，以及斑驳的光影投射在车窗上。他将汽车速度放慢。空气中透着深秋的寂寥，浮动着让人心颤的透亮气息，瞬间让她昏沉的大脑清醒过来。她深深地呼了一口气。他始终不说话，仿佛言语在他们之间早已凝固。

汽车越往里开，路变得愈窄。他终于打破这长久的沉默，问她是否真的要离开。她没有回答，其实不说话就是最好的解释。她放弃在这里的一切，会寻找内心疗愈的根源。她不知道是否能找到，可是已经决定好的事情怎会去改变。他们住到度假区的一个小木屋里。那里正好是旅游淡季，没有什么人。他们什么都没有做，就像濒临绝境的老夫妇，等着命运末日的宣判。他们的关系正是处于这样的绝地，让人看不到任何被救治的希望。

他们晚上抱在一起睡，似乎在等待着最后的钟声敲响。关灯之后，一片漆黑，清楚地听到自己心脏跳动的声音。他们都愿意被淹没在黑暗中，如果这天晚上是他们生命中的最后一天，他们宁愿这样抱着死去。可是第二天终究还是会到来，晨曦透过木框玻璃照进来。这座小木屋有一百年的历史，有历史的陈旧感，但不破败。木屋主人是一对白人老夫妇，供应的早餐是三明治和热咖啡。木制的房子，一个烧火的壁炉，堆着干木柴的墙壁。灵浓想，如果这是生命的最后一天，她愿意和他永远在这个小木屋里。随着时间的流逝，曾经恋人的脸庞愈加清晰，他温柔的眼神又出现在眼前。用情至深的人，一旦知道分别，是不会再去打扰彼此的。他们分开后，再也没有联系过。

灵浓走在旷野里，有些累了。她走出去很远。一旦走进旷野里，心思不知道飘荡到哪里，这条路好像没有尽头，一直延伸到无边的天际。走路不被打扰会让人上瘾，她喜欢不被打扰地漫无目的地走，似乎在探索一个个未知的未来。在天地间行走，反而觉得很踏实。她忘记了时间，更忘记身在何处。她想继续这样走下去会不会让自己走进未知的时空隧道里，里面只有自己，没有任何人。这样她才会觉得与这个世界彻底隔绝，不必再看别人的脸色，也不会看到这个世界的趋炎附势还有虚假。

一辆马车从身边经过。走出去五六米之后，老人收紧了马绳，拖着长音喊了声"吁"，马往前走了几步停下来。马车上坐着个老太太，是当地的农妇。她用不太熟练的普通话对灵浓说让她上他们的马车，现在天渐渐变黑，待会还要下雨。距离最近的住宿还有几十公里，一个人走在路上很危险。灵浓这才意识到走出去很远。她想起今天的一切，怎么来到峡谷，又怎么从峡谷走到这个旷野之地。她想到要给今天送她到这里的司机打电话，可是他赶过来还需要两三个钟头。她看到老妇人脸上的皱纹，还有被太阳晒得黝黑的脸，一股亲切感立刻涌上心头。她的眉眼和外婆很像，只是皮肤没有外婆的细腻。外婆是典型的江南女子，爱穿漂亮的衣服。眼前的老妇人身上所蕴含的是另一种结实而又朴实的美。她眼神慈祥，说话轻缓而温柔。

她告诉灵浓，如果不嫌弃的话可以坐他们的马车去镇上，那里有住宿的地方。如果没有合适的，可以住在他们家。家里只有他们老夫妇两个人，孩子们长大后都搬去了城里，工作忙，很少回家住。灵浓看到渐渐阴沉的天气，似乎将要来一场暴风雨。老妇人说，这里的天气不稳定，尤其在这海拔高的地方。几公里之外的地方可能已经下起了雨。她的丈夫倒是很随意，说一个姑娘在外面尤其要小心，意外和无常不会在人们预期的范围内发生。

灵浓说了声谢谢后坐到马车上，她相信他们的诚意。老妇人手上拿着念珠，眼角和嘴角处布满了皱纹。她脸上浮现一丝微笑，很安详。嘴里时不时随着手里念珠的转动而一张一合。两条长长的发辫用一根紫红色的绳子绑在一起，有些发白的头发在诉说岁月在她身上留下的痕迹。到了崎岖不平的路上时，老人放慢速度，老妇人将一只手握住马车的边缘，灵浓学着老妇人的样子也将手握住马车。她朝灵浓微微笑了一下，很快又陷入她念诵的经文中。

后来，在老妇人的家中，她告诉灵浓，生死事大，现在一直在为死后的生命做着准备。不只是为自己，也是为家人。自己安详地离开这个世界，没有给他人带去痛苦和烦恼，尽力做一些自利利他的事情，这就是她的年老功课。年轻时结婚生子，承担家务，照顾家中的老人，将孩子们养大，让他们能够自食其力养活自己，做一个自立并对社会有益的人，这些对于她来说已经足够。年老的生活希望属于自己，不喜欢被太多人打扰。他们喜欢这种宁静、安乐的生活，在饮食和衣服上没有太多要求，能够穿暖吃饱便知足。老妇人说，她并不知道太多的道理，困难来了，不去抱怨，会有解决的办法。

到老人家中不到十分钟，外面就下起了大雨。她望着外面的雨，天渐渐变黑。她想这是冥冥之中的一次重生。晚上吃饭，老先生做饭，老妇人煮奶茶。屋外冷雨飘落，空气中带着冷凝的孤寂，反而衬托得屋里热气腾腾。晚上吃的糌粑，还有牦牛火锅，喝的甜茶。老妇人说，外地人不太习惯喝酥油茶，就给她准备了甜茶。她喝了一口，身上暖暖的。外面下雨，在这海拔高的地方天气较冷。尽管她第一次吃这样的食物，却没有太多的味觉冲击，只觉得多了一份不一样的情感。

　　在这海拔高的地方，风景不同于内地。很多人喜欢到这里旅行，尤其在以前，什么样的人都有。有想在这里寻找赚钱路子的，有一路乞讨来旅行的，也有骑单车和摩托车来旅行的，还有自驾的。几年前，来这里旅行的女孩子，尤其是单独出行的背包客，喜欢特立独行。一个人孤行的同时，也会伴随着危险。曾经有个女孩子一个人来这里，被人抢劫并遇害。她的家人来到这里找她，尤其她的母亲，撕心裂肺地痛哭，几乎要把嗓子扯断。这里氧气稀薄，那位母亲哭不动了，缺氧昏睡过去。有人叫来救护车将她拉走，后来的事情就不知道怎样了。

老先生说完，情不自禁发出一声叹息。

　　见到独行的姑娘，我们往往会问能不能捎带上一程，尤其在这荒郊野岭。看你走路心不在焉，似乎步态有点恍惚，怕出问题才停下来问你。

灵浓这才意识到危险，感觉有些后怕。此时她才清楚地明白她是害怕死亡的，她并不想失去还年轻的生命。她还有很多事情没做，还不知道生命的意义究竟是什么。她还没有经历该去经历的事，不能因为感情而一蹶不振。她突然有种强烈的求生欲望，而这种对生的渴望是前所未有的。她仿佛活过来了。

老妇人似乎看到她刚才眼神中闪过的光亮和坚毅，仍旧是轻轻地向她微笑，没有说多余的话，给她重新倒上甜茶。灵浓说了声谢谢，拿起甜茶喝下去。一股热流直接贯穿到脚底，身上的暖流从脊背到大脑，阵阵涌现。她被他们的关怀所感动。她把将要掉落的眼泪，克制在眼眶里。

老妇人将铁炉附近的木柴填进去。当铸铁的烧水壶沸腾起来，老先生便将热水倒进暖水壶里。灵浓看到老先生娴熟的动作，仿佛是条件反射般看到水烧开就立马拿起来倒水。老妇人看着灵浓的表情，似乎看出她的心思，告诉她，家里的重活累活都是老先生做。厨房里整洁、干净，装修得恰到好处，没有多余的杂物，一切用具摆放整齐。房屋天花板上有掺有灰绿色的棕色花纹；一面墙壁以黑色涂料打底，上面绘有白色的花纹和陶器图案，简洁、美观；一面墙壁处镶嵌着五彩斑斓的木柜，用来盛放餐具，在最上面一层有一尊小佛像，庄严而又圣洁；在漆红色的小门后有一个黄色与棕色相间的帘子，上面绣有深邃蓝般的暗花，很精美。这样丰富而又装饰精美的厨房，让她有种视觉冲击，像是在欣赏美的创造。

她睡在老妇人儿子的房间，门口的墙壁上绘有白色海螺，海螺周身围绕宝石蓝和橙红色的飘带。房间里隐隐约约透出藏香的气息，她喜欢闻这味道。灵浓躺在床上，久久不肯睡去。看到厨房里的木柴还有铁炉，想到了曾经的恋人。

他们住过的小木屋里同样有一个裸石大壁炉，一旁堆积着一截一截的圆木。种种的回忆浮现在眼前，仿佛是梦中事。在这个漆黑的夜里，眼泪禁不住流淌出来。窗外不远处有一条河，屋子背靠着一座山，河水从山上流下来。大概走了一天有些累，她迷迷糊糊睡着了。外面河水扑通的声音将她从梦中惊醒。她猛地醒来，不知道身在何处。她有种时空错乱的感觉，仿佛曾经的恋人仍旧在身边。

可是空气中的寂凉一下子让她清醒，听到小野虫在窗外发出低沉的鸣叫声，她才回到现实。

她梦见曾经的恋人，仍旧在她身边。梦中的他刚开始是一张喜悦的脸，他们如往昔牵手散步。不久，他的脸变得阴沉，然后变得痛苦。她开始慌张起来，不知道该怎么安慰他。他起身慢慢走开，不久回头用哀怨的眼神看着她。灵浓想要抓住他的手，可是怎么抓都抓不住。他突然消失了。灵浓猛地醒来，等清醒过来后才意识到那是一个梦。

看了看时间才凌晨四点钟，但她几乎没了睡意。任凭大脑胡思乱想，仿佛有千军万马在脑海里奔腾。从现在追溯到小时候，再从小时候想到现在，无数的思绪就像一团乱麻纠缠在一起，零碎的回忆涌现在眼前，甚至连母亲的哀怨声似乎在此时变得愈加清晰。母亲的痛苦和希望由灵浓帮她承担，那种孤绝的忧伤让灵浓快要窒息。她是母亲存活下去的寄托，母亲离不开她。即使她与母亲已经几年没有见面，可是她的心里没有割舍与母亲情感的联系。她不想看到母亲痛苦，身体不自觉主动承接母亲的负面能量。她无法跟母亲说明这一切，母亲仍旧活在哀痛中。

母亲的白人丈夫去世之后，她失去了情感的支撑。灵浓变成了她的精神寄托，尽量回避母亲对她的依赖，想让母亲在精神上变得更独立。可是母亲拒绝接受改变，觉得生命的一切都是注定的，人就是命运的支配者。母亲有时会去附近的小教堂做礼拜，每次回来后内心会平静一会。她说在教堂里有十几个人在一起，她会觉得自己没那么孤单。她会跟着众人做祷告，甚至去忏悔自己的过往，忏悔她不应该嫁给父亲。对父亲的恨似乎贯穿她的一生，曾经的爱变为彻底的恨。可是她不经意间会透露和父亲在一起的快乐时光，那时他们刚结婚不久。

灵浓又睡着了，或许太累的原因。醒来时是早上七点。她起床洗漱好，走下楼梯，看到老妇人从外面刚回到家里。她指了指山坡后面的那个方向，沿着路直接往上走到路的尽头再向左拐不到一百米就能清楚地看到经幡。那里有座佛塔，四周有转经筒。她几乎每天早上五点起床，简单洗把脸后就去那里转经。一个多小时后再回到家里吃早饭。她瘦削的脸上仍挂着一丝微笑。

早上吃当地的面，还有酸萝卜。面有点硬，有一丝碱性味道。对于她来说，吃什么都行，她并不挑食。吃过早饭后，她去了老人早上转经的地方。她拨动转经筒沿着顺时针方向绕塔，让心念保持觉醒。如果心意散乱，也无需生起烦恼。但这需要练习，没有谁天生就做得熟练，让心不散乱也需要训练，就像做好一桌可口的饭菜也需要厨师经过厨艺的打磨还有练习。只知道食材，仍旧做不好一桌美味的饭食。人所需要克服的，是对这个世界的贪欲。欲望的存在合情合理，只是过度的欲望就变成了贪欲。过度的念头就像个陷阱，更像刀剑上的甜蜜，让人吸吮了一口，还要勾起人想去吞噬它所有的欲念。如果没有心念的觉知在提醒，人就会在刀剑的锋利中迷失甚至牺牲。

吃早饭时，老妇人说，主要是找到适合自己的那条路。她将自己的心完全交出去，交给自然宇宙，让心自然而然做出选择。她觉得很知足，认为这种慈悲的力量可以带给人无畏，也会让人的心柔软下来。

灵浓按照老妇人所说的，拨动转经筒。老妇人告诉她的这些哲理，与她以前的世界观完全不同。尽管她以前读过相关的书，却仅仅是书中的内容而已。灵浓内心一时无法平静下来，像是发现一片前所未有的大陆。她仍有疑问，但她又不知道该从哪里开始着手解决内心深处的困惑。她似乎有点明白，之所以一直不想早早地走进婚姻，是因为她还有关于生命的问题没有解决。除了爱情、亲情，最重要的是以什么样的形式去认识生命。虽谈不上终极认识，但她想知道生命的实相。那种隐隐约约的追思像一丝浮动的气息，微弱得让人捉摸不透。老妇人的话像一声巨雷，在她拨动转经筒时突然让她清醒。在她还没有弄清楚这些问题的来龙去脉时，她想亲自揭开这层生命的面纱，哪怕再隐蔽她都要一探究竟。

她突然心头一亮，明白生命不能就这样过下去，还有很多值得她去做的事情。她现在处于发现期，还徘徊在它的门外，没有走进去。但是灵浓为这个发现有了一丝的心动和雀跃。她围绕着佛塔顺时针一圈一圈地行走。念头噌地涌现。虽然以前在苦想一件事的时候也会如此，可是这次的内心相对平静而又莫名感动。她不知道是为老妇人的话而感动，还是为这眼前的一切而感动。经幡的飘动、煨桑炉里飘出来的灰烬余香、虔诚的老人，这些都让她感动。她想起老妇人的话，不要控制念头，否则越会徒生控制它的烦恼。观照心念，让它自然生发自然生灭，就像被风吹动湖面的涟漪。不管是大风吹起的波涛还是微风吹动的涟漪，它们都是一体的。它们都是觉醒的利器。

灵浓坐上中午的公共汽车离开村子。在她离开之前，她紧紧抱住老妇人不松手，脸贴在老妇人的肩膀上，任眼泪直流。她知道离开后不会再回来，更不会再见到老妇人。她哭得很伤心，似乎要将所有的委屈哭出来。老妇人轻轻抚摸她的头发，脸上仍带着淡淡的微笑告诉灵浓，要与自己真正的心在一起。

灵浓看着老人慈祥的眼神，她再次拥抱老人，随即头也不回地坐上公共汽车。见汽车就要驶出村子，她打开窗户向后张望，想再看一眼后面的村子，看看老妇人还有老先生，但远处只剩下他们消失在身后的轮廓。

随着三个月在外漫无目的的游荡结束，灵浓回到熟悉的城市。她内心有些释然，不再去在乎别人怎么看待她。城市仍旧在变化，各种科技新名词、新潮流、投资新趋势，都在向着一切创新的领域迈进。她并不知道将来具体的人生规划，因为计划的速度永远赶不上突如其来的变化。

母亲的电话时不时给她打过来，问灵浓什么时候回到她身边。母亲越老越像个孩子，她需要人的陪伴。最近一段时间，灵浓觉得母亲有些健忘，不知道是不是过去岁月将她压得太过沉重。母亲现在不会主动提起过去，似乎过去的事不再那么重要。她坚持去当地的教堂做礼拜，不再喜欢跟别人打交道，也不会像过去一样凑到人堆里。当地的小教堂恰好给她做出了回馈。她说曾去不同地方的教堂，但都没有在这个小教堂里让她觉得平静。这里的氛围跟她的心契合。如果说以前更多是为了打发无聊的日子，现在却是让心暂时安歇在这里。

灵浓不到一个礼拜的时间将所有东西打包好。回国后的第三个月，她就租了一间公寓。刚搬进来时，多数家具物品都需要重新置办。现在，她将它们挂在网上卖掉，把钱捐给一个小型慈善机构。她只带着一个大行李箱还有白色帆布包离开工作几年的城市，而这里也是她从小出生长大的地方。

爱米认识灵浓缘于网络。爱米将文字发在自己的社交平台上，但关注她的人寥寥无几。爱米很多时候将自己的个人感悟还有自己写的文章发在上面，阅读量几乎维持在几百甚至几十人，有时候甚至是惨淡的个位数。她来到 W 城市后，很少更新平台上的内容，尤其在开了一个小型的花店之后。她多数时间将精力放在自己身上，将更多文章和内容以日记的形式写在笔记本里，她觉得写在日记里会让心更安定。爱米觉得没有必要将自己的心展现给陌生人，她不喜欢个人的内心世界被人窥视。灵浓觉得爱米是一个值得信任的人，她们在内质上似乎有些共同之处。灵浓很少问她个人隐私。爱米知道灵浓比她小一些，但有的路不能靠别人精准指引，需要自己走出来，尤其那些具有挑战又充满困境的路。这样的挣扎就像在蜕皮一样，等待的日子很难熬，但她仍需要去探索生命这个话题，或许需要贯穿一生。但是她接纳灵浓对她的坦诚和开放。

灵浓看过爱米写过的内容，并私信给她很多文字。有时候只有一句话，有时候会将发出去的消息撤回，有时候会收到她大段大段的来信。灵浓并不需要她的任何回应，只想将心中的情绪发泄出来，有时候她会问爱米最近在干什么、在读什么、在想什么。爱米都会真诚回应，她知道灵浓的心里需要爱，渴望爱。她也知道灵浓是一个很有灵气的女孩子，就像她的名字一样。

灵浓目前走在人生选择的路上，面对种种选择，因为没有正常家庭的参照物，她不知道该如何走出一条适合她走的路。爱米没有跟她讲道理，因为灵浓还处于人生的摸索期，讲太多灵浓未必能接住。对于心性深层面的东西，灵浓似乎已慢慢打开，但她还处于启蒙阶段。太多的内容她还无法消化、吸收，就像一个刚出生的婴儿需要吃的并不是那些含有大量营养的食物，而是母乳。

爱米对于灵浓来说，更多的是作为一个聆听者，然后在恰当的机会说一些适合她的言语。灵浓说爱米是她的心灵疗愈师，比她碰到的心理咨询师都能了解她的心理，同时又不带任何刻意。爱米充满耐心和柔情，去感受需要爱的灵魂。曾经爱米也走过很无助的黑暗期，她需要别人的帮助，可是自始至终都是她一个人在摸索。在心中扎下结实的根之后，她碰到了承礼，这时她觉得心中有了一丝依靠。尽管他们早晚会分开，可是她知道即使他们远隔重洋，彼此也会有甚深的联系。一想到世间中还有爱，也有愿意将自我奉献的人，她觉得人间是值得的。

爱米告诉灵浓，她辞掉工作开了一家花店。灵浓问她的地址，她毫不保留地跟灵浓说了。

灵浓后来告诉她，说她循着爱米的地址找到她的花店，顺便在里面买了束花。她觉得爱米恬静、身上散发着让人觉得温暖的磁场，眼神温柔，脸上有淡淡的微笑，看上去像是一个刚毕业的学生，可是眼神中藏有让人琢磨的故事，更像是一个让人去窥探的幽林。

她告诉爱米，她很快会离开W城市回到母亲身边。她想带着更进一步的探索，去找到她真正想要的。

在之后的很长一段日子，爱米没有收到灵浓的任何消息。大半年过去后的一天傍晚，爱米收到她的电子邮件。灵浓离开W城后，心态有了很大的变化。她才意识到原来在那条自我朝圣的路上，只有自己。外在的朝圣只是路标上的中转站，要通过这外在的媒介回到自我的自性中。灵浓在明白这些之后，她的心一下子轻松很多。那条内里的路在无限向她的内心深处延伸，似乎要通往宇宙的无尽中。这不是结束，而是一个新的开始。她在通往一条回归的路途中。越回归，越能听到真实的声音。一条路可以延伸出无数条路径，但是回归的只有一条，那就是走向自己的路。

爱米没有给她回消息，因为灵浓走在属于她自己的路上。尽管这条路上会孤独，也会自我怀疑，甚至会产生一丝的动摇，但是一旦真正成长起来，便会坚定不移地走下去。

很多事情杂乱无章而有秩序地进行着。在W城市工作不到一年之后，爱米决定辞职。在闲暇时间，承礼会带她去逛这个古老的江南城市，从大大小小的园林到散布在城市里的不同寺庙，一起去城郊的山上爬山。承礼带爱米逐渐熟悉W城市的历史、建筑和习俗。她慢慢爱上这座有意境的江南城市，小巧而又精致。相比其他大城市的面积，可以说W城市是小巫见大巫，整个城市弥漫着慵懒和惬意。

从城东到城西，整个地铁的通勤时间需要三四十分钟，地铁里大多是年轻人和中年人。老年人很少追赶潮流和时髦，很多生活在老城区的弄堂，还有不高的旧楼房里。他们的子女多数从老旧的巷子里搬出来。老人们对老旧的弄堂有感情，习惯了旧民居的生活，舍不得离开，因为这里有他们年轻时的青春，他们将大半生留在了这里。可以说，不管是老旧的建筑还是古老的水井、渗透着潮湿霉味的街道，都承载了他们的回忆。离开这里，相当于把他们的回忆和生命故事都带走。

她想换种生活方式，常年的伏案工作让她的颈椎长期处于被压迫的状态，肩膀酸痛，眼睛最近两年很疲惫。不停地修改设计稿，致使爱米的身体过度透支。别人身体的能量如果是饱满的，还能应对高强度的工作，可是她对自己有清晰的认知，气血亏损，即使化妆，看上去仍旧憔悴。她毕业之后的多年里，几乎一直处于高强度的工作中。现在人快到中年，身体能量被提前严重消耗的弊端慢慢暴露出来，再加上一直以来情绪的郁结，她想要换种生活方式。

在一个早春的周末，承礼已提前约好爱米去一个老巷子里的寺庙。这是一座唐代的寺庙，规模不大。承礼开车去接她。爱米很早起床，看着镜中的自己，脸色有些发黄，两颊处没有血色，眉毛之间却隐隐约约看到一点红色的晕染，似有似无。她稍微化了一点淡妆，遮挡憔悴的气色，换上黑色柔软的棉质黑色直筒半身裙，上身穿质地舒适的白色衬衣。早春的天气毕竟冷，她又套上一件群青的毛衣开衫，针线密实穿着很保暖。她吃了两片面包，冲了一杯咖啡，喝完便下楼。

在她下楼不久，承礼来到她住的公寓门口。她喜欢古城的早上。记得有次起床很早，一直沿着护城河漫步。整个古城弥漫在氤氲细密的水汽中，薄而透的雾轻盈缥缈。太阳初照，光线照射在弥漫的水汽中，再加上深秋街道两边的树木晕染成黄绿相间的颜色，飘荡的水汽在太阳的衬托下显出柔和的黄色光晕。爱米走到楼下，便感到早上古城的空气带着丝丝冷寂，头脑瞬间清醒。这冷寂的空气中带着久远的时空气息，似乎在上空回荡。

爱米坐在车子里，她跟承礼说了自己心里所想的。承礼说，大概只有一颗古老的心才能感受到这时空的久远能量。

要去的小巷子还有寺庙是我小时候经常去的地方。小学之前，父母工作忙，他们经常将我放在祖母家。寺庙不远处是我祖母生活的地方，她会做精致而又可口的青团，还能让青团带有一股清雅的香气。她擅长做地道的江南点心，我最喜欢吃她做的薄荷糕还有松花团子。夏日经常喝她做的当地绿豆汤，加入红丝、绿丝、糯米、蜜枣、冬瓜糖还有薄荷等多种食材，清爽又解暑。秋日桂花飘香的时节，祖母采摘门前桂花树上的桂花，用它制作桂花糕还有桂花茶。我记得她说过制作桂花茶需要用凉白开清洗新鲜的桂花，这样桂花才不容易变质。很多记忆现在开始变得模糊，我只记得她采摘桂花时，很轻柔，怕弄伤了桂花树。祖母心灵手巧，为人宽厚，定期去附近的寺庙做礼拜。

老人家心灵手巧，有一颗诚挚的心。

祖母不会说太多的道理，心眼明净，似乎在她那里一切都变得很明朗。她没有执念，抱着一切随顺因缘的心态。在初夏的一个早上，阳光明媚，她吃完早饭后，漱口刷牙还侍弄了一遍妆容和头发，穿上她最舒适得体的衣服，拿着念珠坐在藤椅上念了会佛，说累了想睡一会，不想让任何人打扰。祖母没有交代任何事情，安详地走了，脸上没有一丝痛苦像是在睡觉。

父亲和母亲还有我，都在厨房里收拾东西。等将厨房里的东西整理好之后，父亲到藤椅边想给祖母盖上毯子，才发现祖母已经离开这个世间。

我想祖母应该知道她生命终结的时刻，也不想看到你们太伤心。

她在生前，几次告诉我们，在她离开这个世界之后，一切都简化处理，不要痛哭，也不要为她过分地伤心。她说，相信我们在往后的人生路上会处理好自己遇到的各种问题。可能祖母不想捆绑我们，不管对于父亲还是母亲还是孩童时的我，都让我们每个人做着自己，她很少干涉。等我们遇到问题问她时，她会说你们先想办法解决，先去做，她不会过分干预我们一家人的事。她总说，相信你们能解决好。她的放任不管，反而让父亲和母亲更尊重她，有时候简单的几句话就让父亲突然明白该怎么做。

老人家是一个智者，将自己隐藏在世间，看似做着普通的事情，却在日常生活中保持一颗清醒的心。

是的。她不去参与是非八卦，也不会去嘲笑别人。很多时候祖母看到别人的说笑，并不会多说一句影响别人情绪的话，嘴角处保持淡淡的微笑，然后跟人说回家做饭、洗衣，不会让人觉得突兀地离开。越到年老时，祖母更多是独自一人。每天早早地起床，在佛前燃香供水，再去洒扫庭院，保持屋里的整洁、干净，然后做早饭。这样的习惯维持了很多年，已成为她生命里的一部分。

这样的一生洁净、自在，在尘世中生活，尽心尽力却又不被世俗羁绊。

祖母是我目前见过最有江南气质的女子之一，内里稳定，心思灵巧。一双丹凤眼，身材清瘦，吃的食物也清淡。可以用蕙心兰质来形容她。祖母父亲的祖辈世代生活在这座城市。停车地方不远处就是祖母父亲的家。过去很多年，已物是人非。听祖母说起过，她的祖父因喜爱读书，参加清代的科举考试去了北方从政，又因想念江南老家，便提前隐退回到这里。他回来后仍旧喜欢读书，告诫子女不管遇到多大的困难，都不要放弃读书。他说，不管是务农还是经商都要勤读不辍，这是精神上的底色。我想，整个W城市就充满着诗书的气息。

跟人的认知也有关。如果思想上不认同，怎么也不会去做的。

的确如此。祖母的父亲经营茶叶生意。他有四个子女，包括三个儿子，一个女儿。女儿就是我祖母，和其中一个哥哥留在当地，另外两个很早去了附近的一线城市。祖母虽然是女子，在家里和其他男孩子一样读书。只是祖母小时候不能一个人到外面去，需要有家人的陪伴。祖母琴棋书画样样精通，心思灵巧。后来听母亲说过，祖母过了五十岁后再也不弄这些文雅的东西。祖母写一手很好看的毛笔字，闲下来会写几幅字，在我小时候她还会戴着老花镜抄写经书，再到后来她便停笔不再书写。只记得她写过一副楹联，内容是：世间数百年旧家无非积德，天下第一等好事还是读书。祖母受她父亲的影响，一直喜欢读书，其中最多的就是四书还有佛经。她静静地看，看完也不跟别人讨论，也不跟我说里面的内容。记得小时候她给我讲《山海经》里的故事。

我仿佛在听一个梦幻的故事，里面的人物都是这般美好。

爱米，你和祖母性格很像。我只跟你大体描述了她心性美好的特质，因为对于那些她曾经历的苦难，祖母很少提起。她不是一个爱抱怨的人，对于那些难过的岁月，她偶尔会轻描淡写地说以前的日子的确不好过。

经历过的人才能深知其味。大悲的心境也是在体验中磨砺出来的，就像需要锻造坚硬的铁，需要一遍一遍地去锤炼。大悲之心，也有一颗大喜之心。这种宁静的喜不因外在的物质，而因内心所独有的那份慈爱。那个时代的人所经受的是精神上和身体上的考验。虽然说吃苦不是目的，可是谁又想去白白受苦。

有些人没有经历个中滋味，也没有当时人的处境，不需要以个人的评判为标准。

承礼，你有很深刻的同理心。这在一个男子身上，很难得。

我从你的身上看到祖母的影子，你们的心性如此之像。那种身上所散发出的温情还有吸引人想要靠近的磁场，让人能够放下内心的芥蒂，觉得很舒服。

我有时会梦见祖母。有时候梦里的祖母还和生前一样，眼神中充满慈悲，神情淡然，嘴角处带着一抹淡淡的微笑。

承礼将车子停在巷子外面的停车场，两人下了车，经过一条古老的巷子。这里曾是古代文人进行考试的地方，但昔日的繁华早已落场，一排排的商业店铺横列在巷子的两旁。青石板的路仍在，这是一条被无数文人墨客踩过的路。历史已过，剩下的都是书中所记载的存在。名士文人尚且如此，更何况普通人。爱米在心里默默想，她喜欢静静地走在这青石板路上。早上的空气扑在脸上凉凉的。一线阳光透过云层，慢慢地照在这条古老的巷子里。

再往里走两百米有一座小寺庙，他们在里面待了大概一个小时。承礼说要在他离开前带爱米去那座他曾经住过几次的山。开车过去需要四五个小时。

要去往的山脚下有一个古村落，村口有一株五百岁的香樟树。到山下时，夜幕降临。他们晚上住在这个古镇里。作为最好的友人，他们并不避讳住在一个房间里，晚上躺在各自的床上随意聊天。承礼说，他曾经也经历过内心的创伤，将自己麻醉在酒水和烟草上，似乎只有它们能将压抑的情绪排挤出去。他未曾跟任何人提起这过往的心路历程。现在的身心修炼，是绕过很大一圈之后又回到的起点。过程很长，也很磨人，没有人体会这份孤绝的心境。他现在能体会到祖母的那种心境，或许祖母也曾有过绝处逢生的体验，才有她后来的心性。没有经历过的人无法体会。

　　夜色慢慢变得深沉，窗前一棵白玉兰，落了满地花瓣。一棵紫叶李，即将盛开。爱米想，又是一年春日时，那时是在北方，这次却是在江南的春天。承礼此时说话的语速很慢，似乎过去那段记忆需要努力回想，可曾经的记忆像是镶嵌进他灵魂一样，是不可能忘记的。他需要梳理语言，更需要的是梳理那份被回忆勾起来的哀痛。他未曾对别人说起，甚至没有对父母说起过他曾有一个未出生的孩子。他怕父亲和母亲伤心，也会像他那样留下遗憾。在他的信仰里，堕胎这样的事情是不允许发生的。

　　在他即将回国的前半年，他已经结婚。妻子是一个被白人夫妇收养的弃儿。虽然这对夫妇对她和别的孩子一样，可她内心深处始终有一股不安的感觉，或许这就像是阴影，始终在她生命中挥之不去。她无法认同承礼要回来的目的和情感，抱着试试的心态跟他回来。可是毕竟她人生岁月的大部分时间生活在另一个文化层面中，自身的矛盾性、自身的价值观和身份认同感让她内心不停地起着冲突。尽管她从白人养父母那里得到很多的关爱，可是内心无法接受曾经血亲的弃养，这是隐藏在她内心深处的隐痛和秘密，就像是长年累月的顽疾，这种精神的创伤让她时常游离在世界的边缘。她既对自我有很高的要求，又在焦虑中怕被这个世界抛弃。她接受过心理治疗，可是这些表面的治疗对她没有任何作用。

承礼在接纳她的同时，给她信心。尽管这样，她骨子里的冷漠像是不能融化的千年冰山，让人感到绝望。她追求的承礼，但得到他并结婚之后，她的自私和冷漠让他觉得像是在面对陌生人。三个月后，她发现自己怀孕了。这个消息，让承礼觉得格外惊喜，同时觉得她应该会有所改变。可是他们之间的争吵越来越激烈，这让她无法再生活在这里。承礼本想随着她的心意回美国，可是一天早上因为一点小事他们之间又发生了激烈的争吵。她独自去医院将孩子打掉，回来跟他说离婚。承礼同意离婚，可是想让她生下孩子。她用冷淡的语气将自己去堕胎的经过告诉承礼。承礼听后情绪崩溃，他无法接受一个还没有出生的小生命被早早地杀死，尤其是被自己的母亲杀害。他心情冷到了冰点，一股怒气憋闷在胸口。

　　前妻用很冷漠的语气对他说，让他和另一个女人再生一个孩子。她对自己孩子生命轻蔑的态度，让他所有的愤怒和情绪从胸中迸发出来。那个昔日温柔的天使长出了让人害怕的獠牙，全身的光芒和柔和变成了无比坚硬的铠甲，让他在失去意识的混沌中给了她一巴掌。她往后退了几步，脸上有个红红的巴掌印。这是他第一次打人，尤其是打一个女人，还是打曾经相爱的人。在他的信仰中，任何人不允许故意伤害任何一个鲜活的生命，更何况这还是自己的孩子。他眼神中带着悲凉的绝望和愤怒，更多的是怜悯和无助。他也曾感到深深的无助。前妻看到他的神情，怔怔地立在原地，来不及用可怜的眼泪赢得他的同情。他们之间僵持了一分钟，她才瘫坐在地上，说一切都结束了。他将自己关在书房，一个晚上未曾出来。第二天，她看到前妻留下一张字条，上面写着：对不起。离婚吧，我要回去了。

他看到这张字条上的对不起，更觉得是讽刺，随即拿起打火机将它烧掉扔到垃圾桶。前妻回到美国后，找不到真心对她的人。两年后的一天，她和一个黑人恋爱，他们发生了财务上的纠纷。她想摆脱他的纠缠，可是她越想摆脱，他的控制欲越强烈，因为他的生活保障需要她提供。在他们僵持不下的时候，一阵枪声响起，她倒在了血泊里。一个年轻的生命随即消失在这个世界上。承礼听到她去世的消息后，多了些愧疚还有遗憾。他不明白人的情感为何如此脆弱，他才意识到他那一巴掌对她带着残忍。或许人在离开后，才会想到对方以前的优点还有他们那些开心的日子，可是在他的回忆中，婚后他们多数时间处于不开心的状态。

在他和前妻离婚之后的一段时间，他时常将自己沉浸在酒精中，用它来麻醉自己敏感的神经。他说只有喝醉之后，内心的伤痛才会稍微得到抚平。他过了近一个月黑白颠倒的日子。他回美国之后，整个人很消沉，不再注意自己的形象，胡子留得很长，头发长了也不管它，完全是嬉皮士的打扮。他以前不知道嬉皮士的精神世界是怎样的存在，直到他遇到了生活中的转折点。

他有时徒步一整天，只吃一两块饼干喝一小瓶水，身体里没有饥饿的概念。他像一个无所事事的流浪者，不知道要走向哪里，只是漫无目的地往前走。经过一个攀岩处，他将身上的衣服全部脱掉，将自己安放在这辽阔无边的天地里，像天地间褴褛中的赤子。他攀到山的高处，躺在巨大的裸石上，闭上眼睛任太阳晒在身上。天空中飞过老鹰，一阵呼啸的声音划破长空，似乎天地之间只有他一个人，再无别人。

他在裸石上睡着，醒来后看到太阳渐渐西沉，突然有一种悲凉感涌现在心头，似乎被时空的光阴击落到内心深处的忧伤。那里结了一层冰，泛滥起来的冰水让他觉得心意孤冷。他慢慢回到攀岩的起点，小心翼翼的，稍有不慎掉落下去就会粉身碎骨。这是一场心理的博弈。身心高度集中，他很久没有做如此投入的事情。

他穿好衣服，背上背包，重新出发。两个小时后，天空中还有一点光影。他走到一个小镇上，借宿在里面，来不及洗澡，整个人瘫睡在床上。第二天一大早醒来，洗了个冷水澡，他迅速恢复了活力。他喜欢健身，在读书时，他就以惊人的耐力、速度和力量在跑步和橄榄球上取得优异的成绩。他的身材匀称，没有多余的赘肉，现在仍旧保持绝佳的耐力，只是不像读书时那么激烈地奔跑。在往后的一星期，他每天都走三十公里。他就这样走着，好像在寻找世界的尽头，更多的是为自己寻找一个出口。他失去孩子之后，不再对爱情抱有太多的期待，认为婚姻更像一场人生的合作和经营。爱情像一个泡沫和幻影，没有什么值得他再去期待的地方。

以前喜欢他的人，知道他恢复单身后，想和他发展恋人关系。他对每个喜欢他的女孩子都说，他只恋爱不结婚。她们都接受了他的要求，但最后还是无法忍受他的不婚主义，便一个个又离他而去。他们的关系，长的维持大半年，短的一两个月。他英俊的脸庞还有匀称的身材，再加上他工作能力强，很容易赢得女孩子喜欢。可是他始终坚持一个条件，便是不结婚。

很长一段时间，他将自我放纵在身体的欢愉中，除了酒精便是身体上的麻醉。他喝固定牌子的酒，但是身边的女人换了一个又一个。在身体放纵的这条路上，他像一匹脱缰的野马，好像没有什么回头路可走。他曾想过刹车，可是对情感需求的满足只有身体的爱欲能让他得到补充。他有时会困惑，尤其是看到那些女人精美的面容下所藏的心。人是会伪装的，就像她的前妻，在爱他的同时扮演一个好的女人，一个取悦他的人。可是演得久了，人都会累，最终会暴露真实的本性。

在情欲这条路上越走越远，以至于他觉得自己活在一种假象中，反而愈发追求真实的东西。

他做的每件事，仿佛有着冥冥之中的指引。他想要达到自在的状态，便需要一遍一遍在事中去经历，而不是逃避。这个过程他寻找了很久很久，不是一年两年，而是五六年。一开始他会带着执着的心态，可越想要达到某种结果，反而越与真实的内心相背离。

他又重新阅读典籍，不只佛典，还有道教书籍，还读一些含有哲思的文学书，都得到很多启发。在研读这些历史上哲人的思想时，他似乎在与无数的哲人对话，心中不自觉会荡漾起淡淡的喜悦。这份淡淡的喜悦让他走向无限的时空，像是走进邈远，又像是与无数的思想家在宇宙中共舞。寻找的过程就是在探究自我的过程。

承礼说，他至今仍旧在寻找。他为自己未出生的孩子还有前妻忏悔，同时也会为他曾经做过的错事、沉迷于世间的欲望而忏悔。在他想通的一刹那，心中的那份平静和喜悦，像是流淌在天地宇宙间。他的心释然了，从未有过的轻松、坦然。他向自然学习，看夜空里的星辰、草叶上的露珠、一颗种子孕育出鲜活的生命……他也向不同的人学习，如修复瓷器的手艺人、编织箩筐的村民、早起卖早点的人……将自然和生活交织在一起，他既爱着自然又爱着这些踏实生活的人。承礼也是这芸芸众生中的平凡一员，无非借助生活、工作和自然来让自己安心。这份坦然，只有心才能感受到，言语也无法说透。

这个束缚自己心的过程，也是在为自己松绑的过程。自己亲手系上去，还需要自己解开，无人可以替代。这就像再心疼孩子的父母，也不能帮孩子亲自走一遍他的人生路。这个过程在具体的实际生活中，没有远离人间的世外桃源。在他想明白这些事之后，生活和工作中的烦恼不再让他觉得棘手，反而成为他往前走的推手。

他说在这个过程中会有挣扎的阶段，就像溺水的人想要抓住能抓住的一切作为救命稻草。即使明白一些道理，也需要经过生活的考验和磨炼。这种进步并非直线式，而是螺旋式。看似是掉转，其实是安排了生命中又一门课程。越想压制这份情欲，越是会燃烧得炽烈，甚至比以前纵欲时的欲望还要旺盛，无法用思维和静坐去压制。静下心来，那股潮水蔓延过来，仿佛一口气能把人呛死。即将决堤的堤坝如果再不及时卸掉翻滚的洪水，便会毁于一旦。

承礼用各种手段转移对它的控制，除了静坐，还去长时间跑步、健身，甚至一天不停地行走，可是这些外在的办法无法克服内心的激烈欲望。这种爱欲像从万丈悬崖上流淌下来的瀑布，无法被截流。在尝试压制几个月后，他选择去酒吧。他知道什么样的酒吧容易吸引最孤寂的灵魂。他们不需要有情感的纠缠，更无需对谁提出负责的要求。他就这样飘荡在夜晚的纸醉金迷里，为身体的欲火找到燃烧的出口。他明白，他们之间不能有纠缠。大部分时间，他都拒绝和她们再见一面。直到他碰到一个四十岁的女人。

从她生完孩子到现在，她与丈夫已经没有了夫妻生活。丈夫拒绝去看医生，甚至拒绝跟她谈论这个话题。她再尝试跟他有身体的沟通，只会换来辱骂。他的话就像是一根针扎在她的心里。她为他守妻子之道，本想和他一起克服困难，可是他的辱骂和斥责让她起了逆反心理。丈夫默许她跟别的男人在一起，不会干涉她的私事。此时的她绝望了。在他说完后的当晚，她没有回家，用行动让他重视起来。可是他不仅很淡定，在她第二天回到家时，他表情冷漠，没有说一句话，他的冷暴力像是将她打入了冷宫。她虽然没有回家，但是当夜一个人在酒店里度过。她没有跟丈夫解释，认为一切的解释都没有意义。他们的婚姻走到了尽头。

曾经被激起的逆反心理，一度产生报复丈夫的想法，可是她始终没有迈出背叛婚姻的那一步。婚姻的道德枷锁始终像一个警钟悬挂在她头上，让她做不到心安理得。往后很长时间，他们处于分居状态。婚姻已经名存实亡，她提出了离婚。他唯一的条件就是她不要带走孩子。她答应了。

这是她离婚后的第六个月。她提出跟承礼再次见面，承礼和往常一样拒绝她的要求。她带着失望的眼神，仿佛是个迷失自我的人。承礼见状，便答应了她的要求。之后，承礼与她几乎每天见面。她教会了承礼怎么更好地安定身心，仿佛她是天生的心理疗愈师，能一眼洞察他的所思所想。

一年之后，她因工作需要离开，往后不会再回到这座城市。她离开后，他不再去酒吧。情欲的爱河在她离开后，便慢慢褪去。他以前的情欲带着顾忌，可是跟她在一起后，他内心的枷锁被她解开。他的心不再惴惴不安，也不再像犯错的孩子般惶恐。她为他摘掉了内心深处自我捆绑的铁链。他深深地吸了一口气，再慢慢吐出来。他心田那棵枯萎的杂草，被她拔掉了。他似乎又重新活了过来。

　　承礼再去那座小寺庙，听到清晨敲鼓的声音，内心竟升起无限的清凉。一滴泪从眼中掉落下来，带着淡淡的喜悦和感恩。此刻，他觉得那个四十岁的女人并不可怜，反而有很深的智慧。她将智慧藏在别人看不到的地方，需要别人用一颗不带滤镜的心去看待她，不带任何的评判。浅显的话语中，隐藏着一颗真实的心。承礼相信，有一天她一旦跨进这个门槛，会比多数人尝到更多的无言之喜。他知道，有一天她会这样做。每个人因缘和时间都不一样，她有时会轻蔑地笑他的痴和执。她是快活的，也是自由的。

　　他现在放下对未出生的孩子和前妻的愧疚。而这一段隐蔽的心路历程，他并未再与他人提起。别人看到的完美，只是呈现在外让别人所形成的误解；内心深处的不堪已经被紧紧包裹，不轻易给人看。当然他不是刻意隐瞒，只是需要在合适的因缘中向一个和他心性相合的人去坦诚。只有这时候他才不会觉得这是一种啰唆或者抱怨。对方走进他的角色，仿佛跟他一起走了一遭。承礼说，今晚住的古村落后面有座山，山上的小寺庙就是他提到的地方。快要离开了，他要一一告别。

　　他们聊了很久，直到凌晨两点他们都没有睡意。在他讲完时，爱米没有说太多话，可是承礼觉得她的心已经接纳了他过去的不堪和痛苦。正因为有过去的种种经历，他才是现在的他。

　　爱米跟他说，内心的本性在闪光的同时会指引出最适合他的道路。生命这卷手册不会给出直接的答案，反而会去捉弄人，让人觉得困惑、迷茫，好像犯了很大的过错，这是潜意识所做出的适合自己的选择。这个过程不是别人来决定，而是看自己的心能觉醒到哪一步。如果不去觉醒，生命就会浑浑噩噩。觉醒，需要特殊的手段和途径，不会走到汹涌的人流中，而会走在自己生命的小径上。这是属于一个人的生命修行和朝拜，没有其他人。需要大智慧、大觉醒，就要经受大磨难。如果执意要去走捷径，反而容易落入想去占便宜的圈套。回归本我的真实面目，需要一颗坚定的心。人会迷失，但是那盏心灯会将人照亮。

过了很久，爱米继续说，她自身仍处于情执的困境，还不能真正左右身心。在这一世中，她仍旧在寻找爱，相信爱。为此她吃过情爱的苦，或许只有吃够足够的苦才能放弃这份执念。因缘将她导向何处，她还不清楚，只是这样走着。她在为心寻找一个可以安放的地方，同时也在为身体寻找能落脚安住的地方。或许未来某一天，她会继续漂移，但是将来的事情谁也说不准。她想，不如走一步看一步。这是命运跟她开的玩笑，也是对她的考验。遭受的考验多了，就会想要放弃，就这样沉浮在世间。生命的尽头谁也说不准。在这个快速变化的时代，无常比以往来得更猛烈。从此岸到彼岸，需要经过千锤百炼，每一步都是生命所需要经历的过程。彼岸像一个抽象的符号，在一定程度上有一定的寓意。从此走向彼，彼也走向此。它们都是一体的，此中有彼，彼中有此，无二无别。

承礼在爱米身上既能看到女子的柔美，也能看到男子的承担和坚强。爱米有着极其强大的意志力和耐力，如果不是静静地和她相处，很少有人愿意走近她并了解她。这是她自身所散发出的能量和磁场，给予人抚慰，也容易赢得别人的信任。

承礼对她的爱，是世间最纯净的爱，超越友谊和男女情爱，但是又保持着心意的相通。对于他们来说，这是一份难得的珍惜，带有慈悲。不去占有，便不会失去。这样的爱，见到唯有相惜，分别亦会珍重。

深秋的一天，承礼告诉爱米他要离开 W 城市。他将去北方待一段时间，或许一两年。往后打算按照他曾经所发的愿去实践。

爱米在知道承礼真的离开后，心不自觉有被揪住的感觉。她知道这一天会到来，但是内心深处并不希望它会真实发生。因为情感的崩溃，眼泪大滴大滴地掉落下来。她并不是没有感情的机器，即使知道那么多的道理，可仍旧忍不住流出眼泪。她仿佛是一个孩子，让泪水静静地流淌。她知道他们之间的感情很纯净，就像玻璃般透明。可是她仍旧对他产生精神上的依赖，这种依赖像是孩子在闻着母亲身上的味道般安全。她从来没有遇见过让她如此信赖的一个人，即使没有情感纠缠，没有世俗的杂念，甚至没有任何的利益所求。

她相信内心的直观反馈，这种久久的信赖让她产生莫名的安定。她哭得伤心，从来没有这么失落过，像珍藏已久的物品被拿走。她不知道将来是否还会见面，但心里似乎有了答案。这仿佛是最后一次见面。往后两人即使有交集，也是跨越了时空，不会像现在这样面对面。这是心里的声音告诉她的结果，她虽然接受但现在还不能面对。

他们之间有着心意上的连接，可是今生不能在一起。承礼说，这份因缘很珍贵。爱米似乎没有听到他所说的任何一个字，心底翻滚起波浪，任性而为。她很久没有这样肆意，任情绪流出来。他们之间的爱，已经超脱身体上的局限，不是男女之爱，更多的像是同行路上相互支持的道友。正因为这样，她才留恋。前几日，她的心情一直低落。她想独自消化那份故意克制的情绪，并不想带给人任何负担。她怕太沉重的情感会给别人带去无形的压力和包袱。可是在见到他之后，莫名的失落和惆怅一下子涌上了心头。在他面前，她感觉是安全的，不需要带有任何的心理枷锁。他了解她。她其实在心里想过也说过无数次"我不想让你走"这样的话，可当话到了嘴边，她又硬生生地把它吞咽下去。这样的憋闷让她内心更加痛苦，只能让眼泪大肆流淌出来。他们在人世间的分别是为了下一次更好地再相见。他只能陪伴她走一段路，这是他们这次相遇的因缘。彼此不是为了身体上的占有，而是为了完成双方在各自路上的人生课题。爱米记得承礼跟她说过的话。

　　面对无数的因缘来来回回，选择在什么时候结束自有它的命运驱使。爱米，这是我们所不能左右的。我们所能做的是顺应它的到来，再为它的下次来临做好准备。储存在内心中的愿，有一天会扎根、发芽。我还有别的命运安排，需要做出更加深入精准的优化。我想有一天你会明白，这不是我们之间的逃避，而是勇敢的承担。

　　比起世俗的生活，我更喜欢将自己奉献出去。该经历的我也已经经历过，我的生命快走完半百。面对身边很多年轻生命的突然死去，我愈加感受到生命脆弱。前半生在不停地积累，在后面的人生中，我会为它重新做选择。那些过往在生命中发酵。我会对那些经验知识做出调整，留出结实而又有韧性的那部分作为生命的支撑。我想将自己献给一切需要爱的地方。我并不是一个没有感情的人，可是面对内心的意愿，这是最好的安排。这样的生活，就是我在世间修行的课题。

　　每个人的选择都不一样。有人选择按部就班地恋爱、结婚、生子，这未尝不是好的归宿。如果世间的男女之间都能相爱，就不会有吵架的苦痛，也不会有那么多的怨恨和争吵。

　　在承礼走后的一段日子，爱米心里空落落的，就像没有灵魂的躯壳飘荡在世间，失去了精神上的支撑，行走在路上如同霜打过的茄子。这空荡的心像是有人将里面饱满的灵魂给硬生生地抽走了。她又孤零零地一个人，甚至会盼望余生的岁月走得快一点。她对任何事提不起兴趣，一想到承礼，即使在写东西，心也在隐隐作痛，像有用钝刀割肉。这种难以言说的精神依赖比第一次失去元意时还要令她痛苦。

　　这两种失去的心境完全不一样。失去元意时的痛苦让她似乎没有任何期盼，那种痛的层次在皮肉。那是年轻男女之间相爱的留恋，彼此只盼望安稳度日。可是承礼离开的痛苦，似乎深入骨髓。尽管他们之间并没有任何身体的亲密接触，可是他的离开让她觉得呼吸时都带着痛。她需要时间抚平对他离开的念想。爱米明白他们之间的爱带着洁净，不是世间男女之间占有的爱，却不懂为何在他离开时自己又如此忧伤。

　　承礼说，离开并不是真正的离开，心意的流通会在时空中保存。这份善缘，会在他们之间架起无形的纽带，将彼此深深地连接。他在心中已经发起默默的愿，愿他们这份愿力将来成熟，一起从这烦恼中走出来。他将他一直带着的白玉观音像送给她。他说，这尊小小塑像被他从大洋的彼岸带到此岸。无论他走到哪里，都会把它带在身边。

人在贪恋中容易迷失，因贪会想要更多，以至于忘记了真正的初心。有的人一开始只是为了让家人过上好的生活，可是过上了好的日子又想着浪费、奢侈，甚至为此身败名裂或者背负沉重的债务。丢掉了那颗来时的初心，容易掉进欲望的陷阱，一步一步走入深渊，无法再回头。在贪欲这条路上，有诱惑的同时也会有一个个的坑洞，稍不留神便会粉身碎骨。

他走过了人世间该走的路。不管是从此岸到彼岸，还是从彼岸又回到此岸，他在世间几经浮沉，现在已找到心中的归属地。不在此岸，也不在彼岸。同时在此岸，也在彼岸。这份内心的平静让他觉得很踏实，安然。没有太多牵挂，他相信爱米也在走向自我的路上不会回头。剩下的路，他会按照之前的愿力去做。这是他余生的使命，也是今生要完成的生命课题。没有什么比尊重自我内心的意愿更让人觉得安定，在做的同时其实也是在安心的过程。心有所向，才循着那点点的光亮前行。这是一个人的路途，在完成自我的同时，也是在追溯最初的本真。

九

旧日往事

　　每个人都面临自身的生命课题，爱米对情爱还有一丝执念。她说直到在彻底的欲念中吃够苦才看清它不实的本质。一个人还没有吃过足够的苦是不死心的，或许她在等待某个声音唤醒她。这是她隐隐约约觉察到的，她怕沉沦在情爱中走不出来。她在以身试险，路上布满陷阱。或许对于别人来说这意味着不切实际的幻想，还没迈出去一步就已经怯懦，即使像她一样往前走，或许早已遍体鳞伤，面对未知的困境会早早选择退出。这个问题她想过无数次。她被命运推着走上了这摇摇欲坠的钢丝，下面就是滔滔江水，不得不往前走，根本无法停下来。她不知道这是一种幸运还是不幸。

　　很多道理，在大脑意识层面无比清晰，潜意识里能清醒地深入别人不能深究的地方。她知道的这些在世俗中仍是一片无人烟的静寂之地。在这片无人的境界中，最终是心与心的照面，不需要太多言语，一个眼神和动作便可知对方的心境。这需要不停地打磨掉身上的棱角，将内心的光明显露出来。一旦内心的灯被照亮，便能觉知生命之真实。

有时候望向茫茫的人海，竟然找不到一个可以同行的人。这么多的人擦肩而过，像是平行线。一个人孤独太久，会想听听这大街上的闹腾劲，穿梭在这来来往往的闹市中。路边有摆摊的人，还有各种吆喝声在耳边萦绕。爱米有时在路边摊买水果和蔬菜。她看到一个小女孩放学后静静地坐在摊位上写作业，等着卖菜的母亲回家。

在与这个世界发生重叠时，她走在人潮涌动的街头，挤在塞满人的地铁里。在来来往往的行人中，她看上去不起眼，更不会引起人的关注。这沸腾的世俗生活，像是刚出炉的包子，朴实无华。这烟火气的味道吸引她想要走近。她想一个人时，就将自己关在房间里，仿佛整个世界里只有她自己，外面的世界彻底消失，听不到任何消息。她的手机很少响起，多数时候如果别人不主动跟她交流，她都是独自一个人。没有人牵挂她，她也没有人去想起。

她的心仍需要磨炼，尽管她想终止。在她跳出对生命的考验之前，这样的生活还在继续。她还需要借助外在的生活去打磨，直到克服它，才算结束这样的任务。这是一场人间的游戏和幻影，她知道它的游戏规则，可是并不遵守这无聊的游戏规则。她一直走在这条规则的边缘，并不想彻底融入。这套鬼把戏像是一个圈套，蒙蔽人的眼睛。一旦跨进去半只脚，她就全身不舒服。她向来直来直去，不知道变通圆滑，注定在这场规则中遭到排斥。她与这个世间保持若即若离的关系，不肯往里迈进去，一直游走在这不被人关注的边缘。

爱米喜欢一个人独处，这样能感受到自己的心，也不会耗费太多的心力去处理与外界的关系。如果没有必要，她一直在做着人际关系上的减法，不去刻意维护它。她所能联系的人没有几个，打给母亲和父亲的电话最多，但也不会太频繁，更不用说给别人打电话。

　　仁弘有时会跟她联系，他了解爱米不喜欢与太多人打交道的心性。有时候，他会说想念她。这是多年朋友之间的问候，不掺杂男女之间占有的情感。他有时会说，爱米将来在哪一座城市养老的话，他会搬过去跟她一起，在她周边买一套房子，这样年老时两个人不至于无人说话。这是最朴素、真挚的情感。爱米看着他笑起来，仿佛看到自己年老时的模样。她说，年老的时候想过清净的日子，养花、焚香、礼拜、念经、打坐……日子充实而平静，无人打扰。

　　承礼离开后的一段时间，她又回归到独自的生活。平静中不带有任何波澜，没有任何的挣扎和犹豫。承礼熟悉 W 城市，他离开之前帮爱米选址，帮她在小巷子里开了一家花店。店面正好符合她的预期，面积刚刚好。她辞去工作之后的一个月内，每天都在装修花店。原来的旧屋，长期无人居住也没有人使用。墙角处因为南方潮湿的空气，早已生出黑青相交的霉斑。墙皮大块大块地脱落，掉在地上，沿着墙边堆起四五厘米的样子。

　　她重新设计图纸，把需要重新改造的地方都提前和屋主协商好。她请施工人员按照她的规划重新装修。不到两个月，装修完成，里面焕然一新，不再有昔日的苟延残喘。除了两个小屋子作为洗手间和休息间，她将整个屋子打通，然后按照之前的设计安放家具。之前和承礼逛旧货市场时，她看到一张书桌。灰棕的色调和纹理的质感让她的心一下子变得平静，仿佛心意上与她有种无形的连通。她想这个作为书桌最合适，让她的心回到自己身上。有些家具有种塑料感，仿佛是在一点一点吸人身上的能量。在这样的家具中待久了，自身的磁场容易变得不稳定。

她让卖家搬出这张书桌给她看。他说，她有一双慧眼，这是黑胡桃木桌。有的人看中了它，却嫌它贵。一名男士将它卖了，搬到别的国家。桌子在他的别墅里很少被用过，他几乎不去那里生活。他后来将所有家具卖掉，顺便将房子也卖掉。虽然是二手家具，可是这张黑胡桃木桌新得很。她能感受到它所散发的气息，带着沉静的平稳。对于别的不在乎，可是对于书架和书桌却很在意，爱米喜欢在实木桌前的感觉，在她看书或设计图纸的日子，她需要内心的安抚。她无法忍受在乱糟糟的桌子前将身心舒展开，有时为了保持内心的安稳，她需要在桌前点燃一支檀香，让身心慢慢合为一体。

她不想再去拼命，而是做一个生活在世间的旁观者。静静地看着这世间的浮沉，她是这艘船上的乘客。在船上谁也不认识谁，下船了更是各奔东西。浮沉的船仍旧在这看不到尽头的汪洋大海里飘荡，没有掌舵者，任凭船飘来飘去。靠岸的时候，只有觉知这船是危险的智者才毫无留恋地离开这艘船，走在生命觉醒的道路上。她在这船上还不能掌控自己的命运，因为她的船仍旧在漂荡。因缘不成熟，她还是漂浮在这无边的大海中，找不到此岸，也找不到彼岸。彼岸又何尝不是此岸呢？

爱米在生活中吃穿住都简单，不买奢侈品，尽量过素朴的生活。寻找了很久的木桌，尽管不是新的，也算圆了她心中的愿望。她能闻到它散发出的原始木质香，仿佛它蕴藏了原始森林的能量，既有枯叶散发出的掺杂泥土的生命逝去气息，也有朝露沾湿了枝芽的绿色清新。那种吸收自然力量的沉重味道，让她的心在一点点趋向静谧。她将木桌放在花店里，像把她的心暂时存放在这里。这是属于她的世界，同时也帮她与外界产生了一定的连接。这小小的媒介，让她的生活不用再加班修改图纸。累了便早些关门，回到属于她一个人的世界里，不再关心外界的嘈杂。

她稍微得以喘口气，不再着急为生活奔波。这是她用无数个加班的日子，用紧张而又忙碌的工作换来的一丝喘息。身体中有瘀堵的地方，让她颈椎还有肩膀处于压迫而又酸胀的状态。最近一年多的时间，她发现头发中多了些白发，面庞却仍旧是一个刚毕业的学生脸。这不经意间飘出来的白发让眼神多了一丝岁月感。不过，第一次见到她的人都觉得她比实际年龄小十岁。眼神温柔，充满善意，带着淡淡的疏离。爱米心性柔和，坚定而又充满结实的能量。她很少去依赖别人，有时还会像一个初出茅庐的牛犊般莽撞，不知道别人早已布下的陷阱和圈套，即使撞到头破血流仍旧不会低下头去迎合别人。在她坚实的心性中，如果和对方走得不是同一条路，她会毫不犹豫走在适合自己的路上。任凭别人怎么踩踏，她都不会报复，只是默默远离。

这个世界中真少，假多。可是这些不能阻碍她始终保持心中的真，不能因为外界而去改变自己。她的真不够圆滑，以至于不擅长处理世俗中复杂的人际关系。世俗的关系需要高超而又巧妙的演技，而她在这方面自始至终都没有学会，并且也不愿意花心思去学这套世间的规则，她觉得以诚相待便好，不需要伪装，更不需要用巧妙的手段去留人。和她关系走得近而又相交很多年的人寥寥无几，这都是了解她并且愿意走进她世界的人。这样的人不会随着岁月的流逝而消失，反而越发历久弥坚，像是酝酿多年的酒般醇厚。即使很多年不见面，依然会选择彼此相信。

承礼帮她选择的店址她很满意，位于一条古老的巷子里。店面前的青石板路有三四百年的历史，路的东面通往一座小寺庙。那是老城区的古老寺庙，至今保留着它最初的建筑，一座高高的佛塔俯瞰这座雅致而又充满文化底蕴的城市。这座历史久远的城市，一直保持着上千年来的旧城格局。在路的西面两千米处有个高校，这是当地最好的大学。她喜欢在这样古老而又充满文化气息的地方，她喜欢宗教学的内容，同时又喜欢哲学领域的老庄。不管她走到哪里，一直带着她喜欢的与庄子相关的典籍。爱米喜欢将书带在身边。这种心与书中内容的连接，让她可以跨越时空和书的作者产生精神上的交流，这是对精神的滋养，也能让身心的能量在无形中得到补充。如果一段时间没有读书，精神会像失去土壤的花朵，渐渐枯萎。

花店的装修也按照她的喜好去设计，保持精简的风格，不会有烦琐的装饰，尽量变成一个让人能够安定又欣赏美的地方。一天中的很多时间，她都会待在花店。前期的准备工作很辛苦，在忙碌中尽量抽出时间做她喜欢的事情。她不喜欢生活被工作一直带着跑。有时候在她忙碌一天精疲力竭时，她会躺在花店的沙发上睡着。醒来时已到凌晨，没有了回去的地铁，她干脆在店里盖着毯子将就一晚。

承礼有时会陪着她，忙到很晚再开车送她回家。她感激他的出现，如果没有他陪着，很多事情会变得棘手。他说，这是他们之间的因缘，见到她，他才觉得世间值得来一遭。他在内心积累的往事像是在被疏通好的水渠中缓缓流淌。这份善缘，值得用心去对待。世间的情感，可以超过彼此的束缚，也不需要占有，便可以永远保存，寄存在时空里。那份无形的心念在没有尽头的时空里得到延续，不管过去多少时间，经历多少轮回，一旦相遇便会再次相知。

承礼的离开让她用了很长一段时间去适应。缘分的聚合和分离都有它自身的轨迹，人并不是一台冰冷的机器，无法提前设置好程序去应对悲欢离合。她还做不到情感上的如如不动，虽然在极力地克制那种情感，但那种波动的情绪仍在一点点吞噬最后的精神支撑，等待着轰然倒塌。这艘看不到岸边的航船，行驶在它的命运轨道上，看不到未来的方向，只能顺着风往前走。

以前她会做规划，但多数时候都事与愿违。在去往北方的路上，命运却偏偏指着她往南走。她拗不过这股命运的安排，似乎在冥冥中引导她做出某种选择。如果她原来的规划有问题，命运在无形中会帮她做出调整，尽管大部分时间她处在与命运的拉扯中。她放弃对生命的无形抵抗，打算顺从命运的随机安排。她不知道命运在未来将她带往何方，但爱米听从它的召唤。这种隐隐约约的声音，似有似无，她不知道来自哪里。

大部分时间独自一个人，仿佛是被社会遗弃的一个人。她习惯于这种独处，也习惯了身边的人来来去去。她自己又何尝不是别人身边的匆匆路人呢？自己亦是处在这艘命运的大船上。世间的船到了一个地方，很多人便分道扬镳，一别两散，各自天涯，不再有彼此的消息。她不喜欢做出选择，可是每次都被逼着做出选择，在做选择的过程中因为情绪的消耗分散很多心力。在摇摆中，其实内心已有了答案，但是不自觉仍会有对未来不确定的担心。

九

旧日往事

　　她知道这种担心是没有必要的，更是耗费她的气血。但是在自身挣扎的同时，像是陷入巨大的泥沼。在下决心之前会犹豫，但是一旦下定决心便会义无反顾。自身的情绪缠缚，有时让她身心疲惫。尤其在年轻时，没有太多生活阅历的她，莽撞、不曾畏惧，可是那种莫名袭来的情绪像是一张无形的网，将她紧紧捆绑，让她动弹不得。她需要花些时间和精力去平复这没有缘由的情绪困扰，她不想将自己假设为一个完美的人。在年岁增长的同时，她也会为自己的情绪做着相应的减法。不稳固的心态，虽然也会出现，但喜怒哀乐的神色尽量克制在心底，不再轻易示人。大部分时间她不会将翻滚的情绪带给别人，这是成长所带来的磨炼。坚持自我的心从未被丢弃。任凭别人说得天花乱坠，她不为所动，依旧特立独行。后来她想，这不是她的固执，而是对内心所闪耀着的光芒的坚持和守护。

　　爱米安守自己的小天地，不争不抢，尽力做好分内事，从不抱怨。如果身体透支了无力再去支撑，便是到了该离开的时候。她并不擅长与人打交道，与人相处久了，便无形中引来有些暗暗与她较劲的人。自从大学毕业之后，她习惯于独自居住，不再和外人产生深入的交流，不必顾及别人的情绪，也不需要参与别人的八卦以拉近与人的距离。她自身亦不喜欢卷入是非，并与八卦、是非保持适当的距离。因此，她经常被排挤出那些因八卦而形成的小团体。也因她自身的上进，再加上她文章写得好，爱米往往会引来别人的嫉妒和诋毁。即使这样，她仍不去理会。那些不管是正面的还是背后的阴阳怪气还有流言蜚语，都不会改变她。

　　那种暗暗的敌视或明显的恶语，在当时的她看来像是一支支箭直接冲她射来。哪怕爱米做自己的事没有伤害别人，别人依旧觉得不痛快，对她变本加厉地诋毁，故意让她过得不舒服。

她不想迎合人，不愿意曲意逢迎，也不想将她放置于那些八卦谣言。周围人恶语相向的言语和眼神及动作，对于爱米来说就像是一场噩梦。从梦中忽然醒来，深深的悲凉感包裹在周身。如果不喜欢她，甚至讨厌她，不去跟她交往便罢，不应肆意去伤害她，尤其不应对她有行为和言语上的攻击。

之前她会站在对方的角度思考，可并不是每个人都有她的边界感，都有她的同理心和心中的善。一旦人的内心嫉妒生起，便会去恶意将另一个人毁灭。那些故意诋毁她的人似乎无事可做，专门找出爱米的缺点还有不如意作为快乐和平复内心嫉妒的支撑点。她的无意之举，会被人恶意放大。即便如此，她始终保持沉默，不会反击甚至一句话的解释都不曾有过。

曾经的恋人只会忙于他的学业，对她内心的需求没有耐心。他一心想要名利，这是他快乐的来源也是证明自己价值的根本。他看不到她的心，也看不到她内心的所思所想，认为她学文科的价值不高。爱米对爱的需求只会耽误他学习和上进。他专门扑在学习上，把全部心思用在追求功名利禄上。爱米对他没有太多的帮助。有时候听爱米说她的忧伤，他只会觉得这是矫情，在做没有价值和意义的无病呻吟。很快他说忙于学习，挂掉电话。他的目标是要到更高的学校深造。爱米不再主动跟他提生活中烦心的事，也不再去主动联系他。更多的是他有时间才打电话。这一个电话有时需要爱米等上半个月，有时需要她等上近一个月。她知道他们在逐渐告别，只是时间早晚罢了。这段感情的维系也在耗费她的气血，让她变得更忧郁，也变得更沉默。有时，她会独自一个人哭泣，甚至不知道到底在哭什么。

那些盯着她的人，这时发出更加肆无忌惮的笑声。爱米默默地擦干眼泪，走到郊外。只有在这里，她才觉得自己是自由的。别人的狂欢是一场麻痹的宴会，她的失落像是自然中飘落的秋叶。无数这样的日子交织在一起，她独自承受。她和曾经恋人的感情气若游丝，经不起任何风吹草动。面对她，他会敷衍甚至渴望她主动提分手，以减少他的内疚感。在他们毕业之后，他更多的是以忙为借口拒绝跟她见面。这段感情已到了形如枯木的阶段。彼此的心里很清楚，感情早已画上了句号，却没有人第一个提出来。

爱米在绝望中等待着最后的审判，对这段感情没有丝毫的幻想。她在想他会以什么样的借口来结束他们之间多年的维系。他急切地想在世间取得成就和价值，而价值就是他一直算计的权衡利弊。在他正式提出分手之前，他曾经将过错都指向爱米。他以通知的形式告诉爱米他们之间的关系不再维系，这是对双方都好的解脱。他终于松了一口气，似乎急切地想要甩掉她这个包袱。在他看来，她对他产生不了任何的价值。爱米冷冷地看着他的消息，呼了一口气，果断删除。她不小心打电话过去，发现对方已将她拉黑。他怕她的纠缠，可是现在的她早就不是以前的她。如果说以前，她对他仍有爱和留恋，现在的她只会觉得这是一种极大的讽刺和嘲笑。他终于将她这个烫手山芋甩掉，可以光明正大地在世间追求对他有帮助并且他崇拜的女子。爱米毫不犹豫地将他从通讯录里删除。爱情，会让人执，同时也让她看到了人心变化的速度如此迅猛。一阵悲凉的气息从心底涌现。

尽管如此，她仍旧相信爱。她所遭受的一切并不会让她丧失她对爱的信念。爱是这个世界上最有力量的能量，对此她一直深信不疑。不管别人怎么对待她，她都不会因为所遭遇的一切而去熄灭内心的光芒还有爱。这是她生命的源泉，已经变成她自身的信仰。如果没有这些的存在，生命便如同行尸走肉，失去了它最有活力也最有灵魂的部分。爱的力量，能将其所生发的一切都赋予真善美的意义。一个爱字，可以涵盖很多的内容。爱，没有文字的界限，也没有时空的限制，它甚至是人内心最基本的需求。失去了爱，生命的底色是冰凉且冷漠的，所进行的创造便像流水线上的机器在例行公事。失去了爱，便失去了欣赏和体验真善美的情感。

　　即使面对别人的无数恶意揣测与肆意诋毁，以及恋人的不理解甚至指责，她都一个人独自消化。那些艰难的日子她都一一挺过来，对于她来说，生命最糟糕的阶段也不过如此。那几年的生活一点一点让她重新塑造，像是被烧得通红的铁块一点一点被锻造。令她意外的是，自己内心的承受力比她想象的还要强大。她从泥淖中，挣扎着跳脱出来，几次差点在这生命的泥潭中窒息，有几次以为不会再挺过来，但每次走出来都比之前变得更有韧性。强大这个词对她来说，一旦过头了就会折断，不如说她心中的弹性和韧劲在遭遇外界高强度力量的突然撞击时，给予了她缓冲的余地。更多时候，她并不去理会那些流言蜚语。可是对于一个孤军奋战的人来说，再孤勇的人也会有累的一天。身心俱疲无人倾诉，形同虚设的恋人就像是个摆设。

　　他存在于文字中，偶尔活在电话中，多数是一个与她失去内心连接的人。他不愿意看到她的心，她便对他封闭，似乎他们是两个世界的人，因为缘分让他们在某个时间点强行融合在一起。在不同的城市，这种见面的摩擦似乎很少，因为爱米多数时候站在他的角度考虑事情。他有着傲慢又不可一世的一面。在他看来，只有那些逻辑且有秩序的理性内容才是有创造价值的，而感性且有情怀的人文内容不过是文人的无病呻吟。他认为不需要花太多精力和时间学习的感性文字创造不了什么价值，但逻辑的、秩序的、有规律的数学能让人变得更加聪明。她往往在很多时候保持沉默，不去辩驳。裂痕已经出现，那种想要创造价值的傲慢变得肆无忌惮，对于她所学习的内容投来不屑。他们在相处的过程中越走越远，像两个原来不在同一条路上的人在十字路口相交，却不是和谐地相容。擦肩而过，又继续沿着各自的轨迹越行越远。

他看不到她，可是唯有她看到他。她给予他的包容一点一点被消磨掉，再热的心遇到冷漠的心也会变凉。她有时跳出他们之间的关系，以第三方的视角去看待这段荒谬的男女情感。当她从这场局中挣脱出来，内心极其平静，像是一汪看不到底的湖水，凛冽、清澈。在他表示出不耐烦的同时，她的心也在一点点地收回。她已看到他们的结局。曾经的承诺像是意气用事。她放彼此一条生路。他以前会问，如果有一天他离开了，她会怎么办？这样试探的话经过无数次累积，像滔天的洪水瓦解了她内心的防线。这长久的预谋早就存在，只是她以前很少能够察觉。她反应过来时，早已在他的陷阱中迷失了很久。她不会再去纠缠，放他走是对自己最大的救赎。

内心的孤寂仍旧由她一个人承担。尽管她在心中早就承认了这个事实，也在很久之前想到了这样的结果，但她又想到读书期间的种种遭遇，所有的情绪像是决堤的洪水，将内心的堤坝一下子冲毁。这个静谧的校园，竟然没有一处地方可以发泄她的情绪。

　　胸口像是被压了块巨石，让她的身体和大脑变得很沉重，她便坐地铁去了远处的山上。沿着路一直往前走，深秋的空气中泛着泥土还有植物成熟的味道。红色浆果熟透，渐渐染黄的树叶。冷寂的空气中带着安抚人的气息，这股外在的无形能量让她的心渐渐放松，再慢慢渗入她的心里，让她觉得很安定。即使在这灰暗的天气中，那种暗暗从这山上生发出的磁场仿佛在给予她身心的抚慰。

　　去山上的路上，有野生的柿子树。小小的柿子挂满了枝头，偶尔几只鸟雀飞来啄食几口便快速飞去。银杏树叶慢慢地由幽绿变成杏黄色，已经干枯的枝叶呈现枯棕色。她尽情地呼吸着山里的空气，瘀堵的内心似乎有了喘息的机会。她觉得这里的磁场给予她安心，紧绷的身体在这里毫无顾忌地放松下来，像是久违大海的鱼儿又回到了大海里。这里的磁场能承接她的心意，让她整日被敌意围攻的内心在此时此地没有了戒备，周围的磁场在透过这山上的一草一木一石，还有那静谧而让人清寂的空气给人以疗愈。在上山的一处石阶处，她坐下来，静静地感受这周围气息对她的包裹。她被这看不到的磁场所包围，竟有一种莫名的感动涌上心头，眼泪情不自禁地流淌出来。她知道，这是自然与她的连接。她的心稳固而又流淌着莫名的感动。那种电流般的磁场从头到脚底，让她变得平静起来，心也不似之前如惊弓之鸟。

　　她来到这个城市读书之前，没有碰到过这么复杂的人际关系。她的心对外人是开放的，全然相信着她认识的人。周围的人对她有爱，包容着她的情绪和小脾气，有时候会觉得她的小性子在肆意中带着可爱。别人对她的接纳带着真诚和善待。可是在这里，她即使隐忍克制，迎来的却是别人刻薄的对待、刻意的敌对。这里面掺杂着别人不能说出口的嫉妒心理。别人用看不惯或者不喜欢她等借口去搪塞，甚至故意扭曲事实，倒打一耙。她不擅长口头表达，也不善于去解释。

她的那些子虚乌有的事情，一旦经过一个人的口，只会被越描越黑，甚至没有发生的事也会被曲解。别人只愿意相信自己听到的内容，从不加以辩证。她百口难辩，因为身边的人大多是站在她的对立面。别人嘲笑她写的文字矫情、故弄玄虚，带着脱离生活般的不切实际。这种种的言论想瓦解她内心的防线，让她妥协。坚持自我的结果就是远离那些诋毁她的小团体。她一意孤行，走在自己的路上。她知道这样的坚持需要抵抗外界对她的恶意揣测，她尽全力去守护不曾动摇的心念。

她并不害怕，也不是懦弱。爱米觉得精力用在去反击的路上没有意义，只会浪费她宝贵的时间和精力。幸亏这段日子，她没有白白浪费掉。她将多数的时间用在阅读她喜欢的文学、哲学书籍上。有时候会带着画夹、纸还有画笔去野外写生。她的日子过得忙碌而又充实，尽管感情像摆设，她也没有将太多心思放在元意身上。前期精力的消耗让她疲惫不堪，后期的喘息只不过是让这稀薄的感情苟延残喘的时间久一点罢了。她等待着这个结果，不知道他会向她说什么，找出怎样的借口来摆脱她。她想看到他的敷衍到了何种程度，顺便也可以看出他对功名的渴望又有多么强烈。

他像是一个偷换概念的人，把所有矛头指向爱米。她静静地看着他的强力表演并找出无数的借口和措辞。他在表演的这条路上越来越投入，离真实的本性越来越远。在这一刻，爱米才看清他们之间未曾有过真正情感上的交集，他们本来就是两个世界的人，两个完全陌生的人强行被黏合。他走向了与她完全相反的方向，越走越远。那种颠倒黑白的权衡利弊，只是他的伎俩。在他试图去指责的那一刻起，爱米觉得她所面对的是一个完全陌生的灵魂，原来她不曾真正认识过他。

他一直戴着面具在伪装，或许他现在的指责也是在伪装，减轻他内心伪装的愧疚，他甚至没有愧疚，只有眼中的利益。在这一刹那，她有一种时空的错乱感。她在想自己是怎么认识的元意，是他变了还是他在表演虚幻不实的人。她不知道该怎么分辨，这样的价值观给了她巨大的冲击和撕裂感。在整个世界中所建构的观念一下子崩塌，精神支撑好像一下子被抽离。

爱米没有说话，静静地看着眼前的人在表演。她没有任何留恋，心也随即封闭了。他最后说了什么，爱米一句话都没有听进去。她陷入自己的世界中在想，眼前这个人到底是一个真实的存在还是一个被设定程序的机器人，为何他能自由切换，像是天生的演员，就像她面对的那些对她有恶意的人。这种种的遭遇让她重新审视人与人之间的差距竟如此之大。她的天真烂漫在此时完全被掩埋到心底，纯真的孩子气被迫收起来。只有对她真正有爱有包容的人，才能珍视她心中的那份孩子气和单纯。

她一下子被动成长起来。以前的生活会夹杂着伤感还有真诚的孩子气，在面对他的颠倒黑白时，她的心彻底收紧。爱米曾经想过他们之间可以好聚好散，带着各自的祝福从此一别两宽。她突然感觉自己对眼前的人从不曾了解。他可以去追求想要的价值还有名利，既然道不同，便分别。让她觉得孤寒的是，他却为了减轻内心的自责将过错全部推给爱米。爱米没有解释，在辩解面前她的话是苍白的，既然已知道他的心意，便不再有一丝的挽留。如果说以前还有爱意，此时的她在心中酝酿的是道不透的悲凉。

他说先冷静几个月，让他们重新审视这段关系。爱米没有说话，她知道冷静便意味着彻底的结束。一周之后，他告诉爱米一切结束。她单方面收到消息，不曾回复一个字。这段关系彻底结束。她清醒地认识到，人在利益面前可以不辨是非，也可以不用尊重内心深处真实的意愿。对于他来说，有价值的物质世界才是最重要的。可是一旦得到，他为何偏偏又懊悔曾经的选择。之后的他说过，他目前所得到的一切都为曾经的选择付出了代价。

爱米所做出的一切都是从内心的真实意愿出发，不会做出违背内心声音的事情。这种真实渴望，更不会建立在以别人为痛苦基础之上的。她尊重别人的选择，让每个人成为他们自己，而不是别人。这个成为自己的基础便是在爱的基础之上的。如果失去了爱，做出的选择可能会以损害别人来成全自己，即使有再多的物质财富也会失去它的生命根基。

离开元意之后，她不会因为他的离开而改变。对这样的男女关系，多年之后她又重新审视了一遍，带着不经意却又严肃的神情。当时的分别是唯一的途径，也是最合适甚至可以说是最正确的选择。否则，她为了留住他甚至会做出某种妥协还有让步。他是不曾为了利益和价值而去改变的，他是家庭关系的享用者，而不是付出者。她对他没有任何恨意，可他就像一个铁链将她套牢，动弹不得。爱米慢慢平复涌动的情绪，头脑异常清醒地认识到这是庆幸的劫后余生。对于没有爱的人来说，爱情是一件廉价品。

她觉得自己又重新活过来一般。一个人独处，比两个人纠缠来得自由。身体出现让她感到窒息的反应，使她异常清晰地认识到曾经那段关系的糟糕。这种回忆还没来得及细细分析，像海水倒灌般直接撞向她的身体，而身体在意识之前便做出了应激反应，身体对外界的反馈比思考来得更有说服力。大脑具有诡辩性，也是一个狡猾的辩论者，为外在的存在寻找各种理由，即使这个理由是荒唐的。可是身体是忠于灵魂的，它不会找任何的理由，只会如实地将外在的信息做出相应的反馈。身体不做任何的辩解，像是一面镜子，直接映照出对方的真实意愿。哪怕对方伪装得再严密，身体也会做出相应的信息回馈。

　　这种种的细节，只因大脑意识太过强烈，像是一个诡辩者在为他做出辩护。在当时还没有体会出来的，反而在多年之后一下子涌现，像是退潮过后的沙滩，留在岸上的一览无余。那些残存的记忆像是在做着一定程度上的优化处理，提醒她要不要继续保存下去，先是给她内心猛烈的一击，仿佛要给她的思想和内心做一次彻底的清洗。她深深地吸了一口气，再慢慢吐出。从山中回来后，感觉身体有些疲惫，她躺在沙发上，等待夜幕慢慢降临。她躺在黑夜里，似乎在等待黑夜宣判最后的结果。

　　半个小时之后，爱米拿出之前买的艾条。一股浓郁的艾香从盒子里飘出来，这种天然的植物香带着厚实的阳光凝结后的味道。她用打火机点燃艾条，随着那股温热气息所散发出的烟雾弥漫在周边，她不自觉被温暖的气息所包围。静谧而又不刺鼻的艾条，一点一点燃烧。她用手轻轻晃动艾条，将白玉灰色的艾灰弹在一个象牙白的烟灰缸里。她将艾条放在膻中穴的上方，使一股暖流萦绕在穴位的周边。她灸了大约二十分钟，直到穴位的周边也变得红润起来，因为这植物集合了宇宙间的天地气息、阳光、雨露、四季的风，还有那月光、星辰的光芒。

她被这种温热所触动，灸完后，将窗帘拉开，打开窗户，一股深秋冷寂的气息随之扑面而来。通风之后，再将窗户关闭。屋内仍旧残留着一股温热的艾香。在这样的气氛中，体内的暖意在四散流动。晚上她睡得很沉稳。她睡眠质量不是很好，经常在半夜两三点莫名醒来。她学习过一点中医，也看过一部分介绍草药的内容及一些对穴位的介绍，慢慢地她开始学会给自己拿药，试吃过几次自己开的药，同时也会用艾条做着相关的治疗。她这部分气血的亏损，一部分是因为情绪上的消耗，一部分是因为工作上过分透支的精力，还有一部分是因为内心的郁结。

很多问题向她涌来，让本就纤细的她更加难以应付。她看上去还算健康，看不出身心存在的问题，这是因为她在用信念强力支撑。如果信念没了，心中的光芒会熄灭，也就意味着生命失去它的源泉。这种心力一直在支撑她走下去。尽管她不知道将来的路到底如何，不管面对怎样的选择，她都要义无反顾地往前走下去。

在山上，她感觉这千百年来的气场流动很强烈，她从来没有这么强烈的冲击感。这种冲击由轻柔的磁场所产生，仿佛一草一木都在散发柔和的气息。在这座城市的一边，她感受到的是人的心如同刀剑般锋利，比山上的荆棘还要扎人。而在这座山上，她却感受到草木还有山的温柔。这方磁场她寻找了很久，终于在这里找到。

爱米喜欢这里的环境。山上有野生的柿子树，叶子已全部掉光。橘红色的柿子鲜艳、透亮，有的在树枝上熟透，从树上掉落。

这野生的小柿子，玲珑剔透。似乎不与人接触才是她的生活常态。她说任何一句话都会迎来挑剔，不管别人是无意的还是恶意的，可这种言论偏偏故意让她听到。尽管世界存在着多种可能性，但是并不代表她要兼顾所有人的想法和喜好，尤其是这种带有个人主观意识的思想，她觉得没有必要迎合所有人。

她一直坚定地走在她的路上，不为任何人停留。或许她的这种坚定的心力，亦会引起别人的嫉恨。这种坚定的洒脱需要勇气。对别人的尊重是一个人的教养，而不是懦弱。她没有心思去维系那种一碰就断的情感连接。这里面没有情感，有的只不过是一个小团体胁迫一个不愿意加入里面的人也嫉妒。这个个体有强大的自我意志力和个人主见，却又不将这个小团体放在眼里。别人明里暗里使用的小伎俩，在爱米看来都是一种自我损耗的游戏罢了。她又为何将时间和精力浪费在与人周旋上。

她文章写得好，在报刊上都发表过。一开始她会分享给身边的人，可是一个月之后，她明显感觉到周围人的敌意和冷漠，仿佛她做了不可原谅的事。往后各种诋毁和谣言传遍身边每一个认识她的人身上，即使她从来没有做过的事，也会捕风捉影、无中生有。那种暗暗的较真总是将她推向舆论的制高点。保持中立者也在看着她的闹剧，看她到底能坚持多久。在别人建立的几个小团体中，即使彼此连接没有那么紧密，但只要一谈到爱米，就变得异常激动和兴奋，似乎找出她的瑕疵才是最重要的事情。她身上的问题，可以引起别人的哄堂大笑，甚至以此为乐。

在这不同的小团体间，流传着关于她的各种编排。有的会说她来自一个贫困的家庭中，家里需要她去接济。这时听的人更是肆无忌惮，说她虚荣，生在这么穷苦的家庭里还买材质优良的衣服，似乎只有向她投去仇视的神情才能抚慰这几个小团体的无形嫉妒情绪。有的人说她的性格有问题，因为她不愿意融入拉帮结派的小团体。有的人说她是一个虚伪的人，善良中透着伪善……各个小团体之间聊起她时都会变得异常兴奋，赶紧竖起耳朵听她的各种故事。而在何时何地发生的这些事情连爱米都不曾知道，她不明白别人是怎么编造出来的，为什么在这些人中间却能传得有模有样，好像真的发生过一样。

一开始，她会在意各种谣言。那时候经常独自默默地流泪，在那些至暗的日子里，她往前走的每一步都会变得异常艰难。她的心在隐忍中变得有韧性。这种坚韧的性质像极了她的性格，所以在独自承受的过程中不去抱怨，不去争抢，甚至不为自己说一句话。那些愿意了解她的人会知道她的心意。她不知道这样的日子何时是尽头。

一次，她躺在床上默默地流了很久的眼泪。不知过了多久，外面喧嚣的声音和肆意的哄笑消失，一片寂静。她慢慢睡着了，在梦中，她来到一个花园。树上开着大朵大朵的粉色、紫红色的花朵，那是一种她从未见过的花。她慢慢地沿着花园往前走，路边有一排排开满花的树，在树的躯干上同样开满了花。她徜徉在这样平和宁静的环境中，一切都那么优雅、整洁、有序，仿佛在仙境中。在树的尽头是辽阔的大海，海水澄澈，沙滩细腻，树下是大片的绿油油的草地。这样的世界让她觉得安然、自在。她慢慢地往前走，走到海水边停止。海水轻轻地拂过她的脚面，温润而又暖和。一大朵粉色的花落在她的手上，花是如此轻柔，带着她从未闻过的清新气息。她吸入肺部的那一刹那，似乎所有郁结的情绪都立马消失。她往回走，看到一个慈祥的老爷爷。他的胡子很长，笑着向她走来。他有仙风道骨的气质，像是一个修道的人。她好奇地问他是谁，他笑着看了看爱米，然后跟她说了很多话。

　　你有甚深的智慧。你在世间中遭遇的一切，都是来磨炼、锻造你的心性。你不要被这外在的一切困扰。因为你一直在明处，对于暗处的人和物，你无处躲藏。这是你内心光明的原因。不过，这些人却也奈何不了你，只想让你苦恼或者不开心，以平衡隐蔽的嫉妒心。

　　在你人生刚开始的二十几年，你的因缘是让你看到世间中善待你的人，这样来维持你内心本就存在的善。你需要像海绵般去吸收那些丰富你心性和智慧的知识，你要从中得到淬炼，将很多零碎的知识都变成你自己的营养。那些没有用的东西，会在你的潜意识中得到过滤。你所要做的就是不停地去吸收，然后把它们变成自己的东西。有了稳固的种子之后，你还需要经过磨炼。你现在正处于这种磨炼阶段，你要锻造你的内心，这样才不容易一遇到挫折就会折断。对于那些自身之外的人，你不需要为此烦恼。这些烦恼正是在检验你所学习的内容，包括那些甚深的智慧。只有这样，你所学习的内容才不会像是花架子，只中看不中用。外人种下的因，你不必去理会。

　　你已经走在适合你的路上，你所能做的便是坚持心中所想。你心思沉重，心绪会扰乱你。正因为你经历了很多的磨炼，你的心智已经被扰乱，你的心念也已变得没有秩序，像是一团乱麻。你需要做出适当的清理，不要为将来的事情而担忧。未来的种种，提前知道对于你来说并不见得是一件很好的事。计划不如变化快，规划太多并不适合你。但是要坚持内心所想，走一步看一步。你投石问路的过程，其实是对你的考验。

忧伤的心于事无补，过分的担心会分散你的精力，该有的因缘还会来。

那我现在该怎么办？

我已经把我该说的都告诉了你。你能做的就是问你自己。你来人间走一遭，不要白白浪费。

他说完后，消失了。她四处寻找他的踪迹，却只剩下她一个人在海边。海水开始涨潮，她开始闻到一股海水的咸腥味。海水渐渐上涨，她想从海水的蔓延中逃出去，却猛地醒来。无数次梦见大海，或许她与大海的连接或许不只是在今世。醒来后，老人的声音始终萦绕在耳边。她看了看时间是早上六点钟。一个很神奇而又让人警醒的梦。她相信坚守自己的心念是对的。这种种的考验就像是用自身做检验，让自己经受磨炼。

她早早地起床，坐在书桌前将这个梦记在了笔记本上。每天晚上睡觉前，她都会读一遍。直到她将里面的内容深深地印在脑海里，她才将它烧掉。在回家时，她将信的灰烬埋在自己养的兰花里。她在为它松土的同时，也将这带有力量的文字埋在泥土里，这是最合适的处理方式。这样的文字对于她来说是一种滋养，也带有很深刻的精神抚慰。她默默地看着生长的兰花，这股外在的清冷气质是爱米所喜爱的。

山上虽然有些清冷，她却感到了一种毛茸茸般的细腻磁场，似乎整个山体都带着一层无形亮光。这种看不到的古老磁场是由历代人的善意心念凝结而成。她站起来继续往前走，等快要走到山上时，她看到不远处有一个小的寺庙。她回头看山的远处，有一大片一大片被收割完的农田，只剩下一片片枯黄。一些水稻还没有完全熟透，过不了几天就要被收割。

在通往山顶的路上，蓝色的大朵绣球花开在路边，有的叶子开始干枯。红红的高粱泡挂在枝头，这种红色的野生果子酸酸的，不易储存，常被用来制作高粱泡果酱或者果酒。这座城市几乎被山包围。她喜欢当地的山，如果离开了便会想念它。她沿着石阶路继续往上走，看到寺门口立着一块很大的石碑。这块古老的石碑已经存在了近千年，建于宋代。这座石碑经过岁月的侵蚀，字迹不再清晰，爱米只能隐隐约约地看到石碑上的文字。很多的信息在岁月的冲刷中已消失，需要懂得的人对上面的内容和故事进行解读。这种古老的痕迹让她觉得有了厚重的美。

山上的气温有些低，空气中夹杂着干燥的松脂香，像是从远古时代飘来。草丛中开着小野菊，在风中颤巍巍地晃动，带着秋日的味道。在她起身刚要挪动一步往前走时，大脑突然一片空白，仿佛时间在她身上按下了暂停键。她停下来，闭上眼睛让大脑恢复清醒，只是去感受这山中的一草一木，尤其是她身边的野菊花。这小野菊的气息让她愈加冷静，爱米喜欢这种味道。

见风渐渐变大，爱米准备下山了。从地铁站出来已是傍晚，她前面不远处有两位老人手挽着手走路。没多久，一股凉风吹来。老先生停下来从包里拿出围巾给老太太围上，这个不经意的动作被爱米看到眼里。老先生是有心人，爱就在他身上。爱米不知道他们过往的经历，但是她知道，他们是相爱的。老先生有一颗爱人的心。

回到城市里的万家灯火，爱米觉得内心安定。她的心里不自觉也燃起了一盏心灯，这盏灯一旦点燃，便不再熄灭。这人间的暖意，需要在内心有温度的人身上找寻。

对于过去已经发生的事情，像是做了一个很长的噩梦。一开始她会自我怀疑，后来发现即使她什么都没有做，也会伴随着恶意的敌对。一意孤行的日子带着坚定和勇敢，她用一个人的力量来对抗围绕在她身边的一个个小团体。现在的她从里面彻底走出来，仿佛在旁观一个与她不相关的故事。这个故事的主人公，好像来自与她完全不同的世界。不管别人对她曾经做过什么，她终究没有恨意。一开始没有恨，后来没有，直到过去了很久远也没有一丝恨意。内心所生发的只是一股深深的悲凉还有无限的怜悯。

爱米之所以回想起这些事，是因为曾经的校友来见她，将她尘封的记忆重新打开。尽管他们并不在一个年级，可他是为数不多善待爱米的人。即使他向别人说爱米的为人，那些人并不理会他。她现在甚至记不起以前的人到底长什么样，甚至名字都记得模模糊糊。

她以周到而又让人感到舒适的待客之道接待他。他知道爱米在这个城市，他来这个城市出差，顺便来看望爱米。她对他仍旧感激，因为他是为数不多相信爱米的人。他的生活平稳而又安宁，有一个温柔的妻子还有一个可爱的女儿。这是她对他目前的了解。以他现在的地位和物质基础，在三线小城市完全可以生活得很好。虽然他们没有太多的话，但是她能感受到他对她仍旧有诚意的关心，这是多年老友所不能割舍的情谊。

那段心寒而孤凉的日子像是杂质被封存在爱米的记忆中。爱米很少向外人提起，她并不想把注意力放在那些干扰她心性中的人或者事身上。即使当时的伤痛带着裂痕，她亦在前行的路上撒下种子，在回首过往的同时看到的不只是伤痕，还有在坑洼的路上早已开出的鲜花。

十一

一场幻觉梦

　　一个人选择走怎样的路并不绝对受个人意志力所驱动，还有其他的因缘来促成。所走过的路、认识的人，很多时候都是事先没有想到的。或许有些是在阴差阳错中相识、相知，看似是意料之外，其实是在无形中受到命运的指引和安排。一个念头，也许就在不经意间为未来的遇见做出了相应的选择。

　　爱米有时做出的选择都是临时决定的，没有具体的安排和规划，虽然辞职不想工作的念头由来已久，但开个小小的花店还是她临时决定的。她不用面对设计稿子、不停地修改方案，也不用经常加班。她的身体仍处于透支状态，那种气血的消耗让她头上有了丝丝白发，本身气血能量不充足的她为了赶工不停地损耗身体。熬夜加上一个人吃饭不规律，她的脸色会有些发黄，只能在上班期间靠化妆来掩饰憔悴。

　　在花店的日子，如果没有客人到来，她会用空余的时间看书还有写文字，有时也会画店里的花。许久没有在网上更新文章，有的人会发私信问她最近状况，偶尔几个人会让她更新文章，他们喜欢看她写的内容。她只做个人分享，自从毕业之后，断断续续写过几篇文章，很少再写大段大段的文字。工作占用了她很多时间，她会写一些简短的个人体会，也会有人得到内心的安慰，说她的文字能够带给人平静，让原本浮躁的心静下来，似乎这种文字带有身心的穿透力，能够从迷雾中穿到内心最深处的幽暗之中。这种幽暗，并不是负面的，反而是在帮人找寻来时的归处。那种层层深入的文字，像是照亮人心的灯塔，指引每个人走向他们各自的彼岸，而不是走向同一条路。

自从灵浓离开，她很少收到大篇的文字还有邮件。有时候她会写在笔记本上，将它放在包里随时带着，她有记录文字的习惯，不一定是以日记的形式，也有可能只是短短的几句话。

承礼离开W城市后，爱米独自一人。在这个南方的城市里，她几乎没有认识的人。之前工作上有交集的人，在她离职后更是无一人可以交谈。爱米并不热衷于与人交流，更不擅长处理很复杂的人际关系。她和人相处的过程中，即使是朋友关系，她也很注重两个人是否有灵魂的契合度。这是从内心深处所散发出来的磁场感应。爱米并不是一个过于依赖别人的人，多数时间她很注重一个人的空间。她很少过问别人的事。

来到她这里的客人比较友好，多数来过的人会被这小小空间所散发的磁场吸引。有时候爱米会燃起淡淡的檀香，净化屋内的空气。每天她早早地起床，在书房一边的榻榻米处静坐一会。

起床后，她先是洗漱，让身、口还有手都处于一种最舒适和洁净的状态，然后点上一支香开始一天的功课。这样的生活很有规律。她一个人吃饭，没有丈夫没有孩子，没有额外的羁绊，可以将很多的时间用在自己身上。这样的生活让她觉得很安然，没有太多牵绊的人生在她看来没有什么不好。她觉得每个人都在各自的路上，没有什么样的生活一定是好的还是不好的。爱米尊重每个人的生活方式。

如果家里的花枯萎，就任由它们干枯。干枯也是一种美。爱米仿佛看到花的四季，由热烈的生命走向衰老。有时候花店里的花不再新鲜，她也会将它们制作成干花。熟悉的客人看到后，也会按照她的方法将买回去的花制成干花。她们能够欣赏花的干枯美。

在花店里，爱米将打理花的日子当成每天的修行。在二十几岁时，会有很多情绪，也会陷入情绪的挣扎中，像是一张细细密密的网将她的心捆绑，动弹不得。情绪的挣扎和内耗会占用她的时间和精力。现在的她，也会有情绪的波动起伏，但是不会再陷入情绪的黑洞中。那种心绪的起伏不再有过多的波澜，仿佛它在生发时出现在与她不相干的人身上，只是恰巧被她发现了。她不再为此消耗心血，像是在看一个多年不曾见面的老友，静静地陪伴它，不说一句话也不做任何动作，全然明白，心照不宣。

她的脸上没有老去的痕迹，透着素雅的干净。这是别人对她最好的评价。这样的生活在别人看来甚是无聊又孤独，可是爱米喜欢这样不被太多人牵绊的生活。她仍旧相信爱，但对爱情不再抱有太多的期待。爱情意味着彼此的占有，如果没有内心的互相欣赏，会很容易被生活的平淡和琐碎消磨掉昔日的热情，感情也会很快变质。她有过男女之间的爱情，但那不是一种持久而稳定的爱。长久爱情的陪伴是一件稀有品，这需要因缘的连接。

　　这座江南城市有它自身的雅致和精巧，散发着一种和谐的宁静。尤其在早上，看到河岸两边冒出的炊烟，她会有种时空的错乱感。这个快速发展的城市里，还有早上人家的烟火景象，实属难得。河岸的居民都是本地人，他们住在老旧的民居里，大部分是老年人，仍旧保持着旧日的生活习惯。有次，爱米穿过一个老巷子，她看到门口的木板门，看到屋里的人家已早早做好晚饭。一个老婆婆走到门口，对着她微微一笑。

　　夕阳渐渐西沉，她站在一座建于宋代的石拱桥上。桥下有千百年来一直绕着这座古城流淌的河水。晚霞铺展在水面上，金黄色的光芒在河水里荡漾。摇橹的人慢慢在收工。在这一刻，她觉得整个世界都凝固了，刹那间停留在了这一刻。她突然有种恍惚的感觉，不知道为何在这里停留，又为何来到这里。爱米想起来到此地只是随意走走，没有具体的目的地，就这样走着。走到哪里累了，便不再继续往前走。灯火慢慢地在河岸边被点亮。这个老巷子没有被开发成旅游景点，游客稀少。在路的前方不到一百米的位置有一处偏僻荒凉的废弃地，因杂草和垃圾堆积在那里，这个被遗忘的地方在苟延残喘。那种遗存下来的疲惫感就像是城市的毒瘤，等待着要被清理掉，暗暗散发出一股霉菌般的腐烂味道。她有种眩晕感。那里散发出的酸腐味道，让她一下子变得窒息。离开这个地方后，她仿佛重新回到人间烟火气的包裹中。一道道木板门全部关闭，门缝里透出一点点的亮光，楼上灯火通明。她想，或许刚才看到或者闻到的垃圾味道像是她做的一个梦，一个让人忧伤而又窒息的梦。

空气中的清冷，让她有些着凉。身体本身单薄的她在外面冷寂的空气里待久了，容易感冒。回到家里，她在淋浴间冲洗身体，将身上的疲惫冲洗掉。热水的暖流让她的身体一点点暖和过来。每当身体不舒服，她就喜欢待在淋浴室里，让热水从头一直到脚地流着。遇到水，她像是一条在水里的鱼儿，无拘无束。

一个人难免显得有些孤寂，可是她并不喜欢加入任何的组织或团体。不管以什么样的名义，她都会微笑着婉拒。来买花的人很多，他们喜欢来她这里买花，说她这里的环境干净，让人觉得舒服。有些人多次来她这里买花，也会像朋友一样跟爱米交谈，诉说家长里短的事。爱米多数情况下听她们说，其实她们并不需要她的建议，只想找个人倾诉一下。一个女人承担的角色很多，除了工作，还需要照顾家庭，难得有时间去外面再像单身时那样聚会或者约着朋友外出。爱米耐心地听人诉说，别人会感受到她发自内心的真诚和同理心，觉得她是一个好的倾听者，善于抚慰人的内心。她们在爱米这里得到了内心的安抚，让长期瘀滞在内心的情绪有了流通的出口。这需要一颗足够包容而又有甚深定力的心。

冬日愈加清冷。这江南的冬季，一旦下雨，烟雨蒙蒙。大脑就像这阴雨的天气，处于昏沉的状态。好不容易盼来太阳，在初冬一个暖和的日子里，她独自去附近的山上。如果一段时间不去山上，甚是想念。不管哪里的山，她都想去走一走，她除了喜爱大海，就喜欢山。那里蕴藏了大自然很多的奥秘和奇迹。走到大海边或山里，算是给予生命无形的滋养。在城市里待久了，甚至和人待的时间长了，在某种程度上需要去做身心的净化。这是自然的能量所带给人的身心慰藉。

山上有一条古道小径，石板路已存上千年，自宋代开路以来，一直作为古道存在着。无数的人走过这条路，不乏历史上的文人名家，当然也包括一些附近的村民。历史和现代在这里汇聚，无数的信息和能量在时空中交错。一条通往远处和未来的路，默默地守护在这里上千年，并将继续守护下去。

　　道路两旁是密密麻麻的竹林，一阵风吹过来，竹叶的沙沙声回荡在整个山林。这条路是很多徒步爱好者喜欢走的地方。山中交错出现不同的树木，在半山腰处有砖红色的鸡爪槭，几近全黄的榉树。路的两边有一丛丛紫色和粉色的绣球花，在冷风中几近失去光彩，碗口大小的绣球等待着最后的凋谢和枯萎，颜色黯淡，叶子开始干枯。她走得有些累了，想找个凉亭歇息一下。

　　在山上难得有歇脚的地方。她坐在凉亭的台阶上，感到些许凉意，冬日毕竟寒冷。台阶完全被冻透，凉亭下很少有阳光。如果在夏日，这里应该是遮阴的好地方。她刚坐下不久，有位五十岁左右的女士问她从这里到山上的寺庙需要多久。爱米不知道这山上还有座寺庙。爱米对她说抱歉，因为自己这是第一次来，未曾知道山上有寺庙。

　　她借着跟爱米打招呼的机会，其实想跟爱米同行。她对爱米说，她以为爱米也是去山上的寺庙。

　　爱米很容易在路上遇见想跟她同行的人，也容易赢得别人对她的好感和信任。别人都说爱米身上有种让人放下戒备的磁场。他们很容易对她敞开心中最柔软的部分，诉说不愿意对身边人所说的话。爱米甚至不知道他们的名字，可是明显察觉到他们内心渴望有个人能够倾听他们的故事。爱米起着辅助作用，无形中疏导他们心中所瘀滞的情绪罢了。她从来不觉得她是一个情绪垃圾桶，反而觉得这是别人对她的信任。别人倾诉到她这里，在她这里一切都停止，不再对外人说任何一个字。爱米对他们秘密的呵护和尊重，让别人觉得踏实和安定，不自觉让人亲近，又很轻易让第一次遇见的人放下戒备。

眼前的女士便是如此。后来她跟爱米闲聊，眼中掠过一丝伤感，泪水在眼睛里打转。那种对生命的绝望带着一丝的无可奈何。她似乎渴望有个真正关心她的人，可身边却没有一个人能真正理解她。眼神中带着平静的绝望，像是等待着命运的审判，而她在命运面前没有丝毫挣扎的余地。

爱米不知道她在等待什么，那种被悔恨和自责的神情充溢在她脸上。心中闪动着最后一丝被救赎的亮光。爱米静静地陪伴在她身边，没有说一句话。这时候的安慰对于她来说，反而像讽刺。她坐在爱米对面陷入自己的思考，忘记了周围的山林、山风还有身边的人。不久，山上传来的嘈杂声将她从沉思中惊醒。她不禁打了个寒战，像是大梦初醒般。绝望的眼神掠过人群转向爱米，似乎想从爱米这里得到帮助。可是爱米不知道怎么去帮助她。女士说，这是她第一次来寺庙。

眼前的她曾经外出打工。因为年轻的姿色，做了别人的第三者。或许因对方的财力和地位，她曾经为他怀孕。每次她都以生下孩子来要挟，最后得到的却是冰冷的回应：如果她执意生下孩子，她将一无所有，她的所有努力都将白费。离开了他，她没有赚钱的能力，也没有养活孩子的能力。她从小在村子里和爷爷奶奶生活在一起。父母早早离婚，谁也不愿意带她。她只能在村子里和年迈的爷爷奶奶相依为命。

还未初中毕业，家里就支撑不了她的日常生活开支。很多穿在里面的衣服都被缝补了好几次。如果能捡拾到别人不穿的衣服，她就像过年般开心。在冬天冰冷的天气，她没有厚棉衣，只能在里面穿了一层又一层的衣服，尽管穿得很厚，可是不能抵御这江南刺骨的冷。尤其在深冬腊月的夜晚，那种刺骨的冷细细密密地，好像穿过骨髓般经常将她冻醒。家里没有取暖设备，晚上只得盖着又厚又硬的已有几十年的棉花被子，让那种冷和暖在被窝里交替。这是别人无法尝到的痛苦。她孤身一人去附近的中学上学，需要走很多里地。冬天穿着单鞋，脚被冻裂，有时候会流出血。她尽量不让奶奶看到。有次睡觉前奶奶不经意看到她冻伤的脚，默默地一个人流泪。她安慰奶奶，说一切都会好起来的。

她学习上进，可是家庭的贫困让她经常分心。母亲跟父亲离婚后，便几乎音信全无。在她印象中，母亲是一个模糊的概念，甚至记不起母亲的样子。她只是模模糊糊地记得母亲在村子里穿着时髦的衣服，烫着波浪卷。她永远一副高高在上的样子。奶奶有时候叹息说，如果母亲将她带走，她也不至于活成现在这样。可是如果母亲带走她，会影响母亲将来的个人生活，毕竟带着一个孩子的女人，在婚恋市场上是受影响的。

在夏日的一天，爷爷很久没有回来。外面下着夹杂冰雹的大雨。她到处都找不到爷爷。后来爷爷回到家后，脸上流着血。他说去山上去挖一些药材，有些人会来收购。多挖一点，冬天就可以给她买一件暖和的衣服。下冰雹了，爷爷只能躲在他推着的小车子下面蜷缩着，身边没有其他可以躲冰雹的地方。她听到爷爷的话，眼泪不设防地流出来。那种还未达到温饱线的挣扎生活，其实是从泥土里刨食物。

在穷困而又偏僻的小村子里，青壮年多数外出打工，留在村子里的大多是老人和孩子们。多数的孩子只有过年时才能见到父母，要么父母过年回到老家，要么留在村子里的孩子们利用假期去父母身边团聚。她作为与爷爷奶奶相依为命的孩子，却没有任何盼头。父亲和母亲都将她视为累赘，一个带来生活耻辱的人。寒冬腊月时，爷爷因为血栓出问题只能躺在床上疗养，奶奶不能做任何体力活，这让本身贫困的生活更是三餐不继。过年了，他们的年货和肉都是奶奶去村子里的小商店和肉铺赊账买来的。这个年过得异常紧巴，奶奶做饭做得小心翼翼，生怕浪费了一滴油。奶奶不是舍不得，而是在为往后的生活做着考量。父亲好像不存在。听奶奶说父亲去国外务工，但至今没有收到他的任何音信。奶奶说到父亲时，眼泪从满是皱纹和疲惫的脸上落下来。她不知道自己生养的孩子怎会如此狠心抛弃他的父母和孩子。

过完年后，奶奶收到父亲的一笔钱。奶奶将原来的赊账还有爷爷的医药费还完，再留出孩子的学费，剩余的钱只能维持家里一个月的生活费。奶奶不停地在嘴里念叨着剩余的一部分钱怎么用起来才不会浪费掉一分。十几岁的她看到外出打工的那些人光鲜亮丽地回到家，过完年再去大城市打工。这大多是因为他们不爱学习，没有任何手艺，只能选择外出打工这条路，要么留在村子里过着祖辈在地里刨食的生活。面对生活的困境和压力，他们最好的出路就是出卖年轻的劳动力，外出打工。一方面可以改善贫困的家庭生活，另一方面还可以攒下一部分钱重新盖房子，以备将来娶妻生子。

她看到家里随时都会断炊的生活，知道自己是家里的唯一出路。她可以出卖自己的劳动力。至于学业，即使她的成绩再好，将来的她随时都有可能中断学业，只是早晚的问题罢了。想到奶奶谨小慎微地花着每一分钱，她坐在教室里也不得安宁。她并不想将生活的困境压在爷爷奶奶身上。由于所处的家庭像是大海上随时可以沉没的一艘四处需要修补的帆船，她选择扛起破败家庭的重担。

隔壁邻居女孩子在外面打工近八年，过完年后又要去附近的大城市打工。或许跟着熟人出去可能会更好，她就把退学的想法告诉了奶奶，但奶奶不舍得她独自外出。爷爷更是希望她继续读书，认为一切的困难都是暂时的。可是只有她明白，这暂时的困难说不定哪一天就会要了爷爷奶奶的命。这样的代价太沉重，她不想牺牲爷爷奶奶的生命换取她将来读书的机会，时间不等人。若要等她大学毕业，爷爷奶奶仍旧要过八九年这样的苦日子，甚至爷爷的生命支撑不到她大学毕业的那一天。她在心里默默祈愿过无数次，期待爷爷好起来。可是天不遂人愿，爷爷在她外出打工后不到一个月的时间去世。在一个快要春暖花开的季节，爷爷永远离开了她和奶奶。她听到消息后，先是一愣，不相信这是事实，随即大滴大滴的眼泪从眼眶里流出来。还来不及大声痛哭，她第一个念头就是赶紧往家赶去。崩溃感让她全身哆哆嗦嗦，走路和说话都不利索。手不停地抖动，话也说不完整，只顾着流泪。

身上没有多余的钱，出来打工的路费还是借的。整个月她都在工厂的食堂吃饭，没有从工厂出去过一步。刚来的那半天，邻居家的姐姐带她在城市最繁华的地带闲逛。这是她第一次看到都市的繁华和绚烂。如果爷爷在大城市里接受治疗，会不会不用这么长时间卧病在床。她想快点攒钱，帮助爷爷治病，同时也想改善爷爷奶奶的生活。她不想让他们一直过着衣食不周的日子。

到工厂里又是另外一种生活，这里似乎是一个浓缩的社会，有来自全国各地的人。他们虽然来自不同的地方，可是都有一个共同的身份——穷人家的孩子，他们都需要钱养家糊口。有的不喜欢学习主动退学，又没有更好的出路，只能选择去工厂打工。有的被迫辍学，没有额外供应读书的钱，只能不情愿地离开熟悉的校园环境外出打工，就像她一样。有的因为家里重男轻女，女孩子被动退学。即使家里男孩子读书很差，也要让女孩子去赚钱供给家里的男孩子读书。这是牺牲一个人来换取另一个人。对于她来说，这样的命运就像是被故意偷换的一样。而她既是被迫也是主动选择的结果，即使她不甘心，可面对自己的家庭，唯一的掌舵人就是她。她来扬起家庭的风帆，没有多余的选择。或许别人有多种方法，可当面对即将被风暴蚕食的小船时，她却没有任何的抵御。她相信靠自己可以让家庭找到生存下去的希望。

她身体不自觉颤抖，不知道怎么处理内心的悲痛。她想提前预支一个月的工资。面对上级的刁难和嘲讽，她并没有理会。她又借了同一个工厂女孩子的钱，她说下个月发工资后她会还上。借完后，她的整个身体才缓过来。紧绷的心才算喘了一口气。她来不及将她一个人关在屋子里哭泣，唯一想的是赶紧回家。

当天，她坐火车再转大巴回到出生的村子里。这里与大城市是完全相反的世界，小村子封闭、陈旧，到处都是破破烂烂的房屋。爷爷奶奶家的房子显得尤其破败，像被时间忘记了。那种泥坏墙的房子，由旧时的麦秸秆做成屋顶。下暴雨时，屋里经常漏雨，奶奶便用水桶和陶瓷盆接水。在她十岁时，半夜的一场暴雨让屋子后面的山墙突然倒塌，一家人被这突如其来的声音惊醒。她距离倒塌的屋墙只有半米，往后她就害怕在下暴雨的晚上睡觉，像做了一场噩梦。

爷爷打零工，加上父亲出的一部分钱，前前后后攒了两个月。爷爷拿着钱袋子一分一毛地数着那些钱，脸上有了一丝笑容，似乎这个破败的家庭又有了生机。他买来瓦片，找施工人员重新修整了破败的房子。茅草屋顶换成红瓦屋顶，他们再也不用担心屋顶夏天漏雨、冬天漏风。

面对爷爷的离去，她曾一度产生过怨念，抱怨过社会的不公平。她不明白为什么她要经受这样的生活，尤其不想让最爱的人去承受痛苦的折磨。她宁愿替他们承受所有的苦。面对至亲的离开，她无能为力，尤其爷爷还没有过过一天好日子。那种悔恨和遗憾一度让她哭得窒息，有两次差点喘不过气。撕心裂肺的痛真的会因为心理而产生身体上的反应。她甚至恨自己为什么不早点出去打工，让爷爷在生前过得更加体面，起码不用为了衣食而发愁。这种内心的悲痛让她似乎完全变了一个人。她意识到，那些在书中学习的东西像是一种幻境，而现实的痛苦才是真实体会到的。

这种现实的残酷像是一根带着针刺的鞭子，一鞭子一鞭子地抽打在她身上。这种内外的痛苦让她发生了彻底的改变，而那份对爱的保留仍旧要给奶奶。她不想让奶奶再去承担爷爷的后果。她宽慰着奶奶，让奶奶不要担心往后的生活，她暗暗下定决心，一定要让奶奶过得体面。那些屈辱的日子，她一定要摆脱。

父亲在爷爷离开的这一年跟一个带着孩子的女人结婚，她没有见过那个女人。她对于父亲的新家庭来说是多余的。母亲离开他们之后，更是杳无音信。后来听父亲说起过，母亲年轻时在工厂里打工，后来跟着一个年老的台湾同胞生活。嫁去没过三年，因为爱人心脏病猝死，母亲便改嫁到新加坡。很多次生活到了无助的绝境中，她会在梦里梦到母亲。她渴望得到母亲的爱和抚摸。在梦里，她看到母亲模糊的轮廓，根本看不清她的脸。在梦中，母亲一会儿变成一个圣洁的天使，可是转过脸的同时却变成了一个恶魔。她猛地惊醒，将这种对母爱的渴望深埋在心底。她希望有一天能见到母亲。可是对母爱的渴望在爷爷去世的那一刻被彻底击碎。她不再对母亲有任何幻想，以前所有的梦幻一下子无影无踪，只剩下现实的残酷。

这个世界上最爱的人离开她，对她不要物质上的回报。她现在不知道到底该恨谁，这份绝望的遗憾直冲向她的内心最深处。那种被积攒的一口气，一种一定要出人头地的一意孤行。她不想被生活一直碾压在脚底，那种屈辱和悲痛让她的心得到彻底洗礼，这是一场对她精神的重塑。她不知道未来到底是怎样的，要经历什么样的命运。她就像一个孤军奋战的战士，箭在弦上只得孤注一掷。

她没有了退路，父亲将家庭的重担彻底扔到她身上。奶奶还要等着她去照顾。只留下路费后，她将所有的钱给奶奶，带着馒头还有咸菜离开了家乡。奶奶说只要一部分，她对奶奶说她还有钱，让她老人家不要担心。她说过几个月后再回家看望她。在读中学时，她便开始住校。一周的菜除了咸菜就是咸菜。这次离开家，她带着的又是馒头和咸菜，留在路上吃。这样的日子对她来说并不苦，唯一苦的是对生活失去了支撑的希望,这是最让她难以接受的事。她可以吃任何的苦,但是最看不得挚爱的人所遭受的苦。她甚至愿意为他们献出自己的生命。

她也曾想过无拘无束的生活,也不想过得辛苦。可是她没有任何选择和退路,那些生活所落下的重担没有人替她去扛。在她周围还有谁可以依靠呢,没有一个人。没有人愿意生下来就在一个穷苦的家庭,吃了上顿没下顿。没有一个人愿意去吃这份被生活鞭打的苦,尤其是还需要为衣食而奔波的苦。她也曾想依偎在父母身边无忧无虑,也曾想在教室里没有挂碍地读书,可是对于她来说,这些仿佛是一个遥不可及的梦。

她在厂里做完一年之后,因和车间的几个女孩子性格不合,经常遭到她们的排挤,不久后便从工厂离开。她不知道自己要去哪里。或许长期没钱的原因,她觉得不工作,生活便没有保障。她很怕再去过那种吃了上顿没下顿的日子。在工厂里,她几乎不外出吃饭,即使厂区的饭菜再难吃,她也很少外出吃饭,这样可以攒下一部分钱。每个月她会给奶奶一笔钱,自己留下一部分够日常的开支,剩下的她会攒起来。那时候她不知道攒钱到底要干什么,或许有了钱起码不会挨饿受冻。小时候那种吃不饱穿不暖的日子,她不想再过一遍。

离开工厂后,她对这个城市无所适从。她不知道要去哪里,习惯了工厂长时间的工作,一下子出来似乎有种恍惚的感觉。她知道那里再也不能回去,如果再回到工厂,往后的命运就是到了结婚年龄就该回到老家,继续重复老式的生活。她不想再去过从地里找食物的日子。她无法想象再过那样的日子是什么感觉。她唯一想到的就是要彻底摆脱穷苦的日子。

　　中学还没毕业的她找一份像样的工作处处碰壁。她只能去做又苦又累的活，这是没有办法的事。她现在又清醒地认识到，青春、年轻、力气都是她赚钱的筹码，除了这些，她没有任何技能。形单影只的她又像飘荡在大海里的船，此时的她失去了通往彼岸的方向，只凭借风在大海里游荡。

　　她去面试了几个地方，有餐厅服务员，有工厂操作工，还有一家高档酒店的前台。这是她第一次去五星级酒店。刚开始进去时，她有些胆怯，总怕走错了地方。在这里她面试很顺利，尽管她穿着与这里不匹配的衣服，但是她有别人没有的气质。这几份工作中，只有前台最轻松。酒店的环境很雅致，周围有一个开阔的大湖。站在酒店的最高层可以俯瞰这个繁华都市晚上的绚烂。她面对的都是体面的人士，虽然距离如此近，但是他们的贫富差距极大。她需要在这个城市里站住脚，但她现在连一套高档化妆品都舍不得买。酒店的其他女孩子，她们花钱不需要考虑太多，随手一买便是几千的化妆品和衣服。而对于她来说，每一分钱都要花在刀刃上。

　　在酒店工作后，她逐渐褪去了刚去时的学生气。那种被工作历练后的成熟在她身上愈发明显，只是仍旧带着心性的柔和。工作上她尽心尽力，或许小时候吃过足够多的苦，所以工作上的苦对她来说不算什么。她负责整个酒店的接待工作。

　　因为缺少来自父亲的那份爱，她一直喜欢的都是成熟而又稳重的男士。而对于同龄人的示爱，她想到的则是父亲和母亲的婚姻关系，一种糟糕而又让人绝望的男女关系。她拒绝了很多爱她的人，包括在中学时和他玩得好的人。他已经读了大学，可是仍旧惦记她。

她对这种未来的不确定性充满恐惧。她觉得他可以找到更好的伴侣，而不是她。她拒绝了他的很多次请求，可是他仍旧想对她好。当时她喜欢的是一个经常住在酒店的中年男子。在他们对彼此有了了解后，她发现他情绪稳定，随时能捕捉到她心中所想。这种关爱是她从未有过的。虽然他事业上成功，但始终保持着低调的谦虚，对她更多的是尊重。后来有次他提起过，说她长得像他的初恋。

直到他们最后分开，她才得知他不过是想从她身上找到青春的气息，弥补未曾得到的遗憾。他因为事业的缘故，急需要找到对他有帮助的人。最合适的人选便是他现在的妻子。在多数需要事业的男人身上，现实要比爱情来得重要，尤其是对于未来充满太多不确定性的情况下。这是人在权衡利弊后做出的最利于自己的选择。当然，对于那些选择爱情的人，他更多的是佩服。如果爱情不能换来面包的话，他觉得是可惜的，宁愿将爱情舍弃掉。在他的世界里，一切都是可以用数字来衡量的。他可以表现得很爱一个人，但是到底爱不爱只有他自己才清楚。他在扮演一个深爱妻子的丈夫，其实他爱的只是她给他带来的价值。对于他来说，妻子爱他便足够。

她带给他恋爱般的感觉。有时候他分不清她到底是不是曾经的恋人，他会有恍惚的感觉。在她身上，他能找到曾经的稚气，也能看到年轻时对成功的渴望还有坚毅。

他并不爱他的妻子，在他们履行夫妻生活的时候他想的全部都是曾经恋人的脸庞。他们的夫妻生活在例行公事，他只是她的道具，而他需要她家族的支持。在生活的方方面面，他们的一切都充满了交换。他们是利益最大化的合作者。曾经他回到家乡去看望曾经的恋人。她看到他后并没有感到开心，反而内心闪过一丝的怜悯。这眼神让他无地自容，他突然觉得没有任何资格对她说对不起。她已是两个孩子的母亲。内心闪过一丝涟漪，原来他还是爱着她。她没有跟他说任何话，便带着两个孩子从他身边匆匆而过。

她和他曾经的恋人长得竟然如此相像。他一度怀疑两人是不是孪生姐妹。他看到她的脸，却在无意中喊着另一个女人的名字。她想离开他，可是她仿佛无法逃脱他的掌控。一开始，他就将她圈养起来。在他们认识后的第二年，他将她带出酒店。她以为遇到了爱情，实则成为一个人的替代品。他给她买房子。他说工作忙，一周来个两三次。开始的时候她不争不闹，可时间久了，对一个男人的全身心占有愈发强烈。

女人过分爱一个男人，会丧失所有理智。她怀孕了，想给他生个孩子，可是他严词拒绝。生下他的孩子，意味着她失去的不仅是他，还有他送给她的一切。她没有任何回旋的余地。她才彻底清醒过来，原来男人的话如此不可信。他不容置喙地让她去医院将孩子打掉。他已经有孩子有家庭，他知道自己并不喜欢孩子。

她离开他就意味着重新自食其力，可想要在这个大城市里扎下根，没有任何技能的她不知道还能做什么。一开始她既带着期待又带着担忧，她不想亲手杀死一个未出生的生命。在医院里的她，觉得像是在一个冰窟里，更像是在地狱里。她亲自将自己的孩子送上了绞刑架，而最大的刽子手反而是还未出世孩子的父母。她内心平静，眼泪直流。医生对她态度冰冷，跟她说女孩子堕胎次数多了会丧失做母亲的机会。她听到这句话的时候，再也忍不住痛哭出来。她不想失去做母亲的资格。她想要有一个自己的孩子。医生在跟她说话的时候语气冷淡，带着极大的讽刺。在她耳中回荡着"虎毒不食子"这句话，像是晨间的钟鼓一下子将她从这人间的冰窟中拉出来。她没有跟医生说一句话，快速从医院逃离。即使失去所有的一切，她也要守护这个未出生的生命。

从医院跑出去后，冬日冰冷的风吹在她脸上。内心的痛苦让她感受不到刺骨的寒冷。她不明白为什么不幸的命运会发生在她身上，为什么他的妻子和孩子可以得到他的呵护，而她的孩子却被他当成一个垃圾处理。她并不想就此放手，她内心的仇恨和恶被他激发出来。她对他没有爱，只有恨。

她将对他的爱全部收回，她只不过是他初恋情人的影子。这里没有任何爱，只有交易。一旦爱恋失去，冷静的头脑便迅速恢复理智。她对他不再抱有任何的期待和幻想。现实比她想象的还要残忍。她被她清醒的头脑吓了一跳。即使面对再困难的绝境，她都不曾想着去报复和毁灭，可是面对孩子，她不能就此罢休。母爱中存在着兽性，这是对自己孩子的坚实呵护。一旦被侵犯，所有的抗争和仇恨便化为无形的力量。她从未想过这么多，直到将一个未出生的生命亲自送上绞刑架。

她从医院回来后，他在国外待了一个月。在他们交往的第二年，她曾经思考过到底要过怎样的生活。如果她生活在一个关系健康的家庭里，她应该和其他考上大学的同学们一样，过普通人的生活，而不会经历一路走来的坎坷。多年下来，身体的亏损让她积累了太多的负担。内心的伤痛会映射到身体上，让筋骨变得有些僵硬。她去了一个理疗馆做身体上的清理。去的次数多了，她逐渐了解相关的中医知识。想到了去世的爷爷，还有年迈的奶奶，或许做身体护理的行业对她来说是一条出路。她有悟性，善于学习。她参加了四期培训课程，学习相关的初级知识和内容，熟悉里面的流程。后来又深入参加学习，掌握了中医方面的知识，包括针灸。

她在空余时间自学考试，将以往学习的知识重新捡起来。她聪慧，学习起来毫不费劲。在针灸方面，她会拿自己的身体亲自试验。一开始做尝试时，她手有些抖动。在这之前，她每天都看穴位图，找到精确的穴位练习推拿。在不需要指示图的时候，整个经络穴位图在她脑海中快速飞转起来，像一个不停旋转的陀螺。在她觉得时机成熟时，她亲自在她够得着的身体部位做练习。她只有这样才能体会到其他人的感受，她要在这条路上深入。曾经卧病在床的爷爷，如果能去大医院得到及时的救治，或许他不会遭罪这么久。一开始，她会扎错穴位，可是她忍住疼痛。帮助别人的最好办法就是让自己先体会到失败的痛苦，才能避免在别人身上出错。她有悲天悯人的心地。这样的学习她坚持了近两年。

在他回来后，她向他摊牌。她要生下这个孩子，那种坚定、刚毅的眼神似乎是一把随时要将人切碎的利剑。他反而打了个寒战，没有想到她如此地坚定，与她以前的形象相差如此之远。他被她的眼神所摄住，内心突然多了一层害怕。他很快恢复到理性状态，说他不可能让这个孩子生下来。他似乎要咆哮起来，因为这个孩子会让他身败名裂。她静静地看着他，内心不起一丝波澜。这是一场利益和生命的较量。

他不爱任何人，甚至连他自己的生命都不爱。他就像是一个行走在人间的机器，一个被欲望所控制的工具。她嘴角泛起一丝冰冷的嘲笑。他的欲望被她的轻蔑所激起，此刻他只想占有她的身体。

可是她不为他所动。他的内心被她洞穿。她坚定的眼神忽然让他想到了以前的自己。一丝人性的光芒似乎在他眼中闪现。

他离开后，冷冷地对她说，如果她坚定生下孩子，他永远不会承认这个孩子，她也永远见不到他。在他离开后，她对他其实早已没有一丝的留恋和牵挂。反而他走后，她觉得身心很轻松。在养胎的这段时间，她仍旧继续学习中医知识。现在怀有身孕，不方便在自己身上扎针，她就看相关的中医书籍，背中药名字。孩子五个月之后，她有事出门。即将穿过马路时，一辆行驶的车突然加快了速度。她被眼前的景象突然吓住。她想要快速挪开脚步，可她还没有来得及动，车子就直接奔向她。她被一个恰好在她身后的行人一把拉住，翻了个跟头倒地。在她倒地的一刹那，她就知道肚子里的孩子保不住了。很快，鲜血流到地面上。她知道自己已彻底失去了孩子。那种绝望的心情只能化为眼泪，默默地流淌。她闭上了眼睛，等待着命运的审判。她将生命交给了命运，不知道还能不能挺过去。迷迷糊糊中，她很快被送到医院。

经历了这次劫难，内心澄明的她似乎知道这里面的前因后果。在往后的日子，她再没有见过他。她选择独自承受，不再去追究。纠缠只会带来伤害，或许这个孩子不应该来到世上。没有名分而生的孩子，终究会经历更多的坎坷。这段孽缘终究以这样的结局收场。

带着身心的疲惫和伤痕离开他之后，她离开了这个让她觉得冰冷的大城市到了 W 城，她喜欢这里相对静谧的环境，在这里开了一家养生馆。她心思敏锐，善于发现别人看不到的东西，并将很多的中医和心理学东西融会贯通，愿意到她这里的人很多是老顾客。三年之后，一次偶然的机会她认识了自己后来的丈夫。一个看上去老实而又敦厚的男人。在帮他打理好生意之后，她发现自己怀孕了。她将时间和精力用于工作和孩子身上。孩子即将高中毕业时，她发现丈夫出轨，并在外面有了私生子。她的世界彻底崩溃。两年前，她离婚。女儿跟着她。

她曾经创业攒下的钱足够养老。前夫念在旧情上，离婚前又给了她一笔钱。她将这笔钱留给女儿。她知道，前夫将来的钱主要用在新家上。为了不让女儿重走自己的路，她尽量满足女儿物质上的需求，同时给她足够的爱。她没有感受过一天的母爱，所以她将自己的爱都给了女儿。看着女儿在她的爱中成长，似乎她内心的小女孩也在跟着孩子一起成长，从女儿对她的爱中也能感受到爱的慰藉。在她女儿小时候，有时候看到女儿熟睡的样子，她会被眼前的小生命感动得流泪。

后来她慢慢接受丈夫出轨的事实，毕竟有女儿的陪伴，她并不觉得离婚是一件让她特别痛苦的事。她曾经无意中做了第三者，现在的丈夫对她做了同样的事情。她想，这是天道轮回吧。

在这近半百的生命中，她曾经跟饥饿、寒冷、贫困还有爱情做着斗争。经历了无数个濒于绝境的日子，她要等待着命运去做最后的判决，可是上天又给了她一条生路。她看着身后的路，满目疮痍，似乎又看到了在寒冬中冻得满脸通红、脚上出血还吃不饱饭的小女孩。她想到这里，很想去拥抱曾经的自己。看着女儿不为衣食担忧，心里稍微宽慰一些。

有时候，女儿看到她坐在椅子上泪流满面，似乎女儿能读懂她心中所想，过去抱抱她。这时候她似乎变成了曾经的小女孩，女儿变成了她的母亲。她听到女儿说妈妈我永远爱你的时候，眼泪像决堤的洪水，任意流淌。她曾经受过的苦无法向女儿一一倾诉，可是女儿似乎能感受到她曾经受过的委屈。她告诉女儿她小时候的经历，并不是为了诉苦，也不是为了情感的绑架，只是让女儿知道曾经的爷爷奶奶是多么爱她。爷爷奶奶是她曾经的最爱，也是她生命中的依靠。她并不会将自己曾经未实现的梦想寄托在女儿身上，女儿有自己的人生路。她选择做一个有爱的陪伴者，其实女儿已给她带来很多安抚。

她对感情不再抱有任何的期待。孩子长大后有自己的生活，她并不过分干涉。女儿精力充沛，没有因为她的离婚而烦忧，或许是因为女儿一直是个精神上自立的人。W城的旧城区有一座宋代的寺庙。她离寺庙很近，有时会到那里帮寺庙做些活。

爱米看到她眼中没有了任何的期待，像是一个随时等待生命终结的人。

到了山顶，她们没有看到一处寺庙。不过山上有几处摩崖石刻，山上的岩石处有佛教造像。爱米看到这些石刻和造像多数建造于魏晋南北朝时期。历经风霜，有些字早已模糊不清。爱米走到一处大树遮掩的地方，轻轻将垂下的树枝掀开，看到一块石碑上刻着"心定处，得安闲"，便让她过来看这六个字。她看到后久久地沉默，泪水从眼中流出来。

后来，她不知道是时空的错乱还是一场梦，脑海中仿佛能够看到这里曾经有一座古老的寺庙，有一个叫定闲的法师曾经住在这里。那种温暖而又慈悲的眼神，能随时拯救堕落的灵魂，唤醒一个迷途知返的人。这种时空的叠加，或许就是一场幻觉大梦。她的眼神中闪动了一丝亮光，不再麻木和冰冷。她的心又一次被点亮。她深深地吸了一口气，像是在静坐，以恢复内心的平静。

她说，大概这是场做了很久的梦，而此时该是醒来的时候了。

她看着爱米说，一切的发生都不只是偶然，一切的相遇都有它存在的因缘，人与人的相遇也是一场因缘的安排。她在某种程度上找到了"心定处，得安闲"。往后的余生只为自己而活，感情的事情不再去触碰，孩子有自己的成长轨迹。她会做好一个陪伴者。该吃的苦已吃完，那种心绪的不宁时常折磨得她睡不安稳。无数个夜里，她会重复梦见小时候生活的场景，回到贫瘠的村庄，在漏雨的房子里随时担心它的崩塌。那种吃不饱饭、睡不安宁的日子让她时常胆战心惊。她害怕重复过以前的日子。即使往后有钱了，她仍旧过得不自在。小时候物质和爱的匮乏，让她处于极度渴望。

曾经的她买了满屋子衣服，甚至相同款式的衣服会把每种颜色都买来。很多衣服堆积在一起，都没穿过。后来她做生活的减法，将闲置的衣服全部捐赠出去。似乎堆积在内心的匮乏感消失了。在看到空落落的屋子后，内心反而有了安定感，不再像以前那般飘动和虚浮。她重新将自己收拾整理一下，看到镜子中卸掉妆容疲惫不堪的自己，才知道外在的装饰品都不如内心的安宁和平静来得自在。洗尽铅华之后，她除了外在的身体调理，也注重内心的治愈。爱的匮乏始终让她像一个在沙漠中饥渴难耐的人。

那种心神不宁搅动得她惶惶不安。她没有一个可以倾诉的人。在给别人做身体调理的同时，她给予别人内心的安抚。因为走过坎坷的弯路，所以更能体会别人的痛苦。她有耐心，心性柔和，一直坚守别人的秘密，很多人因此也愿意向她倾诉内心的烦恼。可是她的痛苦和不堪只能一个人独自承担。她不知道谁能承接住她疲惫不堪的过往，这需要内心有足够宽容和慈悲的人才能真正看到她。

她不知道这份力量从哪里寻找。她在学习中医书籍的同时，也阅读了很多的古代哲学典籍。

做过内心的深度清理后，那种往昔的残留仍旧会时不时地涌上心头。有时候这股不安定感，搅动得她坐立不安。她不知道怎么让游荡的心回归到它该在的地方，让身心得到真正的合一。大脑的层面告诉她要这样做，可是那颗不安的心却不听使唤，仍旧被恐惧、忧虑所支配。她的心不知道在哪里可以安放。她听了很多的道理，仍旧不知道怎么更好地处理它。那份不安到底来自哪里？她去聆听心理咨询师的建议，并跟着去做清理和优化，但也只是得到暂时的安慰，过不久不安仍旧浮现。她被这股不安的情绪搅动得有时候像热锅上的蚂蚁，有时候不自觉会将这股情绪传递到女儿身上。她知道自己还要突破这层障碍，内心才得安然。她可以做别人的内心疗愈者，可是别人却不能治愈她内在的心。

在她看到这六个字的时候，内心的光芒隐约闪动着。她似乎得到了某种启示。这种定的力量是她最匮乏的。她的心不定，被太多的东西所牵绊。看似身体在定，但是心始终像是翻滚的波浪，晃动得她整个身心翻来覆去。她没有找到定的力量，也没有找到心的回归之地。如果没有找到心的所在地，即使有一个外在物质上的家，那石头房子仍旧承载不了她的心。她在思考到底要过怎样的一生，而不是被安排的一生或者别人所期待的一生。这种灵魂归属的寻找，正是她最需要的。这种希望和渴求，不能寄托在别人身上。别人不能取代她，同样地，她也不能取代任何人。

现在她明白了，定闲不在外面，不是靠外在的某个人。她要找到的是自己，找到始终在内心深处的定力和安闲。她有困惑和疑问想问爱米。

这份安闲是什么，是处于悠闲状态中吗？

这份闲适，不是什么都不做。内心不会轻易受到外在的支配和牵挂，是心念中的自在，即使遇到事情也不会丧失内心的定力。不做念头的傀儡。虽然有念头，但是不会因为出现的念头而生烦恼心。

眼前的女子点了点头，陷入沉思。爱米没有打断她。过了两三分钟，她抬起头有所领悟似的对爱米说了声谢谢，继续说出她心中所想。

人处在这个世界中就像是一个幻觉大梦，而这场梦的游戏主导者不是别人，正是自己。定和闲原来是我苦苦寻找的人生导向，那我所能做的是去安住身心。挣脱掉缠缚在身心上的枷锁，无有挂碍，便不再害怕失去，不再有恐惧。这么多年来，我一直所寻找的就是这个。内心的那个小女孩，她在一点点长大了，现在似乎尝试着走出往昔的阴霾。我看到她在忧伤，在哭泣，在渴望拥抱，在渴望得到内心的安抚。她现在很伤心，很痛苦，很渴望得到一次爱的滋养和陪伴。看到她脆弱和痛苦的模样，我不忍心将她硬生生拽到阳光下。小女孩刚才在阴暗的地方看到一点光明，对爱和光明的渴望让她一下子不能完全适应。她在寻找生下她的母亲。

眼前的女人流淌下一行行的泪水。爱米走到她面前，将她抱住。轻轻地抚摸她的头发和背部。爱米似乎能感受到她怯生生地想要躲闪，或许她还不能一下子适应别人对她真心的关爱。她渴望着爱，却在得到时不自觉有生理上的排斥。爱米刚抚摸她时，她的身体僵硬，有些紧张，似乎她是个小女孩，而爱米在扮演她母亲的角色。她的泪水滴在爱米的肩膀上，像一个受尽委屈的孩子。哭声越来越大，似乎将前半生所有的委屈都要发泄出来。爱米温柔地陪伴着她，用温暖的手给予她耐心的安抚。爱米心中有一股暖流涌出来，莫名的感动从头顶流窜到脚底。

这座山上，虽然只剩下往昔残留的文字，可是在冥冥之中却给了她一定的解答。眼前的女子不再哭泣，缓缓地从爱米的肩膀上离开。

心中的小女孩似乎得到了治愈，她不再那么忧伤，相信真的有人能够看到她。她不再那么委屈，愿意从以前阴暗的世界中走出来，也愿意慢慢长大。内心的伤痕得到抚平。曾经的小女孩不再任性，也不再随意地发泄内心的情绪。那种混乱的内心似乎有了一定的头绪。她得到了一种静而温柔的力量。爱米的双手柔软，又充满了爱的能量。这是她第一次触摸到这么柔软的手。眼前的女子握着爱米的手，感受到阵阵暖意。

她内心的小女孩从未得到无条件爱的抚慰，对爱的饥饿感需要母亲的喂养。爱米内心宽厚、柔和，在扮演内心小女孩母亲的角色。尽管眼前的女子年过半百，可是对爱的渴望却不曾随着年龄的

旷野之地

增长而减少，反而愈加想体会来自母亲无条件的爱。母亲对孩子的爱是无私的。

她在爱米面前渐渐放松下来，眼神中闪动着一丝亮光。她环顾四周，深深地吸了一口气，身体不再那么紧绷。她告诉爱米，她喜欢这山和土地。她对土地和山有感情，这朴素的信仰让她的心落地。在她外出打工前，她几乎没有离开过出生的地方。她需要跟土地打交道才能生存下去，她帮着爷爷奶奶在地里做农活，这是他们的生活来源。土地养育了她，大山也养育了她。一开始想拼命逃离的土地，却一直是她精神上的依靠。土地和山教会了她要去劳作、去行动才能吃饱肚子，教会了她怎么去劳动，也教给她需要有足够的耐心去等待。

她从山里走出来，离开后也会梦见她走过的那一座座山。小时候她去山里采摘果子，不能走得太远，怕迷路。如今在她内心深处亦不能走得太远，怕找不到回家的路。爷爷奶奶虽然不在了，却一直是她精神上的故乡。

她站起来，又看了一眼石头上的字。斑驳的痕迹虽带着些许残缺，但在她心中竟是如此醒目。爱米自始至终不知道她叫什么名字，也不问她往后的打算。两个人的交集就汇聚在这来自远古时空的场域。这份信息不仅来自这上千年的石刻，同时也来自无形的时空。

她的梦醒了，爱米的梦何尝不是在醒来呢？

212

爱米早已习惯了一个人的生活，虽然一直生活在烟火气的世间，可是她的心始终跟别人热络不起来，保持着一种淡淡的疏离感。她不是一个冷漠和绝情的人，反而有对生活的热忱和温暖。有时会为这世间的善而感动落泪，也会因世界上的恶生起内心的波动。世界一直按照它的规律和步伐前行，而她作为其中的一分子，亦走在属于她自己的路上。虽然这条路不平坦，甚至让她吃了比同龄人多很多的苦头，但每次她都义无反顾地从这泥淖中爬起来。以前她不是没有悲观绝望过，生活对于她来说就是一个沉重的负担，她背负着沉重的包袱艰难爬行，可她没法停下来，一旦停下来就像掉落在深渊中。只有不停地工作才能保障她身心的安全。

过去拼尽全力的日子耗费了她巨大的心血。她知道不管她赚多少钱，她内心深处仍旧有一丝恐慌和忧虑。这份不安来自对生命未知的担忧。她不知道生命将她带往何处，所以一开始她沿着家人给安排的路走。多数时候，她只管服从。进入社会之后，她发现生活并不是她所想象的那样。如果像多数人一样，她的轨道便是恋爱、结婚、生子。多数时候，本来安排好的规划，总会出乎意料地被打乱。后来她不再去规划，像是飘落在水中的浮叶随波逐流。一开始她在水中沉浮、挣扎，却越挣扎越有更多的浪花涌来。她想全力抓住水中所能抓到的一切，却无有一物可抓取。随着波浪的不断涌动，她渐渐失去挣扎的力气。放弃挣扎，胸中不再憋着那股劲，这时她反而静静地飘荡在水面上，甚至波浪也瞬间消失。她静静地看水面上的一切，将自身作为旁观者，好像整个世界都与她无关。

爱米被命运推着走，未知的因缘背后似乎有一双无形推手。内心深处做出的选择苟延残喘，被大脑意识层面的强大主见遮蔽，反而让她仿佛处于迷雾中听不到内心真实的声音。那种清晰的声音和渴望只有在她似睡非睡中才能清晰地浮现。这时的自己无需经过大脑思索，像一张张的幻灯片立马映现生命最真实的一面。没有痛苦、挣扎、忧虑、期待，甚至没有了惊喜，有的只是淡淡的平静所显现的真实。在念头中想要抓住这份真实性时，她却突然惊醒。

她知道一切都不可留，不可抓取，一切都是自然而然的存在，一旦产生一丝的执念就会有留恋和痛苦。一丝的怜爱都会产生心执，所要面对的就是破除一切的执念。这不是逃避，而是以勇敢猛烈的心获得生命中的大自在。这是生命最真实的状态。或许对于她来说，一开始用头脑想到的如果与真实想要的不一致，内心会产生抗拒。她慢慢学会松绑，对任何事物松绑和放下，包括最挂念的亲情。尽管对于她来说，这无比残忍。有时她愿意将自己的生命送给生养她的父亲和母亲，可无论她再怎么想，都无法改变每个人生命的命运和规律。

接受生命的真，才能珍惜和勇敢面对所发生的一切。不去期盼，也不再忧虑，一切发生的同时，不去逃避。

自从承礼离开，她大部分时间是独自一个人，过着深居简出的生活。即使在花店里，面对的都是匆匆而过的人。她很少和人主动去攀缘，除非来的客人主动和她说一些话。每天早上她早早起床，洗漱完毕后，在案桌上点一支山林四合香。这香是一名顾客赠送的，怎奈他放下就走了。爱米想送给他花以酬谢他的好意，可是走出去没几步便不再见他的踪影。往后的日子，她再也没有见到他。在香的包装盒里留有一张字条："心定，便静。欲取得大智慧，需经受大考验。风浪踏平处，尘埃不染心。"爱米将这字条珍藏起来。通过这句话，她便知道送香人的身份。她会心一笑。

每天早上她都让心先定下来，静坐十五分钟。再读一个小时的书，然后简单地吃点早饭。她的生活寡淡得像一杯白开水，只有她知道其中滋味，仍旧保持着我行我素的心性。她现在能做的是先调养身体。如果和不同频的人交流，多数时候是她在向下兼容别人，还要兼顾别人的情绪。这对于她来说，比在工作时还要累。

她一般上午十点钟到花店，有时候到花店前她会步行十分钟到附近的寺庙。一棵几百年的古梅静静地绽放。薄薄的细雨将花瓣打落，一部分飘落在水池里，一些散落在地上堆起一层花毯。外面清冷而又掺杂一丝幽幽暗香的气息，让她觉得身心异常清凉。眼泪不自觉流下来，凉凉的。她不知道这眼泪为何而流，或许是内心慈悲被触动后的涌动，借着她的眼泪流出来。她被包裹在无形的温暖磁场中，心神异常平静，没有恐惧、担忧、伤痛、忧郁，有的是淡淡的喜和悲。

　　爱米像是一个小孩子，只有在母亲的面前才会感到安心。在苦苦思索和追寻中，她走了太多弯路，她不知道还能不能继续走下去。对于亲情、爱情及世间其他的情，她感受到的是系缚。那到底怎样的一种爱才能平衡其中的关系？之前走过的路，似乎都是在相互缠绕中走过来的。她还不知道真正的爱和被爱到底是什么，不知道有没有人在她生命中像个平衡木般起着稳固的协调作用。

　　爱米也曾面对生命的选择。对于她来说，弯路不再是弯路，所谓的弯路也是生命要去经历的过程。生命的体验带给了她不同的色彩。她不想一直被推着往前走，在被命运推着往前走的同时，她也想尝试不同的生命体验。她并不是一个消极避世的人。爱米觉得这个世界是值得去爱的，她感受到这个平凡世界的温暖与哀愁，既有喜悦也有悲伤。如果说宇宙的规律给人的生存提供了外在秩序的保障，那么这个世界的爱带给人的就是心灵的深度滋养。她并不觉得普通人的生活就是平淡的，她爱这万家灯火里的烟火味。双脚走在土地上，内心感受到的是平稳。她喜欢这种内心安定的感觉。来到这个世界上，她尽量经历不同的体验。有苦涩的味道，也会有醇香的甘甜。爱生活本身需要的是一颗有温度的心，否则不会明白这平凡中也蕴藏着点滴的生活哲理。

　　如果说存在于大脑中的思想需要用文字表述出来，那么对生活的体验则需要身体和心灵的参与。这个世界上没有超越现实的乌托邦。承载万物的土地，接纳一切生命的成长。爱米没有想过逃避，该经历的她都不会选择少走一步。这是生命所给予她的承载。她不想在精神的乌托邦里编织一个虚幻的世界，她需要走进尘世。该走出时，也无须过分提醒。这是灵魂深处对生命的安排。看似是不经意的安排，实则是潜意识早已做出的选择。

高高在上地俯瞰众生，容易被自我捆缚在自怜中。境界的高低不在于懂得了多少道理，而在于身处低洼时能否和光同尘。爱米亦是普通大众中的一员，她所接触的每个人都在给予她关于生命的启示。她能从这不同的个体中看到生命的光芒，她亦是别人生命中的过客。她曾走到一棵近五百年的银杏树下，听 W 城的老人在讲述这座城市的过往。他们热情，待人真诚，会告诉爱米哪些是当地产的糕点和食物，愿意和她交流当地的文化。到了冬至，当地人一大早起床拿着瓶瓶罐罐去一家老字号店铺前排队，只为那香醇又味甘的冬酿酒。在柠檬黄的冬酿酒表面飘荡着小小的桂花，色泽温润。过了这个时节，这家老铺子不再制作这款冬酿酒。古城区一年四季有不同的景致。夏日荷花季来了，在古老的石板路小巷子里，有个小型的集市。乡下的老人们采摘自家种的荷花到古城区卖，还有卖枇杷、杨梅和李子的摊位。他们从乡下挑着扁担乘坐公交车来到集市，这是 W 城市对他们的包容之处。

W 城市是一座内里温柔又充满诗情的城市。爱米喜欢这淡淡的生活，听巷子里的买卖声，听过往行人的欢笑声，会在街边的摊位吃一碗热腾腾的面食，顺便再去自己喜欢的老铺子前买上几块糕点。冬日里，她看到落日的夕阳洒在这石板路的巷子口，看到一个放学的孩童背着书包在夕阳中吹着泡泡，而孩子旁边是接她回家的奶奶。一老一小在夕阳里走回了家。落日的余晖照在了没有了树叶的枯枝上，也照在了她的身上。热乎乎的泪水从眼中涌出，划过脸颊渐渐在寒凉的空气中风干。爱米是因为伤心吗？不是的，她是被万千鲜活的生命打动。她走进了夕阳中，一抹暗淡的余晖渐渐消失了。虽然这寒冬腊月的天气很冷，可是当她看到眼前的老人和孩子还有下班的人都在赶回家，那份淡淡的喜悦不自觉地涌现。等待他们回去的是一盏盏的灯火，还有他们牵挂和爱的人。

年轻时的锐气没有了，已经被生活打磨得像是被包浆过的玉石。走近她的人都会感受到她身上的淡淡平静。所走过的路已经融入她的身心。那些年轻时曾经的犹豫、彷徨、挣扎还有不屈，就像是海水里的巨浪，曾经有多翻滚起伏，现在就有多平静。问题和答案是一体两面的，只不过有时会同时出现，有时需翻越很多座山才会找到，有时则会在不经意间。漫长的生命旅程没有固定标准的格式，心神安定亦是它的回应。殊途同归的相遇就是心意上的明了，千万条不同的路都走向了自我内心的回归。

爱米在这条自我寻找的路上走了很久，如果没有找到一个让她心安的回答，她会一直在寻找，不管遇到什么样的问题她都要一探究竟。这是她的倔强，也是她的执着。她有时候也会困惑自己到底要寻找什么，困惑为什么自己总是在想一些不切实际的问题，因为这些问题既不能解决她吃饭、睡觉的问题，也不能让她安定下来。以往的日子，她的确游荡在这个世间，虽然身体上很疲惫，可是心灵深处却觉得是自由的。她用身体为精神争取一点点自由，让灵魂有歇息的地方。这是她灵魂的自留地，只为自我开放，没有什么秘密，也没有什么神奇，只是一方宁静之地。

然而，这份不安不知在何时消失了，即便在以后的日子也会有涌动的时刻，但她只是看着它从起伏到慢慢消散，不再去理会它。内心深处不自觉会流露出淡淡的喜悦，没有刻意也没有执念，静静地感受着它淡淡地来了，又淡淡地走了，像是在欣赏一幅画。

她感恩这份自在的安定。心安、心定。

尽管已经立春，可是江南的天气如果是阴雨天，仍旧透着湿冷的凉气。连绵的阴雨天气有时会连续下个几天。难得有暖和、晴朗的日子。多数时间她待在花店里，没有客人时，她在书桌前看书，有时会写一些随笔和感想，似乎没有太多的情感波动和起伏。她仿佛生活在两个世界，一个是需要跟人打交道的世界，一个是属于自我的世界。她有时候不知道这是在梦中还是在现实生活中。尤其在天气冷的季节里，时间似乎变得拖沓、臃肿，或许这是她身体的条件反射。湿漉漉的天气，整个大脑变得异常沉重。身体疲乏，眼睛有些酸痛。这是她以前卖力工作留下来的问题，需要慢慢调养。

她知道身体的问题来源，这不仅仅靠外在的药物解决，同时需要心的调养。外面的天气冷寂，她打开屋里的取暖设备，看关于中医的相关内容。曾经她尝试给自己抓药，她将各种草药的名字写在纸上。她仔细揣摩过药方，主要是补气血的方子。从中药铺里抓回药，她自己用锅煎熬。喝了差不多一周，起码睡眠上好一些。有些身体上的问题可以用外在的药物治疗，可是有的却难以治好，就需要找到问题的症结。心病还须心药医，外人帮不了多少，除非那是一个能接纳的人。这种心魔的障碍，需要将这股能量转化为滋养生命的养料。她还没有冲破这魔障的桎梏，她还不知道所寻找的爱到底是什么。

曾经所经历的种种，都让她像要抓住一根救命的稻草般想要寻找爱。一切外在的爱都是建立在别人愿意给予的基础上，想要得到，就会被别人牵绊，因为别人的爱可以随时收回。以前她会害怕失去爱，哪怕得到一点别人的爱护，都想极力留住。可是越想留住的心，越是溜走得越快。关于爱，她寻找了很多年。爱到底是什么？她问自己，同时希望这个问题有一天能够有解。如果带着有期待的心去寻找，便如同饮鸩止渴。

她联想到爱。爱的能量自身充溢，就像是太阳的发光体，自身丰盈，在照亮别人的同时，自己仍不增不减。爱本自圆满，不会因为给予而减少，也不会因为别人的赠送而增加。它自身的完满是如此纯粹。

找到了它，却还是要在世间去经历。爱的给予，在双方给予中才会产生互动。

爱米在纸上写下"大爱不增不减，爱本自完满"。或许没有感受到那份爱，所以一直在向外寻找以填补小时候的空白。激烈的争吵、母亲的哭泣、父亲的失望，充斥在整个家庭当中。爱米每次在家里都会小心翼翼，生怕自己的过分举动会引起一场激烈情绪的爆发。母亲强势，不甘示弱。父亲倔强，脾气暴躁。他们的生活在磕磕绊绊中度过。爱米不明白他们如此痛苦，为什么不分开。可是他们情感的纽带却又如此不可分割。母亲照顾父亲生活的一切，而父亲穿的吃的都是由母亲置办。父亲将每月的钱全部给母亲，而母亲沉浸在宠爱父亲的角色中，从不知道疲惫。

外面的世界熙熙攘攘，各种的烦恼充斥在这个世界上。为了各种各样的利益在算计、比较，没有一刻安宁的时光。外界越是纷扰，爱米越是坚守自我的阵地。她从未妥协过。在很小的时候，她便很有主见。她尊重别人的意见，但是也不会让外界来影响她。她始终坚信曾经的坚持是对的，也是最适合她要走的路。不管对方是什么样的人，她都要经过自己的思考，她并不盲从。

她坐在花店里插花，看到一位气质优雅的老先生走进来。他的穿着得体而又合身，浅色纹理的衣服充满岁月的质感。他看着花店里的花，有目的性地去找他想要的花。

他问爱米有没有红色玫瑰花。爱米告诉他，红色玫瑰花还剩下五朵。最近几天都下着连绵的雨，没有及时给店里储备更多的花。

老先生看上去有点失落。爱米问他着不着急。他说最晚赶在后天，要准备他和妻子的四十周年结婚纪念日。他住在青石巷的旧城区，走到花店大概需要十分钟，最近几天他要赶工裁剪衣服，再去别的花店路程有些远。爱米跟他说后天早上她亲自给他送过去。老先生有些惊讶，脸上又流露出惊喜的神情。他感谢爱米的用心。他最近一段时间有些忙，很多人找他赶制旗袍。周围的人都知道他再过一段时间就关门彻底退休，都想在他停业前多裁剪几件合身的旗袍。

他要回去赶工，便离开花店。

爱米给花店里补了红色玫瑰花、桔梗、洋甘菊、百合还有牡丹。现在正是牡丹开花季。她从新来的花中精心挑选了一大束红色玫瑰花，耐心地将它们包好。里层用暗红色的牛奶棉纸，外面用淡雅的豆蔻紫色麻丝纸，恰好与热烈盛开的玫瑰花形成对比。两位老人四十年的婚姻可以称为"红宝石婚"，这火红的玫瑰花正如绚烂的红宝石象征着他们的婚姻。她想老先生一定有一颗浪漫而又炽热的心。

到了约定的时间，爱米走着去老先生说的青石巷。经过两个红绿灯，向左转沿着一条樱花树小道往前走了大概一百米。现在是晚樱盛开的季节，路两旁盛开着粉白的樱花。一阵风吹来，花瓣像落雨一样纷纷落下来。一丝丝隐幽的香气不经意飘来，让人还未来得及回味这丝清淡的气息，便在风中消失。等她想要呼吸一口这静雅之气，便难以寻得。花瓣落下来，很轻很柔。她不经意间伸出手，樱花落在她的手心。她拿起来想细细观察这掉落的花瓣，风却将花瓣吹走了。

走到路的拐弯处有一个岔路口，她往里看了一眼，发现有一个木制的古旧指示牌上面写着"青石巷"。这是一条老巷子，在刚进去的指示牌旁有一块青石，上面主要介绍青石巷的由来还有最早形成的年代。整个巷子仍保留原来的建造格局，这座江南的城市构造在千百年的历史中几乎没有改变过。

这条巷子的形成最开始有三五户人家，其中一户读书人家考取功名后落叶归根回到这里。在这座精巧别致的城市里，古代的人注重读书，功成名就后喜欢告老还乡，回到故地。街坊邻居口口相传，都说这里风水好，当时很多有钱人聚集在这里。

老先生的铺子外面有一口井。在W这个南方城市，井在老巷子很普遍。不仅巷子里有井，过去的屋子里也会凿井，那夏日井口里冒出来的冷气能在一定程度上给屋子里的人降温。这是这座城市古人的智慧。

爱米走进老先生的裁缝铺里，见他在里面的工作室裁剪衣服。从房间里飘来淡淡的檀木香，清幽而又雅致。老先生走出来看到爱米，邀请她走到工作室里。他将玫瑰花从爱米手中接过来，很小心地对待它，像是手里拿着的不是花，而是一个宝贵的瓷器花瓶。他将玫瑰花放在空闲处的实木桌台上。老先生的妻子听到有人进来，便走出来。她穿着老先生做的旗袍，一身底色是群青，上面有暗红色桃花和牡丹花纹。这件长袖旗袍衬托得她的脸庞圆润而又有光泽。她自然地老去，眼角处有了细密的皱纹，不太注重脸部的修饰，白皙的皮肤上挂着淡淡的微笑。她多数时候是给老先生做助手。他们一起工作了三十多个春秋，而这里是他们相伴经历风雨的地方。

她说话轻柔，用不太标准的普通话跟爱米说话。她邀请爱米坐下来，为爱米沏了杯茶以示感谢。爱米本想送完花就离开，老先生问她要不要在他停业之前缝制两套旗袍。老先生在年轻时就跟着自己爷爷制作旗袍。他爷爷年少时为生活所迫，去外地学手艺养家糊口。

爷爷曾经在宁波、上海学过裁缝，做事勤快、手脚麻利，为人也厚道，做的手工活精湛，很多人就愿意找爷爷制作旗袍。爷爷什么都去学，不仅会制作旗袍，还会做西装。后来他去了上海学手艺，给不同阶层和身份的人缝制西装和旗袍。在上海，他赚够开店铺的钱后，便回到W城市购置房屋开旗袍店铺。

后来因各种原因，爷爷不再开铺子。我会看爷爷闲置在书架上的关于衣服的书籍，还有爷爷画的一些泛黄而陈旧的图纸。里面详细介绍了尺寸、料子、颜色还有各种图案。有的页面上只有勾勒的图案，没有标注任何字迹和数字符号。爷爷看年少的我对制作衣服如痴如醉，肯下功夫钻研，开始教我怎么缝制衣服。家里人的衣服，一般是爷爷亲手缝制。年少时的我便在一边看爷爷裁剪、缝制衣服，将爷爷不用的边角碎料做成小旗袍、手工包。爷爷看我有这方面的兴趣和天赋，就让我尝试给家里人做衣服，爷爷做我的助手。

我除了制作旗袍，还大量查阅中国古代不同的颜色和花纹，从古代的文献和绘画中获取不同色彩的灵感。那些相得益彰的颜色让人赏心悦目，不仅能养眼还能养神。颜色的搭配也是有能量的，而这种能量如果和人的内心相匹配，则会滋养人的身心。穿在身上的衣服不仅让人感觉到美，还能让人安心。我有时借鉴古人的绘画用色，也阅读不同朝代关于服饰的书籍。从书中获取的心得再加上我对色泽的领悟，能让我恰到好处地给不同的人搭配不同颜色和图案的服饰。有的人带着布料来找我，可是经过我的介绍和搭配后，干脆不用自己带的布料，直接让我帮着挑选店里的料子。我从不因客人的身份和地位去少缝一针或者多缝一针，平等对待所有来的客人，认真对待每一件经手的衣服。衣服是我与外界沟通的纽带，也是我创作的艺术品。

老先生用心珍重每一件旗袍。这是他半生的心血，也是他借此修心的媒介。他跟爱米说，在他退休前可以帮她做两件旗袍。未曾想穿旗袍的爱米感谢老先生的好意，便由老先生的妻子带到展柜处挑选布料。各种样式的布料呈现在眼前，很有东方古典文化的雅致。经过她细细打量和对比后，她挑选出酒红色丝绒布料和墨绿色真丝两种。老先生的妻子对爱米说，这两种材质和颜色很适合她，恰好衬托出她温婉而又带着书卷般的气质。

你身上的气质和别的女子不一样，是一种从内在散发出的气质，比较干净，让人不自觉产生亲近感和信赖感。现在的很多女孩子世俗气太重，如果没有一定的涵养，容易将旗袍穿出俗气、惺惺作态气。旗袍还有另外一层含义，便是传承，对旧时衣服改良后的传承，不仅修饰身材展示女子外在的美，还要体现女子由内散发出的心力，一种相得益彰的整体美。内在的精神给旗袍赋予了一种古典的柔美和坚韧。女子不仅仅是柔软的，柔软到了极致便是精神上的强大。旗袍代表的理念更多的是对文化服饰传承的智慧，不能将身心分开。

爱米惊讶于眼前女子的见解，明白老先生为何如此珍重她。她值得用心被爱。这份难得持久的爱需要彼此能够看到对方，更需要用心去对待。老先生的手艺精湛也有他妻子的功劳。在相互爱的关系中，这份爱足以抵抗生活中的各种狂风暴雨。

在闲聊中，爱米得知老夫妇是在年轻时上山下乡时认识的。他们作为当时的青年，满腔热血，坚定地去了西北。她在介绍那段日子时，嘴角处带着微笑。老太太说，在西北地区，除了荒凉便是孤寂。孤寂地让人觉得这是不是在人间，与她出生地是完全不同的世界。老太太出生在W城的隔壁市，同样是一个典型的江南城市，一年四季经常下雨。西北有沙漠、戈壁、雪山和草原。那时候交通不发达，需要先坐火车到下乡所在的省会城市，再坐大巴、马车，又加上人走路，这一路折腾了三天三夜。

到了村子里不久，彼此渐渐熟悉了。后来才得知老先生和她都来自江南。她说遇见老先生对于她来说是艰苦岁月中值得庆幸的一件事。她后来时常感叹命运对她的眷顾，能够遇到老先生。他们有同样的饮食习惯，也有同样的爱好。西北荒凉的旷野，像是人间的孤岛，距离县城都要三四个小时的车程。他们经常一起聊天，谈论家乡。一谈起家乡，她就想家。曾经来时的热血随着时间流逝，慢慢冷却下来。站在荒凉的旷野之处遥望东南方向，心想什么时候才能回到家乡。

老先生看出她的心思，经常陪着她。老先生会做手工活，会给她用碎布料缝制布包，托人跋山涉水找来毛线编织一条围巾。周围的人会笑他一个男人做些女人活，但她从不取笑他，反而觉得他心思细腻，做活认真。有时，在荒凉的夏日夜晚，他会给她唱评弹、昆曲。在辽阔的旷野里唱一首江南曲，愈加显得这曲调别有一番柔情。他们此后恋爱了。

三年之后。独生子的他先回到城里，成为一名工人。经过一年的书信往来之后，她也回到家乡。他们结婚之后，她跟随老先生到W城。老太太说她是幸运的，相比同时代的人来说她嫁给了爱情，此生没有遗憾。回到W城后的第六年，老先生辞去工作开了一家旗袍店铺。在开旗袍店铺前，他用平时攒下的钱买来布料给她缝制旗袍。她穿着合身得体的旗袍，让很多人心生羡慕。相比每天在工厂上班，老先生更喜欢缝制旗袍。老太太支持他，此后他们开了一家旗袍店铺。老先生在开旗袍的第三年，一切生意都稳定下来后，她辞去工作给老先生做助手。其实更多的是她照顾老先生和孩子。

老太太说，他们曾经回到下乡的地方。对于他们来说，那是一个充满辛苦而又让人觉得甜蜜的地方，因为他们在那里相识、相爱。这是老天对他们的眷顾，让他们更加懂得去珍惜。她相信这样的缘分是多世的积累，她相信有因果。老太太笑了笑说，这段故事很少对人提起。如果不是遇见爱米，这段记忆似乎都要被封存起来了。

老太太将酒红色丝绒和墨绿色真丝取下来，再次跟爱米确认无误后，顺手将桌子上面的卷尺拿起来给爱米量尺寸，然后很熟练地将布料裁剪下来，用粉笔在布料上写下所量的数字。她做事麻利，不拖泥带水。这是她性情决定的。在这一点上，她和爱米有些相似。

爱米说，她该回去了。老先生对她说，旗袍要过一个月再来拿。现在他手头上还有一批衣服需要赶工，他让爱米留下电话，做好后给她打电话。爱米写下电话后，告别老先生和老太太往花店走。

一十二

在彼岸

最近一些天，天气阴沉，连绵的细雨持续下。难得今天是好天，阳光照在身上暖暖的。她慢慢地往回走，伸出手让阳光晒着手，然后将手轻轻握住，似乎手中有个小小的太阳。虽然内心许久没有被温暖到，此刻的她却被这阳光温暖着。没有被爱过的人渴望爱，没有被照亮的心会渴望光明，这很久没有被关爱的心也同样渴望着温暖。她闭上眼睛，让阳光照在眼睛上，暖意融融。道路旁的晚樱在风的摇动下，纷纷坠落，下了一场樱花雨。淡淡的香气浮动在空气中，带着一丝甜的气息。晚樱花瓣落在她的脸上、身上，滑落在地面上。

这自然的美让她感动。日常点滴充满自然美的事物，却总被人忽视。人到底在追求什么？

这自然传递出来的美让她如此感动。这些美不在于它在哪里，而在于有心的人能够看到它。对美的感受可以唤醒沉睡在心底的那部分对自然的感伤，像是水面上浮动的波光，荡漾着透明而清澈的光芒。这份自然的流淌不知起于何时，在触碰到特定的情与景时，它就这样从心里流出来。一种无法用言语说透的伤怀，淡淡的。生活在这个世界上，她需要找到个体与他人链接的某种平衡。

生活并不总是完美的，总会有暗影的地方伴生，就像是环抱着的阴与阳，白与昼。爱米也有自身的烦恼。她把烦恼和痛苦埋到了心底，把希望留给了别人。她看似对任何事都看淡，但内心的苦楚只有她一个人承担。这些痛苦被她一遍一遍地用看不见的刀刨开，再用针线缝合，哪怕血肉模糊都毫不留情地将它们再次拼接起来。那无形的伤疤在心底慢慢愈合。有些经历是值得去尝试的，她不想等到年老时留有对生命的遗憾。父母给了她身体生命，而爱米想用自己的精神重新捏造属于她的灵魂生命。这个灵魂生命并没有完全脱离身体生命，两者是相融的。

这一次次重生的经历，就像一个动态的过程。她不再与自己有对抗，不再去刻意排斥自身的不完美，因为它没有给自己的生活带来太多困扰，也不会给别人带去故意的伤害。如果继续纠缠于不完美，她就会陷入内耗。她不想让生命一直被自我意识捆绑，更不想带着无形的镣铐生活。这是一场生命的自我出离，也是未来某一天的自我回归。她还不知道回归那一天的具体时间，但是她知道有一天她会做出选择。只不过不是现在。

走了不远，有一个供路人歇息的座椅，爱米走到樱花树下坐着。她看着来往的汽车、自行车、行人，还有绕着樱花嗡嗡叫的蜜蜂、树上叽叽喳喳的鸟儿。她想到这人间百态的生活，想到如此多的世间事时，身体朦朦胧胧地被这阳光包裹着。一阵睡意袭来，她在似睡非睡中大脑却变得异常清醒。明明在她不远处就是一个喧嚣的世界，可是在她无意识的深处流淌出来的却是一个异常清明而无分别的世界。她突然意识到，每个人生活的世界都有属于自己的结界，无数的个体都在自己所创造的结界中生活。打破认知结界的壁垒时，就是自我醒悟的那一刻。只有这样才能走入不一样的世界，从一个世界走到无数的世界中，像光光互照一样照亮彼此。

经过的一只流浪猫轻轻地叫了一声，将她唤醒。她醒来时稍微哆嗦了一下，有点凉意。眼前的流浪猫是只美短，眼睛清澈，透着可爱的纯真。它又叫了一声。她不知道这只猫有没有主人。她看着它，将手伸出来。它带着一丝怯生并往后退了几步，但眼睛一直看着爱米。爱米看着想要靠近自己却又带着警惕的猫，向它微微一笑。她再次将手伸出来，告诉它不要怕。它又退后了几步，停下来后却开始尝试往前走到爱米身边。她用手轻轻地抚摸它，感觉毛发因为风吹日晒再加上吃了上顿没下顿而有些干枯。

没过多久，从岔路口的巷子里走出来一位打扮精致的老太太。眼角处有一缕缕褶皱，像是岁月在脸上雕刻出来的一道道花纹。挽着的发髻，浅绿色的衬衣，米白色的半身长裙，皮肤白净。听她的口音，应该是地道的本地人。她对爱米说，靠近她的是一只流浪猫，它的主人三年前搬家离开这座城市，将它遗弃。从此它对人起了很重的警惕心，任谁也不能靠近它。看它可怜的周边邻居，只能将剩余的食物放在附近，而它吃完就跑掉。老太太本想将它带回家，可是每次靠近，它便飞速跑掉。

爱米看着它，像是看一个迷路的孩子。在她伸手想要抚摸它的时候，它下意识想要躲开。爱米继续温柔地看着它，示意让它放松警惕。她将它抱起来，放在腿上，轻轻地对它说：从此你就跟着我，我们生活在一起。它在她腿上稍微挣扎了一下，似乎能听懂她的话。老太太说，这只猫很有灵气，它特别会察言观色，它或许在等一个有缘的人。爱米说，她要带走这只猫。

爱米带着它去宠物医院检查它的身体。经过检查，它身体没有什么问题。爱米将它带回家，给它洗了个热水澡。它似乎能听懂爱米的话，没有抗拒。

过了些天，爱米收到古野的消息。回国后，他将市里的房子卖掉，搬到一个小村子和村民们一起居住。他喜欢村子里的宁静和烟火气。在村子里，他坚持作画。他作画的风格已经发生改变。回国前，他喜欢油画，更偏向西洋画。有时他感到作画的灵感已枯竭，他不想在另类或者故意以某种浮夸的手法吸引别人的眼球。他学画的初心并不是制造噱头引起轰动。作画的过程一定是手跟随着心，而不是用大脑去支配。他不想为了画而去画。画是有感情的，在作画的过程中也需要投入情感和心，这样的画才有灵魂。尽管不一定所有人通过画作能深入他的心，但是每一笔都是他内心真实情感的表达。

回国前一个月的某个夜晚，他突然身感不适，身心莫名烦躁。晚上躺在床上，久久不能睡着，心脏的跳动变得异常迅速，他不知道身体是不是要崩溃。长久的冥思苦想像是一口即将干枯的井水，不知是不是才华要被老天收走。想到这里，他感到莫名的恐惧和悲哀。心脏的跳动变得异常迅速，等回国后他需要做全身检查。大概凌晨三四点钟，他心脏异常疼痛，骤然的疼痛让汗珠大颗大颗地从脸上掉落下来。他身体不能挪动一步，剧烈的疼痛像是将他的灵魂从身体里硬生生剥离开。他闭上眼睛，慢慢等待着死神的降临。或许这就是他苍凉而急迫的一生。他不再牵挂艺术，也不再为灵感而苦恼。他接受死亡的到来，虽然心识深处并不甘心，可是生命即将终结时，也只能无可奈何。

他逛到一个小书店，虽然书店很小，但里面堆满了来自世界各地的旧书。一面墙处堆满了来自东方的书籍，他从里面翻阅来自中国的书。他随手拿起一本介绍佛教艺术的书，发现这本厚厚的书里面，每一段文字处都配有精美的插图。他像是发现了宝藏。在翻到书籍中间时，前几天的梦一下子冲击到脑海中。他读起介绍的文字，心中似乎回响起"你会画出你的真心"这句话。他久久地站立，他掉落在了他的时空里。

这面墙上有一扇窗户，傍晚的余晖透过窗户照进来。古野仿佛走进无边的时空在进行一场心灵的朝拜。他似乎又活了过来。一种重生的力量在内心激荡着，那种醒来的萌芽在快速成长着，似乎埋在心里的种子不知道在什么时候被种下。他想要找到一个答案，或许内心深处早已对油画产生了厌倦，可是大脑所散发出的不甘心却在拉扯……这都像是一个小小的种子埋藏在心里，而他自己却没有发现，直到一场濒临死亡的绝处逢生让他不得不面对自己的本心。对于他来说，内心深处已有了答案。

他迫不及待地回到国内，去医院做了全面检查，确认身体没有问题时才松口气。在家休息一天后，买好去沙漠的机票。

他不为名利，不为外在的一切物质财富，他愿意在人间做一个再平凡不过的人，混迹于人群中。

他辞去教职工作，选择做个独立艺术创作者。他要的艺术不在课堂，不在书本中，而是在最朴实的劳动者身上。他喜欢这人间的烟火气，看到这点燃的万家灯火，他觉得温暖。他似乎是一对矛盾体的组合，与这个世界保持着距离却又情不自禁地被这人间的烟火所吸引。他去乡野间收集创作的素材，不止自然风景，还有流传于这村子里的信仰。一边是人间的烟火，一边是看不到尽头的旷野之地。他与人间的距离很近，却又很远。近的是让他感受到这人间的喜怒哀乐，远的是他能置身于一处，作为一个旁观者来看这发生的一切。

村子里大概有二三十户人家，一些年轻人已陆陆续续去了城市。村子距离城市开车一个小时，与向城市去的反方向处有绵延的丘陵和森林。他生活在村子里，并不完全离群索居。这样的环境正符合他的心意。半年之后，他与村子里的人彼此熟悉。村子里的人忙于农活，他在画作中耕耘他的心田。村子里有人喜欢他的画作，他会毫不犹豫地把作品送给他们，没有任何犹豫。在送出去的一刹那，他觉得比起卖出大价钱来得有价值和意义。他喜欢看着村子里的人欣赏他的画。

这里的人没有太多钱，他们会给他送来自家种的樱桃、桃子、西瓜、苹果、枣子、葡萄还有梨。古野不喜欢做饭，村子里的人看到他吃得太简单，他们会多做出一个人的饭，将热乎的饭送到古野家里。古野会把多余的饭菜放到冰箱里，留着下一顿再吃。他对食物不做挑拣，村子里的人送来什么他就吃什么，如果饭菜里不小心落下刷锅碗的丝瓜瓤，他也不起分别心，将它从碗里拿出来继续吃饭。村民们见他是平易近人的艺术家，跟他们没有任何生分，愈加亲近他，给他送完饭菜和水果后，在他家不会逗留太久。有时看到古野专注于作画，他们知道这是他的生活常态，并不会打扰他，直接将热乎的饭菜放到桌子上，在纸条上写一句话嘱咐他要记得吃饭便离开。

233

　　古野喜欢和村子里的人打交道，他时常感动于他们对他的付出和关心。连续待在屋子里身体会僵硬，一个月中他会拿出十天左右的时间跟当地的人去劳动，到地里干活。谁家缺少人手帮助，他就到谁家里帮忙。在土地上劳作，他觉得踏实。从未在地里干过活的他，在脚踩到泥土里劳动的那一刻，悬着的心似乎落了地。那种从未出现过的安定感不知道从何处飘来，像一块厚重的石头掉落到心底，让他漂浮的心有了归属。他感动于这土地的赐予，闻着被太阳炙烤的绿叶，感到一阵阵的青绿芳香荡漾进了心田。这种莫名的感动从心底不自觉生发出来。这是怎样的一种热烈情感啊，一种朴素而又混合着泥土香的气息，像是从亿万劳动者的真挚情感中散发出来的。

　　他被眼前的景象所打动，流出了莫名感动的眼泪，这是一种质朴而又踏实的感动。他被土地和热乎的情感所感动，他爱这厚重的土地。身旁的人都知道他的情感是真实的。虽然他是一名艺术家，但是他现在已经成了接地气的艺术家，从泥土里走出来的艺术家。他晒成了村民的模样，和村民们一样有一颗热乎的心。村里的人愈发喜欢这名朴实的艺术家，尽管他们走不进他的世界里，但是他们知道村子里的艺术家已接受了他们的生活，变成了他们当中的一员。

　　村子里的人重新认识他，他再次被村民的热烈情感重新锻造打磨了一般。他不再画西洋画，而是去画风土人情，画千千万万的你我他，也画无数个他自己。这画中有无数的情感，而这无数的情感都是从他内心深处流淌出来的。

　　他住的地方在山脚下，吃饭前他有时候会不自觉在心里默念一声"谢谢"，他是在感谢大自然提供的食物，感谢有人辛苦地种植、采摘、加工，感谢阳光、雨露的滋养，感谢一切美好的存在。他不会刻意一一表达出全部的内容，只在餐桌前说一声"谢谢"。对万物所生起的一切感谢都归于这俩字中。

在村子里的日子，他每天很早起床。尤其在春天，窗户外面是一片翠绿色。万物开始复苏，植物的颜色带着毛茸茸的鲜绿的娇嫩。山里的空气飘荡着各种植物醒来的气息，经过太阳照晒的他常常被这种温柔又暖融融的植物和泥土混合在一起所散发出的香气感动。有太阳的早上，一层薄雾笼罩在山间，很轻很柔。阳光照在雾气上，一束束的光线明媚而又让人心生荡漾。灵感或者说是无意识的念头闪现，像是一阵电流涌遍全身，带着祖先的记忆，带着他们世代以来所有对天地万物的印记。这种闪动的光芒，带着人类历史的痕迹，到了他的手里便是要描绘出这来自遥远的过去回忆。不自觉浮现，又不自觉消失。好像什么都发生过，又好像什么都没有发生过。

他想要创作出他心中母亲的形象，她是大地之母，万物之母。这幅画在他心中还是个模糊的影子。古野想到自己的母亲，她对他的爱带着欣赏、赞许，不曾严厉地批评他。小时候他爱画画，母亲是他的第一个观众。即使他画得笨拙，母亲也会从他的画中找出不一样的地方给予鼓励。古野的脑海里浮现出母亲年轻时的样子，她是一个不知疲倦的女子，即使面对生活的困难也不曾抱怨。母亲对他的选择不过分干涉，只是跟他说，要是想好了就去做。母亲是他生命中的老师也是引路人。母亲做的比说的多。古野想到母亲，眼角不自觉变得湿润。他遇到困难不曾屈服，是因为母亲的精神力量一直在他身上存在着，像是心灵的甘泉滋养着他。这种血缘和精神的纽带是他不能割舍的。

创作前期，他在田间地头思索，在看过无数的画作之后一遍一遍尝试。无数的面庞在大脑里浮现，他不知道用哪一种形象来描绘母亲。在一个初夏的清晨，他静静地坐在画架前。无数的拉扯在心里打架，一个声音告诉他这样画，另一个声音告诉他那样画。他不再强力压制这些声音，而是平静地看着这些画面出现又消失。反反复复几次涌动、消失，就像潮起潮落，慢慢归于平静，内心不再彷徨，大脑与手之间不再对抗，也不再试探和拉扯。

他将自己关在画室将近一个月，为了不打断创作的灵感，他一天只吃一顿饭。在画的过程中不带有任何的期待，没有名利心和得失心，不会在意外界的任何评判，只想实实在在地去画出自己想画的内容。这甚至可以说不叫创作，仅仅是借助一双凡人之手，将隐蔽在无人知晓地方的美好心性画出来。这是身与心之间的沟通，没有障碍。不会想从里面找到某种启示，只是全然地将自我交出去。

画作完成，母亲向他走来。她是母亲，也不再仅仅是母亲。她是母性力量的代表。这幅画不是他画出来的，像是画中的母亲在冥冥中借助他的手走到他面前。他坐在画前哭起来，是喜悦亦是悲伤，各种情感在心中翻滚。她默默地看着他，用她的慈爱接纳他的好与不好。古野在心里一遍一遍地问，还能不能自我救赎？他静静地坐在画前，半个小时后他想明白了，自我的救赎在他想要开始的那一刻就已经开始，这是生命给予他的启示。

谁生来是一个完美无缺的人，谁的一生没有混沌过，谁的一生是彻底的体面与干净，谁的一生没有挣扎与苦痛。这是个不完美的世界，生命的完美又在哪里？在追求完美的路上，谁又何尝不是被一条无形的绳索捆绑？所有的疑问后面都有一个个值得追索的答案。外在的回答就像是水面上浮动的涟漪，自我真正想要的却能掀起滔天巨浪，而真实的心像定海神针般如如不动。这是他所能体悟到的。

剩余的人生，古野更想在村子里度过。这里不是世外桃源，也不是逃避的乌托邦，却是最有温度最有烟火气的地方。待在屋里久了，他需要去田间走一走，闻一闻初夏小麦在阳光照晒下的郊野成熟味。有时走着走着就走到村子里的一处人家，他不是靠大脑来判定，而是被村子里干柴燃烧的味道所吸引，走到人家里。有时坐在人家里，喝上一壶茶再回家。村子里的人不知道什么是名贵的茶，多数喝自家种的茶。村子附近的丘陵一带，光热条件好，这在北方比较难得，却是种植茶树的好地方。虽然当地的茶园名气一般，可是当地的人却爱喝这海天孕育的茶。在茶园里采茶，可以眺望远处的大海。采茶累了，坐在茶园里，看远处波光粼粼的大海。古野喜欢这里的一切，他觉得在这烟火中更踏实，似乎心里更有了热乎气。这里既有土地的厚重，也有大海的无境。

一个月后，古野开始了在外流浪的生活。他一直往西开。他不知道要去哪里，开累了便找到一个服务区休息，吃完饭后继续往前走。他像是一个流浪的人，没有家的人。等在外面流浪够了，就会回到村子里。在一个暴雨的天气，他经过一片草原，周围是连绵的山峰，这是森林和草原交接的地方。外面雨下得越大，他的内心越平静。骤降的暴雨打在汽车上，雨刷不停地在车窗玻璃上摆动，前方的路隔着玻璃几乎看不清。道路一边是成群的绵羊，在不远处的草地上有帐篷。周围的车呼啸而过。每个人都有目的地，而他又去往哪里呢？他在导航中输入"草原"，弹跳出多个草原名字，他随便选了一个地方，甚至都没有看清楚到底是哪一个名字，就一直按照导航的提示音走。

　　不知道开车开了多久，直到近天黑，他才在一个小镇的路边旅馆里住了下来。阴雨天气，在这高海拔地带，空气中渗透着丝丝寒意。在这个小镇上开旅馆和饭店的人多数是外地人。到了下雪天，往往只有几户本地人家坚守在这高寒地区，外地人都会回到各自的家乡。他躺在旅馆里，听着大货车发出轰隆隆沉闷的声音呼啸而过。或许一天都在开车的原因，他很快睡着了。第二天大清早，他被对面卖豆浆油条包子的喇叭声吵醒，在这里找家这样的早餐店铺是不容易的，如果没有吆喝声，估计过路人都不会知道。他去对面包子铺简单吃了个早饭，要了碗豆浆，身上瞬间有了暖意。吃完早饭后，继续赶路。

　　古野喜欢行驶在路上的感觉。他行驶到一个岔路口，看到不远处有一个村子。村子坐落于山谷间，周围的山像从地里长出来的一样。他沿着小路走进村子。这是一个很古旧的村落，旧时的房子是用实木和泥巴墙堆砌的。村民在这里生活了不知道有多少个年代，最近几年，一些外地人涌入这里，游览这个古朴的村子。

　　在山谷里生活了大概一个月，他与本地人一起生活。他们待他热情，邀请他参加一年一度的本地传统节日。在大片空旷草地上扎起帐篷，带上炊具还有各种食材和青稞酒、酥油茶，在这天地旷野间喝酒、吃肉，尽情唱歌、跳舞，开运动会。

　　他被眼前朴实的人们所打动，生活在这里的人神情安然，没有外面世界的野心。他们厚道，待人真诚，愿意将自己最好的东西与信任的人分享。他躺在天地间，闭上眼睛，听着人们唱歌、跳舞、奔跑、欢笑的声音，像是回到了远古质朴、率真的时代。风轻轻拂过他的脸颊，阳光照在他的眼睛上，感觉暖融融的。在这天地辽阔的旷野之地里是有人家的。这种烟火气的人家，禁不住让人感动。不管是在高山深处，还是在草原、山谷间，有人生活的地方便让沉寂的自然因心的温度而有了情感，让这一草一木有了烟火气息。一股暖流从头顶涌到脚底，这是内心流淌出来的光芒和温暖。一滴泪从紧闭的眼中划过脸颊掉落到草地上。干枯的木柴和松枝在临时搭建的炉灶中，发出噼里啪啦的燃烧声。冒出的炊烟，萦绕在旷野间。

古野听到高山之巅雄鹰的叫声划过长空，他起身坐在这山坡上。此时此刻，他仿佛觉得生命又重新活了一遍。他愿意匍匐在大地上，与这人间的烟火和泥土混在一起，内心长出了有力的翅膀，自由翱翔于这人世间。他不去逃避，也不隐藏，而是在泥土里扎下根。他要走向最朴实的烟火人间，画出心中朴素的信仰，同时也画出你我他。画完了，便是对自我的交代，剩下的不再属于他。

爱米读到古野的电子邮件已经是在他发完的第三天之后。她觉得现在古野的心踏实而又安定，不需要用华丽和神奇的语言描述他的心境。他的心既在烟火气的人间，又在无境的旷野。一头连着生活，一头连着天地。他还是他，却又不再是曾经的他。她给他回邮件。

　　我亦在与这世间保持着淡淡的疏离。走得近了，会局促，想要有自己的独处空间；走得远了，会留恋这人间的烟火，常常被它感动着。有时候走到山里去，在山上看着城市的灯火。这样短暂的别离亦是一种内心的出走，而这种出走终究还是会回来的。自己一个人独处时，一个房间就是一个人的天地，虽然面积很小，空间却似乎能容纳下这大千世界。

　　北方与南方，只是地理方位上的相对坐标，实质上没有空间和时间上的绝对分别。有时会想念大海，以前坐在海的此岸会想到海的彼岸有没有一个人在同样的维度上坐着，也有如此的期待。在出离烦恼中，可以用无上智慧将人从茫茫苦海中救赎到彼岸。人世间像是一艘飘荡在天地间的大船，无数的人会从此岸走到彼岸，也会从彼岸走到此岸。在彼此走向的同时，终究会走到想要到达的岸边。每个人都有自己的路，不能用哪一种形式来捆绑。每个人都能走出属于自我的路，回归到本我的真实中。不能用标签化的词语来形容这种信念，否则这对自己又是一种系缚。我所能理解的便是内心生出光芒。这种光芒先照亮了自己，才能看清前行的路。没有了光，人的心是盲目的，找不到方向，既不能从北走向南，也不能从南走到北。在无数的南面背后有无数的北面，在无数的此岸对面是无数的彼岸。可是在这数不清的路中，重要的是要找到自己的路。我在人生这条路上，亦在自身攀登，在摸索。我所能做的，无法将所有的事情都一一具象化。有时候路向我走来，引导我向前走。天地旷野之路，终究是一条孤独的路，更是一条自我朝圣的路。在人生的旷野处，不在于去了陌生的远方还是长期生活的地方，而在于内心深处的旷达还有对生命信念的笃定感。当走入尘世的烟火处，旷野亦在心中。当行走在原野上，这份尘世的烟火未曾远离。这里面，有你、有我，还有无数个个体。

后记

　　《旷野之地》是继《所念皆归》之后的第二部小说。从第一部小说到第二部小说，写作的心境不一样，乃至在往后的作品创作中，因不同的经历，它都会随着作者不同的感悟而有不同的创作心路历程，这都会在不同的作品中有不一样的呈现。每一部作品有其各自不同的使命，写完了算是这部作品使命的完成，作者也迈进了创作的下一个阶段，在前一部作品的基础上又有了新的起点。它们之间虽然是独立的，但是不能说处于割裂的状态，在作者的创作历程中起着相互承接的作用，就像是大海中的波浪在向前涌动的过程中，一浪连着一浪，它们都是环环相扣层层推进的。

　　在作品中，小说中的人物并不是特定的某个人，而是从许多个体中有类似相同性情的人物中提炼出来的。这些不同性格或者特征通过特定的人物表现出来，并不是简单的叠加或者拼凑在一起的，更像是个燃烧的熔炉在内部发生了质的化学变化。这些不同的性情形成了一个整体，看似是不同的，其实是一体的。因为人的性情不是僵硬的，更不是单一的，甚至具有矛盾性。在写作的过程中，尽量隐去个人的痕迹，写出不同的你、我、他还有她，而不仅仅是单一的个人。有的人物没有名字，但不管是有名字还是没有名字的人物，只是希望让作品中的人物不仅仅局限于单一的个体中，而是让人物更加具有开放性。读者在阅读的过程中会找到自身性情的影子，或许不一定与里面人物有类似或者相同的经历，更多的是有一些心灵上的对话。因为一本书中并不能表达出作者的所有思想，也不能说尽人间百态，而小说中的故事情节就像是珍珠，作者则是在打磨、雕琢这些珠子并将其一颗颗连接起来。

写小说并创作的缘起是早已经种下的种子，这颗种子已经种下去多年。在这很长的推进过程中，所有的经历和体验都是在呵护并守护它的成长，直至它发芽、开花和结果。不管这个过程经历怎样的种种，都未曾放弃过。感谢我的父亲和母亲，一直为我提供后盾，并给予了我足够的接纳和包容。不管我想尝试怎样的生活，父亲和母亲都在背后默默支持我，未曾想要任何回报，让我在多年的摸索中一直能坚持做自己想做的事情。这些都是我进行创作的土壤和养料。感谢我的硕士研究生导师邱高兴教授为我写的推荐序。我的导师是一位很仁慈、儒雅、博学的老师。感谢山东画报出版社的编辑张倩老师认可我的作品并积极推进出版。张老师对稿子很认真并尽职尽责，工作上严谨并专注，是一位非常聪慧的姑娘。感谢为本书出版过程付出劳动的所有参与人员。